한강

디에센셜

한강

Sensation

디 에센셜

문학동네

차례

1부

장편소설
희랍어 시간

1

우리 사이에 칼이 있었네, 라고 자신의 묘비명을 써달라고 보르헤스는 유언했다. 일본계 혼혈인 비서였던 아름답고 젊은 마리아 고다마에게. 그녀는 87세의 보르헤스와 결혼해 마지막 석 달을 함께 지냈다. 그가 소년 시절을 보냈으며 이제 묻히고 싶어했던 도시 제네바에서 그의 임종을 지켰다.

한 연구자는 자신의 책에서 그 짧은 묘비명이 '서슬 퍼런 상징'이라고 썼다. 보르헤스의 문학으로 들어가는 의미심장한 열쇠라고―기존의 문학적 리얼리티와 보르헤스식 글쓰기 사이에 가로놓인 칼―믿었던 그와는 달리, 나는 그것을 지극히 조용하고 사적인 고백으로 받아들였다.

그 한 줄의 문장은 고대 북구의 서사시에서 인용한 것이었다.

한 남자와 한 여자가 한 침상에서 보낸 첫 밤이자 마지막 밤, 새벽이 올 때까지 두 사람 사이에 장검이 놓여 있었다. 그 '서슬 퍼런' 칼날이, 만년의 보르헤스와 세계 사이에 길게 가로놓였던 실명失明이 아니라면 무엇이었을까.

스위스를 여행한 적이 있지만 제네바에는 들르지 않았다. 그의 무덤을 굳이 직접 보고 싶지 않았다. 대신 그가 보았다면 무한히 황홀해했을 성聖 갈렌의 도서관을 둘러보았고(천년 된 도서관의 마루를 보호하기 위해 관람객들에게 덧신게 했던 털슬리퍼의 까슬한 감촉이 떠오른다), 루체른 선착장에서 배를 타고 저물녘까지 얼음 덮인 알프스의 협곡 사이를 떠다녔다.

어느 곳에서건 사진은 찍지 않았다. 풍경들은 오직 내 눈동자 속에만 기록되었다. 어차피 카메라로 담을 수 없는 소리와 냄새와 감촉 들은 귀와 코와 얼굴과 손에 낱낱이 새겨졌다. 아직 세계와 나 사이에 칼이 없었으니, 그것으로 그때엔 충분했다.

2
침묵

여자는 두 손을 가슴 앞에 모은다. 이마를 찡그리며 흑판을 올려다본다.

자, 읽어봐요.

알이 두꺼운 은테 안경을 낀 남자가 미소를 머금으며 말한다.

여자는 입술을 달싹인다. 혀끝으로 아랫입술을 축인다. 가슴 앞에 모은 두 손이 조용히, 빠르게 뒤치럭거린다. 여자는 입술을 벌렸다 다문다. 숨을 멈췄다 깊이 들이마신다. 참을성 있게 기다리겠다는 듯, 남자가 흑판 쪽으로 한 발 물러서며 말한다.

읽어요.

여자의 눈꺼풀이 떨린다. 곤충들이 세차게 맞비비는 겹날개처럼. 여자는 힘주어 눈을 감았다 뜬다. 눈을 뜨는 순간 자신이 다른 장소로 옮겨져 있기를 바라는 듯이.

흰 백묵 자국이 깊게 박힌 손가락으로 남자는 안경을 고쳐쓴다.

어서, 말해요.

여자는 목까지 올라오는 검은 스웨터에 검은 바지를 입었다. 의자에 걸어놓은 재킷도 검정색이며, 커다랗고 검은 헝겊 가방에 넣어둔 목도리는 검정색 털실로 짠 것이다. 상가喪家에서 막 빠져나온 사람 같은 그 복장 위로, 그녀의 거친 얼굴은 일부러 길게 빚은 진흙상처럼 여위어 있다.

젊지도, 특별히 아름답지도 않은 여자다. 총명한 눈빛을 가졌지만, 자꾸만 눈꺼풀이 경련하기 때문에 그것을 알아보기 어렵다. 마치 세상으로부터 검은 옷 속으로 피신하려는 듯 어깨와 등은 비스듬히 굽었고, 손톱들은 지독할 만큼 바싹 깎여 있다. 왼쪽 손목에는 머리칼을 묶는 흑자주색 벨벳 밴드가 둘러져 있는데, 여자의 몸에 걸쳐진 것들 중 유일하게 색채를 가진 것이다.

다 같이 읽어봅시다.

남자는 더이상 여자의 대답을 기다리지 못한다. 그녀와 같은 줄에 앉은 앳된 대학생, 기둥 뒤로 반쯤 몸을 감춘 초로의 사내, 구부정한 자세로 창가에 앉은 거구의 청년을 향해 고루 눈길을 던진다.

에모스, 에메테로스. 나의, 우리들의.

세 명의 학생들이 낮고 수줍게 따라 읽는다.

소스, 휘메테로스. 너의, 너희들의.

강단에 선 남자는 삼십대 중후반으로 보인다. 체구는 약간 작은 편이고 눈썹과 인중의 선이 뚜렷하다. 감정을 자제하는 엷은 미소가 입가에 어려 있다. 짙은 밤색 코르덴 재킷은 팔꿈치 부분에 밝은 갈색 가죽이 덧대어져 있다. 약간 짧은 소매 밖으로 손목이 드러나 보인다. 그의 왼쪽 눈시울께에서 입술 가장자리까지 가늘고 희끗한 곡선으로 그어진 흉터를 여자는 묵묵히 올려다본다. 첫 시간에 그것을 보았을 때, 오래전 눈물이 흘렀던 곳을 표시한 고딕지도 같다고 생각했었다.

엷은 녹색을 넣은 두꺼운 안경알 뒤로, 남자의 눈이 여자의 꾹 다문 입을 응시하고 있다. 그의 입가에서 미소가 가신다. 그는 굳은 얼굴을 돌린다. 짧은 희랍어 문장을 빠르게 흑판에 쓴다. 악센트들을 채 찍기 전에 백묵이 두 동강나며 떨어진다.

*

지난해 늦봄, 저렇게 백묵 가루가 잔뜩 묻은 손으로 여자는 흑판을 짚고 서 있었다. 학생들이 웅성거리기 시작한 것은 여자가 끝내 다음 단어를 찾아내지 못한 채 일 분여의 시간을 흘려보냈을 때였다. 그녀는 눈을 부릅뜬 채, 학생들도, 천장도, 창밖도 아닌

정면의 허공을 보고 있었다.

괜찮으세요, 선생님?

맨 앞자리에 앉아 있던, 곱슬머리에 귀염성 있는 눈매의 여학생
이 물었다. 여자는 웃어 보이려고 했지만 눈꺼풀이 잠시 경련했을
뿐이었다. 떨리는 입술을 꽉 다문 채, 혀와 목구멍보다 깊은 곳에
서 그녀는 중얼거렸다.

그것이 다시 왔어.

마흔 명 남짓한 학생들은 서로의 눈을 보았고, 뭐야? 왜 그러는
거야? 속삭이는 질문들이 책상에서 책상으로 번졌다. 그녀가 할
수 있는 일은 오직 한 가지, 침착하게 그곳을 걸어나가는 것뿐이
었다. 최선을 다해 그녀는 그렇게 했다. 그녀가 복도로 나온 순간,
은밀하던 속삭임들은 갑자기 음량을 키운 스피커처럼 소란해졌
고, 석조 복도에 울리는 그녀의 구두 소리를 삼켜버렸다.

여자는 대학을 졸업하던 해부터 육 년 남짓 출판사와 편집대행
사에서 일했고, 그 일들을 그만둔 뒤에는 칠 년 가까이 수도권의
두 대학과 예술고등학교에서 문학을 강의해왔다. 진지한 시집 세
권을 삼사 년 정도의 간격으로 묶어냈고, 격주로 발행되는 서평지
에 여러 해째 칼럼을 기고해왔다. 최근에는 아직 제호를 정하지
않은 문화잡지의 창간 멤버로 매주 수요일 오후 기획회의에 참여
하고 있었다.

그것이 다시 왔으므로, 그녀는 그 일들을 모두 중단했다.

그것에는 어떤 원인도, 전조도 없었다.

물론 그녀는 반년 전에 어머니를 여의었고, 수년 전에 이혼했고, 세 차례의 소송 끝에 마침내 아홉 살 난 아들의 양육권을 잃었으며, 그 아이가 전남편의 집으로 들어간 지 오 개월이 되어가고 있었다. 아이를 보낸 뒤 생긴 불면증으로 일주일에 한 번 그녀가 찾았던 반백의 심리치료사는 그토록 자명한 원인들을 왜 그녀가 부인하려 하는지 납득하지 못했다.

아니요.

그녀는 테이블에 놓인 백지에 적었다.

그렇게 간단하지 않아요.

그것이 마지막 상담이었다. 필담으로 하는 심리치료는 시간이 너무 걸렸고 오해의 소지가 많았다. 언어문제를 다루는 다른 심리치료사를 소개해주겠다는 그의 제안을 그녀는 정중히 거절했다. 무엇보다 그녀에게는 더이상 고가의 치료를 감당할 경제력이 없었다.

*

어린 시절 여자는 영민한 편이었다고 했다. 항암치료를 받던 마지막 일 년 동안, 그녀의 어머니는 틈날 때마다 그녀에게 그것을

상기시켜주었다. 마치 죽기 전에 가장 확실히 해둬야 할 일이 그
것이라는 듯이.

언어에 관한 한 그 말은 사실이었는지도 몰랐다. 그녀는 네 살
에 스스로 한글을 깨쳤다. 아직 자모음에 대한 인식 없이 모든 글
자들을 통문자로 외운 것이었다. 학교에 들어간 오빠가 담임선생
을 흉내내어 한글의 구조를 설명해준 것은 그녀가 여섯 살이 되던
해였다. 설명을 들은 순간엔 그저 막연한 느낌뿐이었는데, 그 이
른봄의 오후 내내 그녀는 자음과 모음에 대한 생각을 떨치지 못
하고 마당에 쪼그려앉아 있었다. 그러다 '나'를 발음할 때의 ㄴ과
'니'를 발음할 때의 ㄴ이 미묘하게 다른 소리를 낸다는 것을 발견
했고, 뒤이어 '사'와 '시'의 ㅅ 역시 서로 다른 소리라는 것을 깨달
았다. 조합할 수 있는 모든 이중모음을 머릿속에서 만들어보다가,
'ㅣ'와 'ㅡ'의 순으로 결합된 이중모음만은 모국어에 존재하지 않
으며, 따라서 그것을 적을 방법도 없다는 것을 알았다.

그 소소한 발견들이 그녀에게 얼마나 생생한 흥분과 충격을 주
었던지, 이십여 년 뒤 최초의 강렬한 기억을 묻는 심리치료사의
질문에 그녀가 떠올린 것은 바로 그 마당에 내리쬐던 햇빛이었다.
볕을 받아 따뜻해진 등과 목덜미. 작대기로 흙바닥에 적어간 문자
들. 거기 아슬아슬하게 결합돼 있던 음운들의 경이로운 약속.

그후 초등학교에 다니면서부터 그녀는 일기장 뒤쪽에 단어들을

적기 시작했다. 목적도, 맥락도 없이 그저 인상 깊다고 느낀 낱말들이었는데, 그중 그녀가 가장 아꼈던 것은 '숲'이었다. 옛날의 탑을 닮은 조형적인 글자였다. ㅍ은 기단, ㅜ는 탑신, ㅅ은 탑의 상단. ㅅ-ㅜ-ㅍ이라고 발음할 때 먼저 입술이 오므라들고, 그다음으로 바람이 천천히, 조심스럽게 새어나오는 느낌을 그녀는 좋아했다. 그리고는 닫히는 입술. 침묵으로 완성되는 말. 발음과 뜻, 형상이 모두 정적에 둘러싸인 그 단어에 이끌려 그녀는 썼다. 숲. 숲.

하지만 '정말 영민했다'는 어머니의 기억과는 달리, 중학교를 졸업할 때까지 그녀는 누구의 눈에도 띄지 않는 아이였다. 어떤 말썽도 일으키지 않았고, 성적 역시 특출하지 않았다. 친구가 몇 있긴 했지만 방과후까지 어울려 노는 일은 없었다. 세수할 때 말고는 거울 앞에서 시간을 보내지 않는 무덤덤한 여학생이었으며, 연애에 대한 막연한 동경조차 거의 느끼지 않았다. 수업이 끝나면 학교 근처의 구립도서관에서 참고서 대신 책을 읽었고, 집으로 대출해간 책들을 이불 속에서 엎드려 읽다 잠들었다. 그녀의 삶이 격렬하게 양분되어 있다는 것을 아는 사람은 그녀 자신뿐이었다. 일기장 뒤에 적어가던 단어들은 스스로 꿈틀거리며 낯선 문장을 만들었다. 꼬챙이 같은 언어들이 시시로 잠을 뚫고 들어와, 그녀는 한밤에도 몇 번씩 소스라치며 눈을 떴다. 잠이 부족해질수록 신경은 위태롭게 예민해졌고, 설명할 수 없는 고통이 때로 달궈진 쇠처럼 명치를 눌렀다.

가장 고통스러운 것은, 자신이 입을 열어 내뱉는 한마디 한마디의 말이 소름 끼칠 만큼 분명하게 들린다는 것이었다. 아무리 하찮은 하나의 문장도 완전함과 불완전함, 진실과 거짓, 아름다움과 추함을 얼음처럼 선명하게 드러내고 있었다. 그녀는 자신의 혀와 손에서 하얗게 뽑아져나오는 거미줄 같은 문장들이 수치스러웠다. 토하고 싶었다. 비명을 지르고 싶었다.

마침내 그것이 온 것은 그녀가 막 열일곱 살이 되던 겨울이었다. 수천 개의 바늘로 짠 옷처럼 그녀를 가두며 찌르던 언어가 갑자기 사라졌다. 그녀는 분명히 두 귀로 언어를 들었지만, 두텁고 빽빽한 공기층 같은 침묵이 달팽이관과 두뇌 사이의 어딘가를 틀어막아주었다. 발음을 위해 쓰였던 혀와 입술, 단단히 연필을 쥔 손의 기억 역시 그 먹먹한 침묵에 싸여 더이상 만져지지 않았다. 더이상 그녀는 언어로 생각하지 않았다. 언어 없이 움직였고 언어 없이 이해했다. 말을 배우기 전, 아니, 생명을 얻기 전 같은, 뭉클뭉클한 솜처럼 시간의 흐름을 빨아들이는 침묵이 안팎으로 그녀의 몸을 에워쌌다.

놀란 어머니와 동행해 정신과에서 받아온 알약들을 혀 밑에 숨겼다가 화단에 묻으며, 오래전 자음과 모음을 깨쳤던 마당가에 쪼그려앉아 오후의 햇빛을 받으며 그녀는 두 계절을 보냈다. 여름이 되기 전에 목덜미는 햇볕에 달아 검어졌고, 늘 땀이 맺혀 있던 콧잔등에는 빨긋빨긋 땀띠가 돋았다. 그녀가 파묻은 약을 먹고 자란 사루비아가 검붉은 꽃술을 툭툭 내밀기 시작했을 때 의사와 어머니는 상의 끝에 그녀를 학교로 돌려보냈다. 집에 틀어박혀 있는 것이 도움이 되지 않는 게 분명했고, 어떻게든 진급을 해야 했기 때문이었다.

이월에 소집통지서만 받았을 뿐 처음 들어가본 공립 고등학교의 교정은 살풍경했다. 교과 진도는 그녀를 한참 앞질러 가 있었다. 선생들은 나이와 관계없이 권위적이었다. 아침부터 저녁까지 한마디 말도 하지 않는 그녀에게 관심을 가지는 동급생은 없었다. 지명받아 교과서를 읽거나 체육시간에 구령을 붙여야 할 때 그녀는 선생들의 얼굴을 물끄러미 올려다보았고, 예외 없이 교실 뒤쪽으로 내쫓기거나 뺨을 맞았다.

의사와 어머니의 바람과는 달리, 단체생활의 자극은 그녀의 침묵에 균열을 내지 못했다. 오히려 더 밝고 진해진 정적이 어둑한 항아리 같은 몸을 채웠다. 집으로 돌아가는 붐비는 거리에서, 그녀는 마치 거대한 비눗방울 속에서 움직이듯 무게 없이 걸었다. 물 밑에서 수면 밖을 바라보는 것 같은 어른어른한 고요 속에, 차들은 굉음을 내며 달렸고 행인들의 팔꿈치는 그녀의 어깨와 팔을 날카롭게 찌르고는 사라졌다.

오랜 시간이 지난 뒤 그녀는 의문했다.

방학을 앞둔 그해 겨울의 평범한 수업시간, 한 개의 평범한 불어 단어가 그녀를 건드리지 않았다면. 퇴화된 기관을 기억하듯 무심코 언어를 기억하지 않았다면.

한문이나 영어가 아니라 하필 불어였던 것은, 고등학교 과정부터 선택해 배우는 낯선 외국어라서였는지도 몰랐다. 여느 때처럼 묵묵히 흑판을 올려다보던 그녀의 눈이 한곳에 멈췄다. 단신短身에 머리가 반쯤 벗어진 불어선생이 그 단어를 가리키며 발음했다. 그녀의 방심한 두 입술이 어린아이처럼 달싹이려 했다. *비블리오떼*끄. 혀와 목구멍보다 깊은 곳에서 중얼거리는 소리가 들렸다.

그것이 얼마나 중요한 순간인지 그녀는 미처 알지 못했다.

공포는 아직 희미했다. 고통은 침묵의 뱃속에서 뜨거운 회로를 드러내기 전에 망설이고 있었다. 철자와 음운, 헐거운 의미가 만나는 곳에 희열과 죄가 함께, 폭약의 심지처럼 천천히 타들어가고 있었다.

*

여자는 두 손을 책상에 올려놓는다. 손톱 검사를 기다리는 아이처럼 굳은 자세로 고개를 수그린다. 남자의 목소리가 강의실에 울려퍼지는 것을 듣는다.

고대 희랍어에 수동태와 능동태 말고 제3의 태가 있다는 것, 지난 시간에 잠깐 설명했지요?

그녀와 같은 줄에 앉은 남학생이 힘주어 고개를 주억거린다. 뺨이 통통하고 이마에 잔뜩 여드름이 익은, 영리한 장난꾸러기 같은 인상의 철학과 2학년생이다.

여자는 창 쪽으로 고개를 돌린다. 의예과를 간신히 졸업하긴 했지만 타인의 삶을 책임지는 일이 적성에 맞지 않아 포기하고 의학사를 공부한다는 대학원생의 옆얼굴이 보인다. 턱이 겹쳐지는 통통한 얼굴에 검고 동그란 뿔테 안경을 낀 거구의 그는 언뜻 보기에 태평한 성격이어서, 쉬는 시간이면 여드름투성이의 대학생과 낭랑한 목소리로 끝없이 실없는 농담을 주고받으며 시간을 보낸다. 그러나 수업이 시작되는 즉시 그의 태도는 바뀐다. 실수를 두려워한다는 것, 매 순간 긴장하고 있다는 것이 역력히 드러난다.

우리가 중간태라고 부르는 이 태는, 주어에 재귀적으로 영향을 미치는 행위를 표현합니다.

창밖으로 살풍경한 연립주택들이 드문드문 주황빛 전등들을 밝히고 있다. 아직 잎이 나지 않은 어린 활엽수들은 검고 깡마른 가지들의 윤곽을 어둠 속에 숨기고 있다. 그 황량한 풍경을, 거구의 대학원생의 겁먹은 얼굴을, 희랍어 강사의 핏기 없는 손목을 그녀는 묵묵히 응시한다.

이십 년 만에 다시 온 침묵은 예전처럼 따스하지도, 농밀하지도, 밝지도 않다. 처음의 침묵이 출생 이전의 그것에 가까웠다면, 이번의 침묵은 마치 죽은 뒤의 것 같다. 예전에는 물속에서 어른 어른한 물 밖의 세계를 바라보았다면, 이제는 딱딱한 벽과 땅을 타고 다니는 그림자가 되어 거대한 수조에 담긴 삶을 바깥에서 들여다보는 것 같다. 모든 언어가 낱낱이 들리고 읽히는데, 입술을 열어 소리를 낼 수 없다. 육체를 잃은 그림자처럼, 죽은 나무의 텅 빈 속처럼, 운석과 운석 사이의 어두운 공간처럼 차고 희박한 침묵이다.

이십 년 전, 모국어가 아닌 낯선 외국어가 침묵을 깨뜨리리라고 그녀는 예상하지 못했었다. 지금 그녀가 이 사설 아카데미에서 고대 희랍어를 배우는 것은, 이번에는 자신의 의지로 언어를 되찾고 싶기 때문이다. 함께 강의를 듣는 학생들이 원서로 읽기를 원하는 플라톤과 호메로스와 헤로도토스, 속화된 헬라어로 쓰인 후대의 문헌들에 그녀는 거의 무관심하다. 더 낯선 문자를 쓰는 버마어나 산스크리트어 강좌가 개설되어 있었다면 주저 없이 그것들을 들었을 것이다.

……예를 들어 '사다'라는 의미를 가진 동사에 중간태를 쓰면, 무엇을 사서 결국 내가 가졌다는 것을 의미합니다. '사랑하다'라는 동사에 중간태를 쓰면, 무엇인가를 사랑해서 그것이 나에게 영향을 미쳤다는 뜻이 됩니다. 영어에 'kill himself'라는 표현이 있

지요? 희랍어에서는 himself 없이 이 중간태를 사용해서 한 단어로 말할 수 있습니다. 이렇게, 라고 말하며 남자는 흑판에 쓴다.

διεφθάρθαι.

흑판에 적힌 문자들을 곰곰이 올려다보다가 그녀는 연필을 쥔다. 공책에 그 단어를 옮겨적는다. 이렇게 규칙이 까다로운 언어를 그녀는 접해보지 못했다. 동사들은 주어의 격과 성과 수에 따라, 여러 단계를 가진 시제에 따라, 세 가지 태에 따라 일일이 형태를 바꾼다. 놀랍도록 정교하고 면밀한 규칙 덕분에 오히려 문장들은 간명하다. 주어를 굳이 쓸 필요도 없다. 어순을 지킬 필요조차 없다. 삼인칭의 한 남자가 주체이며, 언젠가 한 번 일어난 일임을 나타내는 완료시제를 쓴, 중간태에 따라 변화된 이 한 단어에 '그는 언젠가 자신을 죽이려 한 적이 있다'는 의미가 압축돼 있다.

팔 년 전에 그녀가 낳은, 이제 더이상 키울 수 없게 된 아이가 처음 말을 배울 무렵, 그녀는 인간의 모든 언어가 압축된 하나의 단어를 꿈꾼 적이 있었다. 등이 흠뻑 젖을 만큼 생생한 악몽이었다. 어마어마한 밀도와 중력으로 단단히 뭉쳐진 단 한 단어. 누군가 입을 열어 그것을 발음하는 순간, 태초의 물질처럼 폭발하며 팽창할 언어. 잠투정이 심한 아이를 재우다 설핏 잠들 때마다, 어마어마하게 무거운 그 언어의 결정結晶이 그녀의 더운 심장에, 꿈틀거리는 심실들 가운데 차디찬 폭약처럼 장전되는 꿈을 꾸었다.

기억만으로 선득한 그 감각을 잇사이로 누르며 그녀는 쓴다.

διεφθάρθαι.

얼음 기둥처럼 차갑고 단단한 언어.

다른 어떤 단어와도 결합되어 구사되기를 기다리지 않는, 극도로 자족적인 언어.

돌이킬 수 없이 인과와 태도를 결정한 뒤에야 마침내 입술을 뗄 수 있는 언어.

*

밤은 고요하지 않다.

반 블록 너머에서 들리는 고속도로의 굉음이 여자의 고막에 수천 개의 스케이트 날 같은 칼금을 긋는다.

흉터 많은 꽃잎들을 사방에 떨구기 시작한 자목련이 가로등 불빛에 빛난다. 가지들이 휘도록 흐드러진 꽃들의 육감. 으깨면 단냄새가 날 것 같은 봄밤의 공기를 가로질러 그녀는 걷는다. 자신의 뺨에 아무것도 흐르지 않는다는 것을 알면서 이따금 두 손으로 얼굴을 닦아낸다.

전단지와 세금고지서들이 꽂혀 있는 우편함을 지나쳐, 엘리베이터 옆에 육중하게 버티고 선 일층 현관문에 그녀는 열쇠를 꽂는다.

다시 양육권 소송을 해서 되찾아올 생각이었으므로 집안에는 아이의 흔적이 고스란히 남아 있다. 낡은 천소파 옆의 낮은 책장에는 세 살 때부터 읽힌 그림책들이 꽂혀 있고, 동물 스티커로 장식한 골판지 상자들에는 크고 작은 레고 부속들이 그득하다.

수년 전, 아이가 마음껏 놀게 하려고 일부러 맨 아래층에 얻은 집이었다. 하지만 아이는 좀처럼 발을 구르거나 뛰어다니려 하지 않았다. 거실에서 줄넘기 연습을 해도 된다고 그녀가 말하자 아이는 물었다. *지렁이랑 달팽이들이 시끄러워하지 않을까?*

또래보다 체구가 작고 골격이 섬세한 아이였다. 무서운 장면이 있는 책을 읽으면 38도 가까이 열이 올랐고, 긴장하면 토하거나 설사를 했다. 그 아이가 친가의 장손이자 유일한 아들이기 때문에, 이제 예전만큼 아주 어리지는 않기 때문에, 그녀가 정신적으로 너무 예민해 아이에게 나쁜 영향을 준다고 전남편이 일관되게 주장해왔기 때문에―십대에 받은 정신과 진료기록이 불리한 자료로 제시되었다―지난해 은행 본사로 승진 발령받은 그에 비해 그녀의 수입이 턱없이 적고 불규칙했기 때문에 그녀는 마지막 재판에서 패했다. 이제 그나마의 수입원도 사라졌으니, 현재로서 다음의 소송이란 불가능했다.

*

구두를 벗지 않은 채 그녀는 현관 턱에 걸터앉는다. 두툼한 희랍어 교본과 사전, 공책과 납작한 필통이 들어 있는 가방을 내려놓는다. 노란빛이 도는 센서등이 꺼질 때까지 눈을 감고 기다린다. 어두워지자 그녀는 눈을 뜬다. 어둠 때문에 검게 보이는 가구들을, 검은 커튼을, 정적에 잠긴 검은 베란다를 본다. 천천히 입술을 열었다가 이내 악문다.

심장에 장전된 차디찬 폭약을 향해 타들어가던 불꽃은 없다. 더이상 피가 흐르지 않는 혈관의 내부처럼, 작동을 멈춘 승강기의 통로처럼 그녀의 입술 안쪽은 텅 비어 있다. 여전히 말라 있는 뺨을 그녀는 손등으로 닦아낸다.

눈물이 흘렀던 길에 지도를 그려뒀더라면.

말이 흘러나왔던 길에 바늘 자국을, 핏자국이라도 새겨뒀더라면.

하지만 너무 끔찍한 길이었어.

혀와 목구멍보다 깊은 곳에서 그녀는 중얼거린다.

3

열다섯 살의 초여름이었다.

꽉 찬 달이 검고 뭉클뭉클한 구름장 속으로 멈칫 몸을 감췄다가 드러내길 반복하던 일요일 밤이었다. 아무리 닦아도 어둑한 데가 남는 은숟가락 같은 그 보름달을 올려다보며 나는 어두운 보도를 걷고 있었다. 한순간, 신비하고 불안한 암호 같은 달무리가 보랏빛 동그라미를 그으며 구름 위로 번졌다.

수유리의 집에서 4·19 탑 네거리까지는 버스로 고작 세 정거장 거리였지만, 워낙 천천히 걸었기 때문에 시간이 꽤 늦어버렸다. 모퉁이 서점에 이르렀을 땐 그 옆 전파사에 진열된 여러 대의 텔레비전에서 동시에 아홉시 뉴스가 시작되고 있었다. 서점에 들어서자, 꾸깃꾸깃한 회색 셔츠에 넓적한 멜빵을 한 중년의 주인남자가 문 닫을 준비를 하고 있었다. 오 분만 시간을 달라고 양해를 구한 뒤 나는 바쁘게 서가를 오가며 책을 고르기 시작했다. 그때 집어든 책들 중 하나가 바로 이 책, 불교에 관한 보르헤스의 대중 강연을 번역한 문고판 서적이었다.

그때의 나에게 불교의 인상이란, 보름쯤 전 어머니와 누이동생과 함께 갔던 연등회 날의 기억이 전부였다. 그때까지의 짧은 인생을 통틀어 시각적으로 가장 아름다웠다고 할 수 있을 광경을 그 하루의 낮과 밤에 모두 경험했다. 수십 장의 얇은 홍보랏빛 한지 조각들을 일일이 주름지게 말아 꽃잎을 만들어 붙인 연등들이 햇빛을 받으며 대웅전 앞마당에서 흔들리고 있었다. 그날만 특별히 절에서 준다는 심심한 국수를 공양간 앞의 느티나무 그늘에서 먹은 뒤 어두워지기를 기다렸는데, 마침내 등들이 밝혀지자 나는 넋을 빼앗기고 말았다. 따스한 촛불의 빛이 안쪽에서 고요히 새어나오는, 먹색 어둠 속에서 겹겹이 흔들리는 수백 송이의 붉고 흰 지등들. 이제 그만 집에 가야지, 어머니가 채근했지만 나는 걸음을 뗄 수 없었다.

두 달 뒤면 가족 모두 한국을 떠나야 한다는 말을 어머니로부터 들은 일요일 오전, 왜 내 눈앞에 그 지등들이 선명하게 떠올랐던 걸까. 그 빛들이 준 충격이 종교적인 경외감과는 약간 다른 것임을 어렴풋이 짐작하고 있었으면서도, 어머니가 넉넉히 쥐여준 돈으로 기초 독일어 교본과 회화 테이프를 사러 간 그 밤 나는 문고판 『숫타니파타』와 『법구경』, 현암사에서 나온 연와무늬 표지의 『화엄경 강의』와 『열반경 강의』를 욕심껏 골랐다. 그 책들을 지구 반대편의 독일까지 운반함으로써 가족들과 나의 운명이 안전해질 것 같은, 막연하고 미신적인 희망 같은 걸 품고 있었던 것 같다.

보르헤스의 이 얇은 책이 그 목록에 끼어든 것은, 서양 사람이 쓴 책이니만큼 아마 기초적인 입문서가 되어줄 거라는 실질적인 기대 때문이었다. 반쯤 눈을 감은, 무언가를 기도하거나 후회하는 듯 두 손을 가슴 앞에 모은 그의 사진이 초록색 표지 상단에 흑백으로 인쇄되어 있는 것을, 그때에는 특별히 눈여겨 들여다보지 않았다.

독일에서 보낸 십칠 년 동안 나는 그 책들을 천천히, 반복해서 읽었다. 어떤 밤에는 그저 한글의 생김새를 들여다보고 있고 싶어서 책장을 넘기지 않은 채 오랜 시간을 보내기도 했다. 어떤 책을 펼치든 그 초여름 밤 수유리의 서늘한 공기가 팔뚝 위로 느껴졌다. 어둑한 은숟가락 같던 달과, 신비하고도 불안한 암시 같던 보랏빛 달무리를 잊지 않은 것은 그 책들 덕분이었다.

그렇게 해서 내가 가장 좋아하게 된 책은 현암사에서 나온 『화엄경 강의』였다(그토록 찬란한 이미지들로 이루어진 사유의 체계를, 그후 어느 책에서도 다시 경험하지 못했다). 반면 보르헤스의 이 책은 짐작대로 쉽고 개괄적인 내용이어서, 비교적 빨리 훑어보고는 책장에 꽂아두고만 있었다. 시간이 흐른 뒤, 대학에 들어가 그의 소설들과 평전을 독일어로 읽고서야 새삼스러운 마음으로 다시 펼쳐 읽었던 기억이 난다.

오늘 아침, 이 얇은 초록색 책이 다시 생각나 창고의 트렁크에서 꺼내왔다. 한 장 한 장 넘겨가다가 거친 필체의 메모를 발견했다. '세상은 환幻이고, 산다는 것은 꿈꾸는 것입니다'라고 보르헤스가 구술한 문장 바로 아래였다.

그 꿈이 어떻게 이토록 생생한가. 피가 흐르고 뜨거운 눈물이 솟는가.

이어서 독일어로 생명, 생명이라고 흘려썼다가 굵게 가로로 선을 그어 지운 흔적이 보였다.

분명히 내 필체인데, 언제 그것을 적어넣었는지 전혀 기억나지 않았다. 독일에서 학생들이 노트 필기할 때 사용하는 짙은 청색 잉크 글씨라는 것만 알아볼 수 있었다.

나는 책상 서랍을 열고 낡은 회색 가죽필통을 찾아냈다. 기억대로 만년필이 그 안에 있었다. 독일에 건너간 직후부터 대학 2학년 무렵까지 수차례 촉을 갈아가며 사용했던 것이었다. 흠집이 좀 있을 뿐 깨진 데 없는 뚜껑을 열어 책상 한켠에 두고, 촉에 말라붙은 잉크를 녹이기 위해 욕실로 만년필을 들고 갔다. 세면대에 맑은 물을 받은 뒤 촉을 담그자, 짙은 청색의 가느다란 실 같은 잉크가 흔들리는 곡선을 그리며 끝없이 번져갔다.

4

μὴ αἴτει οὐδὲν αὐτόν.
아무것도 그에게 묻지 마시오.

μὴ ἄλλως ποιήσης.
다른 방법으로 하지 마시오.

우렁우렁 따라 읽는 학생들 사이에 그녀는 묵묵히 앉아 있다. 희랍어 강사는 더이상 그녀의 침묵을 지적하지 않는다. 비스듬히 뒷모습을 보이며, 푹신한 헝겊지우개를 든 손과 팔을 크게 움직여 흑판 가득 씌어진 문장들을 지운다.

그가 동작을 멈출 때까지 학생들은 침묵한다. 기둥 뒤에 앉아 있던 마른 체구의 중년 남자가 허리를 힘주어 펴고는 주먹으로 척추께를 두드린다. 여드름투성이의 철학도는 책상 위에 올려두었던 스마트폰의 액정 위로 검지손가락을 움직인다. 거구의 대학원생은 흑판에서 힘차게 지워지는 문장들을 지켜보고 있다. 체구와 대조되어 더 얇아 보이는 입술을 벌려, 들리지 않는 목소리로 사라지는 단어들을 읽는다.

유월부터는 플라톤을 읽습니다. 물론 문법은 계속 병행해 공부합니다.

깨끗해진 흑판에 상체를 기대며 희랍어 강사가 말한다. 백묵을 쥐지 않은 왼손으로 안경을 추어올린다.

침묵 속에서 어, 우우, 하는 분절되지 않은 음성으로만 소통하던 인간이 처음 몇 개의 단어들을 만들어낸 뒤, 언어는 서서히 체계를 갖추어나갑니다. 체계가 정점에 이르렀을 때 언어는 극도로 정교하고 복잡한 규칙들을 갖습니다. 고어를 배우기 어려운 것은 바로 그 때문이지요.

그는 백묵으로 흑판에 포물선을 그린다. 왼쪽 오르막의 경사는 가파르고, 오른쪽의 내리막길은 완만하고 길다. 포물선의 정점을 검지손가락으로 짚으며 그는 말을 잇는다.

정점에 이른 언어는 바로 그 순간부터, 더디고 완만한 포물선을 그리며 좀더 사용하기 편한 형태로 변화해갑니다. 어떤 의미에서 쇠퇴이고 타락이지만, 어떤 면에서는 진전이라고도 부를 수 있을 겁니다. 오늘날의 유럽어는 그 오랜 과정을 거쳐 덜 엄격하게, 덜 정교하게, 덜 복잡하게 변화한 결과물입니다. 플라톤을 읽으면서, 수천 년 전 정점에 이르렀던 고어의 아름다움을 음미할 수 있을 겁니다.

다음의 말을 잇기 전에 그는 침묵한다. 기둥 뒤에 앉은 중년 남자가 주먹으로 입을 가리고는 짧고 낮게 헛기침을 한다. 한번 더 길게 헛기침을 하자, 이마에 여드름이 익은 대학생이 남자를 흘긋 돌아본다.

말하자면, 플라톤이 구사한 희랍어는 마치 막 떨어지려 하는 단단한 열매 같은 것이었습니다. 그의 세대 이후 고대 희랍어는 급격하게 저물어갑니다. 언어와 함께 희랍 국가들 역시 쇠망을 맞게 되지요. 그런 점에서, 플라톤은 언어뿐 아니라 자신을 둘러싼 모든 것의 석양 앞에 서 있었던 셈입니다.

그녀는 그의 말에 귀를 기울이지만, 모든 말에 집중하지는 못한다. 한 문장이 긴 물고기처럼 토막나서, 비늘 같은 조사와 어미들이 떨어져나가지 않은 채 그녀의 귓속에 박혀 있다. *침묵 속에서. 어어, 우우. 분절되지 않은 음성. 처음 몇 개의 단어들.*

말을 잃기 전에―그것을 사용해 글을 쓰고 있었을 때―그녀는 때로 자신이 사용하는 말들이 그런 것에 가깝기를 바랐다. 신음이나 낮은 비명. 숨죽여 앓는 소리. 으르렁거림. 잠결에 아이를 달래는 흥얼거림. 킥킥 터지는 웃음. 어떤 입술들이 포개어졌다가 떨어지는 소리.

그녀 자신이 방금 사용한 단어들의 형상을 들여다보다가, 때때로 입술을 열어 그것들을 읽을 때가 있었다. 핀에 꽂힌 육체 같은 그 납작한 형상들과, 뒤늦게 그것을 읽으려 하는 자신의 목소리가 얼마나 이질적인 것인지 그녀는 이내 깨달을 수 있었다. 읽기를 멈추고 그녀는 마른침을 삼키곤 했다. 베인 곳을 바로 눌러 지혈하거나, 반대로 힘껏 피를 짜내 혈관 속으로 균이 들어가는 걸 막아야 할 때처럼.

5
목소리

당신이 지금 이 편지를 읽고 있다면—나에게 이 편지가 반송되지 않았다면—당신의 가족은 아직 그 병원 이층에 살고 있는 것이겠지요.

18세기에 인쇄소로 지어졌다던 석조 건물은 지금쯤 연한 담쟁이 잎으로 덮였겠지요. 중정中庭으로 이어지는 돌계단 틈으로 자잘한 제비꽃들이 피었다가 졌겠지요. 민들레도 시들어, 희끗한 혼령 같은 홀씨들만 동그랗게 남았겠지요. 굵게 찍힌 문장부호 같은 야생 개미들이 줄을 이어 계단 가장자리를 오르내리고 있겠지요.

볼 때마다 다른 색깔의 화려한 사리를 쓰고 있던 당신의 벵골인 어머니는 여전히 아름답습니까. 차디찬 회색 눈으로 내 안구를 들여다보던 늙은 독일인 아버지는 아직 안과의사입니까. 당신이 낳았다는 딸은 이제 많이 자랐습니까. 이 편지를 읽는 지금, 당신은 아이를 외조부모에게 보이려고 잠시 다니러 온 참입니까. 당신이 쓰던 북쪽 방에 머물면서, 이따금 유모차를 밀고 나가 강가를 산책합니까. 당신이 좋아했던 오래된 다리 앞의 벤치에 앉아 쉬며, 늘 호주머니에 담고 다니던 필름조각들을 꺼내 눈에 대고 태양을 올려다봅니까.

처음으로 당신과 나란히 그 다리 앞의 벤치에 앉았을 때, 당신은 그렇게 문득 청바지 주머니에서 두 개의 네거티브 필름조각을 꺼냈지요. 가무잡잡하고 날씬한 팔을 들어, 두 눈을 필름들로 가리고 해를 올려다보았지요.

견딜 수 없게 가슴이 떨려왔습니다. 당신이 그렇게 하는 것을 예전에 본 적이 있었기 때문입니다.

당신의 아버지에게 처음 진료를 받던 날, 그러니까 그해 유월 초순의 오후였습니다. 라일락꽃이 흐드러지게 핀 병원 중정에 놓인 철제 긴 의자에서, 당신은 치렁치렁한 검은 머리를 질끈 묶은 채 필름조각들을 통해 해를 보고 있었습니다. 당신 옆에 앉아 있던 무뚝뚝한 표정의 남자 간호사가 그것들 중 하나를 달라고 손짓했지요. 다 큰 어른들이 나란히 앉아 한쪽 눈을 감고, 필름조각 한 장씩을 들고 해를 올려다보는 모습은 어딘가 웃음을 자아내는 데가 있었습니다.

그늘진 유리문 뒤에서 내가 훔쳐보고 있는 것을 알아차리지 못한 채, 남자는 필름에서 눈을 떼고 몇 마디 말을 당신에게 건넸지요. 당신은 주의깊게 남자의 입술을 바라보았습니다. 순간, 남자가 당신의 입술에 어색하고 짧게 입맞추었습니다. 두 사람이 연인이 아니라는 것은 분명해 보였기에 나는 놀랐습니다. 당신 역시 놀란 듯 흠칫 물러앉았다가, 이내 용서하듯 날렵하게 남자의 뺨에 입맞추었습니다. 함께 해를 보았으므로 생긴 우정의 너그러운 의례라는 듯이. 당신은 가볍게 일어서서 남자가 들고 있던 필름을 빼앗았습니다. 남자는 얼굴이 붉어진 채 멋쩍게 웃었지요. 당신도 웃었습니다. 말없이 돌아서서 사라지는 당신의 뒷모습을, 남자는 여전히 멋쩍은 얼굴로 지켜보고 있었습니다.

그 몇 분간의 완전한 정적이 열일곱 살의 나에게 얼마나 깊은 인상을 남겼는지 당신은 알지 못했겠지요. 얼마 지나지 않아 당신이 그 병원집의 딸이라는 것을, 갓난아이였을 때 열병을 앓다 청력을 잃었다는 것을, 이태 전에 특수학교를 졸업한 뒤 병원 건물 뒤쪽의 창고에서 목가구를 제작하며 지내오고 있다는 것을 알게 되었습니다. 그러나 그 사실들이, 그날 내가 본 짧은 장면의 서늘함을 다 설명해줄 수는 없었습니다.

그후 진료를 받기 위해 병원 현관에 들어설 때마다, 당신이 일하는 창고에서 전기톱 소리가 들려올 때마다, 작업복 차림으로 무심히 강가를 산책하는 당신을 먼발치에서 볼 때마다 나는 라일락

냄새를 갑자기 들이마신 것처럼 멍해지곤 했습니다. 한 번도 누군가와 입맞춰본 적 없는 내 입술이, 미세한 전류에 감전된 듯 비밀스럽게 떨려오곤 했습니다.

당신의 얼굴은 어머니 쪽을 더 닮았지요.

질끈 묶은 검은 머리채와 다갈색 피부도 보기 좋았지만, 가장 아름다운 것은 눈이었습니다. 고독한 노동으로 단련된 사람의 눈. 진지함과 장난스러움, 따스함과 슬픔이 부드럽게 뒤섞인 눈. 무엇이든 섣불리 판단하지 않고 일단 들여다보겠다는 듯, 커다랗게 열린 채 무심히 일렁이는 검은 눈.

이제 당신의 어깨를 툭 건드린 뒤 필름 한 조각을 달라고 손짓해야 하는 순간이었겠지만, 나는 그렇게 하지 못했습니다. 당신이 두 눈에서 필름조각들을 떼어낼 때까지 그저 당신의 동그란 이마를, 거기 흘러내려 달라붙은 곱슬곱슬한 잔머리칼을, 순수한 혈통의 인도 여자처럼 조그만 보석을 붙이면 완전해질 것 같은 콧날을, 거기 맺힌 동그란 땀방울들을 지켜보고만 있었습니다.

……뭐가 보여요?

내가 묻는 동안 당신은 주의깊게 내 입술을 들여다보았지요. 순간 그 무뚝뚝한 얼굴의 남자 간호사를 이해할 수 있었습니다. 당신의 시선이 단지 내 말을 읽기 위해서라는 것을 알면서도, 문득 당신에게 입맞추고 싶었습니다. 당신은 헐렁한 작업복 셔츠의 앞주머니에서 수첩을 꺼내 볼펜으로 썼습니다.

네 눈으로 직접 봐.

그때부터 내 시력은 이미 불안정했습니다. 섣부른 안과수술은 오히려 실명을 앞당길 뿐이라는 임상 결과들을 나에게 차근차근 설명하며, 당신의 아버지는 값싼 동정심을 보이지 않기 위해 일부러 냉정한 얼굴을 하고 있었습니다.

강한 빛이 해롭다는 것은 아직 증명되지 않았지만, 조심하는 편이 현명하다고 그는 충고했습니다. 태양광선이 강한 낮에는 선글라스를 끼고, 밤에는 은은한 조명 아래에서 지내라고 권했습니다. 배우처럼 눈에 띄는 검은색 선글라스가 부담스러웠던 나는 엷은 녹색을 넣은 안경을 끼고 생활하는 편을 택했습니다. 그러니, 아무리 필름으로 가린다 해도 태양을 직접 올려다보는 일은 상상할 수 없는 것이었습니다.

내가 주저하는 것을 알아차리고 당신은 다시 수첩에 썼습니다.

나중에.

수없이 필담으로 의사소통을 해온 듯 당신의 손은 날렵하고 정확했습니다.

완전히 모든 걸 못 보게 되기 직전에.

당신이 내 병의 예후에 대해 정확히 알고 있다는 사실을 그때 처음 알았습니다. 당신의 가족이 식탁에 둘러앉아 내 상태에 대해 이야기하는 장면은, 상상만으로 나에게 깊은 상처를 주었습니다.

나는 침묵했습니다. 대답을 기다리던 당신은 수첩을 덮어 도로 주머니에 넣었습니다.

우리는 강물을 바라보았습니다.

오직 그것만이 허락된 것처럼.

그때 나는 불현듯 낯선 슬픔을 느꼈는데, 방금 받은 상처나 모욕감으로 인한 것이 아니라는 것을 곧 깨달을 수 있었습니다. 앞날에 대한 두려움이나 좌절 때문은 더더욱 아니었습니다. 완전히 모든 것을 못 보게 될 나이는 아직 나에게서 멀리, 충분히 떨어져 있었습니다. 쓰라리고도 달콤한 그 슬픔은, 믿을 수 없을 만큼 가까이 있는 당신의 진지한 옆얼굴에서, 미세한 전류가 흐르고 있을 것 같은 입술에서, 그토록 또렷한 검은 눈동자들에서 흘러나온 것이었습니다.

칠월의 햇빛을 받은 강물이 거대한 물고기의 비늘처럼 뒤척이며 번쩍이던, 당신이 문득 내 팔에 가무잡잡한 손을 얹었던, 그 손등 위로 부풀어오른 검푸른 정맥들을 내가 떨며 어루만졌던, 두려워하는 내 입술이 마침내 당신의 입술에 닿았던 순간들은 이제 당신 안에서 사라졌습니까. 그 낡은 다리 앞에서 당신의 딸은 유모차 밖으로 얼굴을 내밀며 엄마를 부르고, 당신은 필름조각들을 호주머니에 넣은 뒤 천천히 몸을 일으킵니까.

이십 년 가까운 시간이 흘러갔지만, 그 순간의 어떤 것도 내 기억 속에선 흐려지지 않았습니다. 그 순간뿐 아니라, 당신과의 가장 끔찍했던 순간들까지 낱낱이 살아 꿈틀거립니다. 나의 자책, 나의 후회보다 더 고통스러운 것은 당신의 얼굴입니다. 눈물에 온통 젖어 번들거렸던 그 얼굴. 내 얼굴을 후려친, 수년간 억센 나무를 다뤄 사내보다 단단했던 주먹.

나를 용서하겠습니까.

용서할 수 없다면, 내가 용서를 구하고 있다는 것을 기억해주겠습니까.

*

당신의 아버지가 예고했던 마흔 살이 다가오고 있지만 아직 나는 볼 수 있습니다. 아마 앞으로 일이 년쯤은 더 볼 수 있을 것 같습니다. 오랜 시간 더디 진행되어온 일이므로, 마음의 준비는 더이상 필요하지 않습니다. 허락받은 담배를 가능한 한 오래 피우는 죄수처럼, 볕이 좋은 날이면 집 앞 골목에 나가 앉아 긴 오후를 보낼 뿐입니다.

서울 변두리의 이 상가 골목에는 다양한 부류의 사람들이 오갑니다. 교복 치마를 어설프게 줄여 입고 이어폰을 낀 여학생. 후줄근한 트레이닝복 차림에 아랫배가 나온 중년 남자. 패션잡지에서 방금 걸어나온 듯 근사한 원피스를 입고 누군가와 통화를 하며 걷는 여자. 새하얗게 센 쇼트커트 머리에 반짝이 장식이 가득 달린 스웨터를 빛내며 느린 동작으로 담뱃불을 붙이는 노파. 어디선가 욕지거리가 들리고 식당에서는 국밥 냄새가 번져옵니다. 자전거를 탄 소년이 일부러 크게 벨을 울리며 내 앞을 미끄러져 지나갑니다.

최대한 도수를 높인 안경을 끼었지만, 이 모든 것들의 세부를 이제 나는 보지 못합니다. 형상과 동작들은 덩어리로 뭉개어져 있고, 디테일은 오직 상상의 힘으로만 선명합니다. 여학생의 입술은 음악에 맞추어 달싹거리고, 아랫입술 왼쪽에 당신이 가진 것처럼 파르스름하고 작은 점이 있을 것입니다. 중년 남자의 트레이닝복 소매는 때에 절어 반들반들하고, 원래 희었던 운동화 끈은 몇 달을 빨지 않아 진한 회색이 되었을 것입니다. 자전거를 탄 소년의 관자놀이께에는 땀방울이 흘러내리고 있을 것입니다. 녹록지 않은 관록이 느껴지는 노파의 담배는 가느다랗고 섬세한 종류의 것이고, 스웨터 가득 박힌 조그만 자개 반짝이들은 장미나 수국 문양일 것입니다.

그렇게 상상하며 사람들을 지켜보는 일이 지루해질 때쯤, 천천히 뒷산의 산책로를 오르기도 합니다. 연푸른 나무들은 한 덩어리로 일렁이고, 꽃들은 믿을 수 없을 만큼 아름다운 색채로 번져 있습니다. 산기슭에 있는 작은 절의 대중방 마루에 앉아 나는 쉽니다. 무거운 안경을 벗어들고, 경계가 완전히 허물어진 흐릿한 세계를 둘러봅니다. 잘 보이지 않으면 가장 먼저 소리가 잘 들릴 거라고 사람들은 생각하지만, 그건 사실이 아닙니다. 가장 먼저 감각되는 것은 시간입니다. 거대한 물질의 느리고 가혹한 흐름 같은 시간이 시시각각 내 몸을 통과하는 감각에 나는 서서히 압도됩니다.

날이 저물면 급격히 시력이 떨어지기 때문에, 지나치게 시간을 끌지 않고 나는 일어섭니다. 집으로 돌아와 옷을 갈아입고 얼굴을 새로 씻습니다. 당신이 해를 올려다보기 좋아했던 그곳의 정오 무렵, 이곳 시각으로 저녁 일곱시부터 학생들을 가르쳐야 하기 때문입니다. 대체로는 날이 아직 밝을 때 사설 아카데미에 도착해 수업시간을 기다립니다. 환한 건물 안에서는 활동에 큰 지장이 없지만, 안경을 낀다 해도 밤거리를 혼자 걷는 것은 부담스러운 일이니까요. 강의가 끝나고 학생들이 모두 돌아간 열시경, 아카데미의 현관 앞으로 택시를 불러 집으로 돌아옵니다.

아카데미에서 무슨 수업을 하느냐구요.

월요일과 목요일에는 희랍어 초급반을, 금요일에는 플라톤을 원전 강독하는 중급반을 가르칩니다. 한 반의 수강생은 많아야 여덟 명을 넘지 않습니다. 서양 철학에 관심을 가진 대학생들, 다양한 연령과 직업을 가진 직장인들이 섞여 있습니다.

동기가 어떻든, 희랍어를 배우는 사람들에게는 얼마간의 공통점이 있습니다. 걸음걸이와 말의 속력이 대체로 느리고, 감정을 잘 드러내지 않습니다(아마 나도 그들 중 한 사람일 테지요). 오래

전에 죽은 말, 구어口語로 소통할 수 없는 말이라서일까요. 침묵과 수줍은 망설임, 덤덤하게 반응하는 웃음으로 강의실의 공기는 서서히 덥혀지고, 서서히 식어갑니다.

그렇게 무사히 이곳의 하루하루가 흘러갑니다.

간혹 기억할 만한 일이 있었다 해도, 거대하고 불투명한 시간의 양감에 묻혀 흔적 없이 지워집니다.

이곳을 처음 떠나 독일로 가던 해에 나는 열다섯 살이었습니다. 독일을 떠나 이곳으로 올 때는 서른한 살이었으니, 그때 내 인생은 거의 정확히 절반씩 두 언어, 두 문화로 쪼개져 있었던 셈입니다. 당신의 아버지가 예고했던 마흔 살 이후의 시간을 어디서 보낼 것인지 나는 양자택일해야 했습니다. 모국어를 쓰는 곳으로 돌아가고 싶다고 말했을 때, 가족과 스승을 비롯한 모든 사람들이 만류했습니다. 모국에서 뭘 할 거냐고 어머니와 여동생은 물었습니다. 까다롭게 따낸 희랍 철학 학위 따위는 휴짓조각에 불과할 거라고, 무엇보다 내 특수한 상황을 가족의 도움 없이 혼자 헤쳐나갈 수는 없을 거라고 말했습니다. 그렇다면 꼭 이 년만 살아본 뒤 결정하겠다고, 나는 어렵게 그들을 설득했습니다.

처음 작정했던 시간의 세 배 가까이 이곳에서 살아오고 있지만, 아직 나는 어떤 결정도 내리지 못했습니다. 못 견디게 그리웠던, 산사태처럼 사방에서 퍼부어지는 모국어에 감격하며 한 계절을 보낸 뒤 겨울이 오자, 독일의 도시들이 그랬던 것과 꼭 같이 서울이 낯설어지기 시작했습니다. 무채색 모직코트와 점퍼들 속에서 어깨를 웅크린 사람들은 오래 견딘 얼굴, 더 오래 언제까지든 견뎌나갈 얼굴로 내 몸을 스치며 얼어붙은 거리를 종종걸음쳐 갔습니다. 독일에서 그랬던 것과 꼭 같이, 나는 어떤 표정도 짓지 않고 그들을 바라보았습니다.

그러니까, 어떤 감상과 낙관에도 빠지지 않은 채 나는 여기 있는 것입니다. 유난히 수줍어하는 수강생들과, 몇몇 스타 강사들을 기용해 용케 수익을 내며 인문학 아카데미를 꾸려가는 까다로운 성격의 원장과, 알레르기성 비염 때문에 사계절 휴지를 달고 사는 단발머리 아르바이트생과 소소한 대화를 주고받는 것이 이 생활의 덤덤한 즐거움입니다. 아침이면 그날 강독할 문장들을 확대경으로 들여다보며 암기하고, 세면대 위의 거울 속에 어렴풋하게 비쳐 있는 내 얼굴을 곰곰이 바라보고, 마음이 내킬 때마다 환한 골목과 거리를 한가롭게 걷습니다. 문득 눈이 시어 눈물이 흐를 때가 있는데, 단순히 생리적이었던 눈물이 어째서인지 멈추지 않을 때면 조용히 차도를 등지고 서서 그것이 지나가기를 기다립니다.

*

이제 당신은 그을린 얼굴 가득 햇빛을 받으며 유모차를 밀고 돌아옵니까. 두 살배기 딸의 손에선 당신이 한 묶음 꺾어 쥐여준 강아지풀이 차란차란 흔들립니까. 강변에서 집으로 바로 돌아가는 대신, 당신은 백년 된 그 성당 앞에 멈춰 섭니까. 단단한 두 팔로 아이를 안아올리고, 유모차를 경비에게 맡긴 뒤 서늘한 성당 안으로 들어섭니까.

얼음에 담근 것 같은 햇빛이 청색 계열의 스테인드글라스들을 투과해 쏟아져내려오는 곳. 그리스도는 아무런 고통 없이 십자가에 매달려 천진하게 하늘을 올려다보고, 천사들은 잠시 산책 나온 듯 가벼운 걸음걸이로 허공을 거니는 곳. 진한 푸른색과 더 진한 푸른색 잎사귀들이 착하게 손바닥을 펼친 종려나무들. 옅은 회청색 머리칼에 더 옅은 회청색 수도복을 걸친 환한 얼굴의 성자들. 어디로 눈을 돌려도 죄와 고통의 흔적이 없는, 그 때문에 거의 이교적이라고 느껴졌던 성 슈테판 성당.

당신과 나란히 그곳을 걸어나오던 오래전의 늦여름 저녁, 당신은 수첩을 꺼내 나에게 써 보였지요. 어린 시절부터 깊은 신앙심을 가져왔지만, 아무리 애써도 천국과 지옥 같은 극단적인 장소들이 존재하리라고는 믿어지지 않는다고. 대신 새벽까지 어두운 거리를 떠돌아다니는 혼령들은 어쩐지 존재할 것 같다고. 그런 혼령들이 있다면, 신도 어디엔가 분명히 존재할 거라고. 논리적이지 않을뿐더러 전혀 기독교적이지 않은 방식으로 기독교의 신을 믿는다고 주장하는 당신이 재미있어서, 나는 소리내어 웃으며 당신의 수첩을 건네받았지요. 그 무렵 어디에선가 읽은, 신의 부재에 대한 논증을 적어 당신에게 내밀었지요.

이 세계에는 악과 고통이 있고, 거기 희생되는 무고한 사람들이 있다.

신이 선하지만 그것을 바로잡을 수 없다면 그는 무능한 존재이다.

신이 선하지 않고 다만 전능하며 그것을 바로잡지 않는다면 그는 악한 존재이다.

신이 선하지도, 전능하지도 않다면 그를 신이라고 부를 수 없다.

그러므로 선하고 전능한 신이란 성립 불가능한 오류다.

진심으로 화를 낼 때 당신의 눈은 커지지요. 숱 많은 눈썹들이 치켜올라가고, 속눈썹과 입술이 떨리고, 숨을 몰아쉴 때마다 가슴이 벅차게 오르내리지요. 당신은 나에게서 펜을 돌려받은 뒤 수첩에 휘갈겨썼지요.

그렇다면 나의 신은 선하고 슬퍼하는 신이야. 그런 바보 같은 논증 따위에 매력을 느낀다면, 어느 날 갑자기 너 자신이 성립 불가능한 오류가 되어버리고 말걸.

*

　당신이 그토록 싫어했던 희랍식 논증의 방식으로 이따금 나는 스스로에게 묻습니다. 무엇인가를 잃으면 다른 무엇인가를 얻게 된다는 명제가 참이라고 가정할 때, 당신을 잃음으로써 내가 무엇을 얻었는지. 보이는 세계를 이제 잃음으로써 무엇을 얻게 될 것인지.

　인간의 모든 고통과 후회, 집착과 슬픔과 나약함 들을 참과 거짓의 성근 그물코 사이로 빠져나가게 한 뒤 사금 한줌 같은 명제를 건져올리는 논증의 과정에는 늘 위태하고 석연찮은 데가 있기 마련입니다. 대담하게 오류들을 내던지며 한 발 한 발 좁다란 평균대 위를 나아가는 동안, 스스로 묻고 답한 명철한 문장들의 그물 사이로 시퍼런 물 같은 침묵이 일렁이는 것을 봅니다. 그러나 계속 묻고 답합니다. 두 눈은 침묵 속에, 시시각각 물처럼 차오르는 시퍼런 정적 속에 담가둔 채. 나는 당신에게 왜 그토록 어리석은 연인이었을까요. 당신에 대한 사랑은 어리석지 않았으나 내가 어리석었으므로, 그 어리석음이 사랑까지 어리석은 것으로 만든 걸까요. 나는 그만큼 어리석지는 않았지만, 사랑의 어리석은 속성이 내 어리석음을 일깨워 마침내 모든 것을 부숴버린 걸까요.

　　τὴν ἀμαθίαν καταλυέται ἡ ἀληθεία.

진실이 어리석음을 파괴한다는 중간태의 희랍어 문장입니다. 정말 그럴까요. 진실이 어리석음을 파괴할 때, 진실 역시 어리석음에게서 영향을 받아 변화할까요. 마찬가지로 어리석음이 진실을 파괴할 때, 어리석음에도 균열이 생겨 함께 부서질까요. 내 어리석음이 사랑을 파괴했을 때, 그렇게 내 어리석음 역시 함께 부서졌다고 말하면 당신은 궤변이라고 말하겠습니까. 목소리. 당신의 목소리. 지난 이십 년 가까이 잊은 적 없는 소리. 내가 아직 그 목소리를 사랑하고 있다고 말하면, 당신은 다시 내 얼굴에 그 단단한 주먹을 날리겠습니까.

*

십수 년간 다녔던 특수학교의 독순술 수업에서, 당신은 입술을 읽는 법뿐 아니라 말하는 법도 배웠다고 했지요. 필담으로 당신과 그 이야기를 나눈 지 얼마 되지 않은 어느 밤 나는 생각했습니다.

당신이, 그 수업에서 배운 대로 말을 한다면 어떨까.

그 여름 나는 가족 몰래 독일어 수화교본을 사서 밤마다 문장들을 익혀가고 있었습니다. 책상 옆에 걸린 작은 거울에 내 모습을 비춰가며 한 시간쯤 수화를 연습하다보면 등이며 겨드랑이가 흠뻑 젖어 있곤 했습니다. 하지만 조금도 힘들거나 지루하지 않았습니다. 오히려 두 번 다시 인생에서 겪을 수 없을 달콤한 밤들이었습니다. 사랑에 빠지는 것은 귀신에 홀리는 일과 비슷하다는 것을 그 무렵 나는 처음으로 깨닫고 있었습니다. 새벽에 눈을 뜨기 전에 이미 당신의 얼굴은 내 눈꺼풀 안에 들어와 있었습니다. 눈꺼풀을 열면 당신은 천장으로, 옷장으로, 창유리로, 거리로, 먼 하늘로 순식간에 자리를 옮겨 어른거렸습니다. 어떤 죽은 사람의 혼령이라도 그토록 집요할 수는 없었을 겁니다. 그 여름밤 내 책상 옆의 작은 거울 속에는 땀을 뻘뻘 흘리며 어설픈 수화를 연습하는 내 상반신이 비쳐 있었지만, 거기 어른어른 겹쳐 있는 당신의 얼굴을 나는 매 순간 알아보았습니다.

당신이 나에게 말을 건넨다.
그 밤, 독일어로 먼저 생각났던 그 문장을 나는 소리내어 모국어로 다시 중얼거려보았습니다.

순간 떠오른 것은, 당신이 종일토록 일하는 창고에 가득 쌓여 있던 생나무들이었습니다. 사람들 몰래—특히 당신의 아버지 몰래—나는 그곳에 숨어들어 당신이 일하는 모습을 지켜보곤 했지요. 널빤지들을 톱으로 켜고, 끌로 깎고, 사포로 밀어내는 당신의 모습은 아무리 지켜봐도 싫증나지 않았습니다. 당신의 일이 길어지면 나는 작업실 구석구석을 꼼꼼히 들여다보았지요. 건조시키기 위해 벽면 가득 널어놓은 널빤지들에 코를 대보고 손끝으로 매

만져보았지요. 향이 진한 삼나무. 흰 자작나무. 얼굴을 가까이 대면 은은한 향이 나는 소나무. 당신의 둥근 어깨를 닮은 다갈색 나이테들.

당신의 목소리는 아마 그 생나무들의 감촉과 냄새를 닮은 어떤 것일 거라고, 막연히 그때 나는 생각했습니다.

하지만, 그런 호기심과 환상 때문에 당신의 목소리가 궁금했던 것은 결코 아니었습니다. 그때 나는 열일곱 살이었고, 당신은 내가 처음으로 사랑한 사람이었습니다. 당신과 함께 살고 싶다고 나는 생각하고 있었습니다. 생명이 있는 한은 언제까지나 헤어지지 않을 거라고 믿고 있었습니다. 그래서 무서웠습니다. 결국 나는 눈이 멀 것이었습니다. 더이상 당신을 볼 수 없게 될 것이었습니다. 필담으로도, 수화로도 당신과 말을 나눌 수 없게 될 것이었습니다.

몇 주가 지난 뒤 갑자기 쌀쌀해진 휴일 오후, 일을 쉬며 차를 끓이던 당신에게 나는 물었습니다. 어떤 위험도 미처 헤아리지 못한 채 조심스럽게. 아니, 백치처럼 순진하게.

독순술 수업에서 배운 대로, 무슨 말이든 나에게 해줄 수 있어요?

당신은 주의깊게 내 입술을 들여다보았고, 멍한 시선으로 내 눈을 마주보았습니다. 나는 찬찬히 더 설명했습니다. 우리는 언젠가 함께 살게 될 것이고, 나는 눈이 멀 것이라고. 내가 보지 못하게 될 때, 그때는 말이 필요할 거라고.

얼마나 여러 번 머릿속으로 시간을 되돌려, 그날의 내 어리석음을 깨끗이 지워버리기를 원했는지 당신은 알지 못했겠지요. 당신의 얼굴은 차갑게 굳었고, 부슬비가 내려 나무 향이 더 진해진 창고에서 즉시 나를 내쫓았습니다. 더이상 나를 만나려 하지 않았고, 물론 나에게 키스하지 않았고, 치렁치렁한 검은 머리칼에, 좋은 냄새가 나는 목덜미에, 섬세한 쇄골에 얼굴을 묻게 하지 않았고, 갈망하는 내 손을 당신의 셔츠 속에 끌어넣어 심장 박동을 느끼게 하지 않았고, 새벽부터 당신의 집 앞에서 서성이며 기다린 나를 단호히 외면했고, 내 손가락이 끼이건 말건 힘을 다해 창고 문을 닫았고, 마침내 몇 주가 더 흐른 밤, 필사적으로 사과하는 내 얼굴에 주먹을 날렸습니다.

나도 당신도 놀랐습니다. 떨어진 내 안경을 줍지 않은 채, 코와 입술에서 들큼한 피가 흐르는 대로 버려둔 채 나는 당신의 다리를 안았습니다. 몸을 떨며 당신은 나를 밀어 넘어뜨렸습니다. 이글이글 타는 눈으로 한순간 입술을 열었습니다.

……당장, 나가!

그 목소리.

겨울밤 창문 틈을 할퀴며 들어오는 바람 소리. 실톱이 쇠 위에서 소리치고 유리창이 갈라지는 소리. 당신의 목소리.

나는 더듬더듬 배로 기어가 다시 당신의 다리를 안았습니다. 정말 몰랐습니까. 나는 당신을 사랑했습니다. 이해할 수 없는 광기로 당신이 나무토막을 집어 내 얼굴을 쳤을 때, 내가 즉시 기절했을 때, 델 것 같은 눈물이 내 눈에서 흐르고 있었던 것을 당신은 보았습니까.

*

어리석음이 그 시절을 파괴하며 자신 역시 파괴되었으므로, 이제 나는 알고 있습니다. 만일 우리가 정말 함께 살게 되었다면, 내 눈이 멀게 된 뒤 당신의 목소리는 필요하지 않았을 겁니다. 보이는 세계가 서서히 썰물처럼 밀려가 사라지는 동안, 우리의 침묵 역시 서서히 온전해졌을 겁니다.

당신을 잃고 몇 해가 지난 뒤, 두 개의 필름조각을 통해 해를 올려다본 적이 있습니다. 두려웠기 때문에 정오가 아니라 오후 여섯시에. 엷은 산을 부은 듯 눈이 시어 나는 오래 계속할 수 없었습니다. 당신을 그토록 매혹한 것이 무엇이었는지 알아낼 수도 없었습니다. 다만 그리웠을 뿐입니다. 내 곁에 앉아 있지 않은 당신의 손등이. 연한 갈색 피부 위로 부풀어오른 검푸른 정맥들이.

이제 당신은 아이를 안고 어두운 성당에서 걸어나옵니까.

입구의 경비원에게 맡겨놓았던 유모차를 찾아 아이를 태운 뒤 버클을 채웁니까. 함부로 흘러내린 머리칼을 고쳐묶고 이제 집으로 돌아갑니까. 열일곱 살의 내가 새벽부터 어리석음과 번민 속에 서성이던 그 거리를, 자잘한 검은 돌들이 박힌 포도를 통과해 걸어갑니까. 유모차 바퀴가 불쑥 튀어오를 때마다 아이의 가슴 앞으로 손을 내밀어 달랩니까. 선하기에 슬퍼하는 당신의 신을 어깨에 얹고, 한 걸음 한 걸음 정적 속에서 나아갑니까.

그곳은 이곳보다 일곱 시간 늦게 해가 뜨지요.

이제 멀지 않은 날에, 내가 정오의 태양 아래에서 필름조각들을 꺼내들 때 당신은 새벽 다섯시의 어둠 속에 있겠지요. 당신 손등의 정맥을 닮은 검푸른 빛은 아직 하늘에서 다 새어나오지 않았겠지요. 당신의 심장은 규칙적으로 뛰고, 타오르며 글썽이던 두 눈은 눈꺼풀 아래에서 이따금 흔들리겠지요. 완전한 어둠 속으로 내가 걸어들어갈 때, 이 끈질긴 고통 없이 당신을 기억해도 괜찮겠습니까.

멈추시오.	멈추지 마시오.
παῦε.	μὴ παῦε.
나에게 물어보시오.	아무것도 나에게 묻지 마시오.
αἴτει με.	μὴ αἴτει μηδέν με
다른 방법으로 하시오.	결코 다른 방법으로 하지 마시오.
ἄλλως ποιήσῃς.	μὴ αἴτει οὐδὲν αὐτόν.

　어두운 초록색 흑판 가득 문장들을 쓴 뒤 남자는 흑판 가장자리에 상체를 기댄다. 짙은 청색 셔츠의 어깨 부분에 백묵 가루가 잔뜩 묻은 것을 알아채지 못한다. 면도를 말끔히 한 그의 얼굴은 매우 창백해서 언뜻 대학원생처럼 앳되어 보이지만, 우묵하게 꺼진

두 뺨이 제 나이를 드러내 보여준다. 노쇠의 조용한 시작을 알리는 가느다란 주름들이 눈과 입가에 고스란히 새겨져 있다.

7

눈

말할 수 있었을 때, 그녀는 목소리가 작은 사람이었다.

성대가 발달하지 않았거나 폐활량이 문제였던 것은 아니었다. 그녀는 공간을 차지하는 것을 싫어했다. 누구나 꼭 자신의 몸의 부피만큼 물리적인 공간을 점유할 수 있지만, 목소리는 훨씬 넓게 퍼진다. 그녀는 자신의 존재를 넓게 퍼뜨리고 싶지 않았다.

지하철이나 거리에서, 카페와 식당에서 그녀는 스스럼없이 큰 소리로 대화하거나 누군가를 소리쳐 부르지 않았다. 어느 자리에서건—강의할 때만 예외였다—누구보다 낮은 목소리로 말했다. 마른 체구였지만, 자신의 부피를 더 작게 만들기 위해 어깨와 등을 웅크렸다. 그녀는 유머를 이해했고 퍽 낙천적인 미소를 가졌지만, 웃음소리만은 낮아서 거의 들리지 않았다.

그녀를 상담했던 반백의 심리치료사는 그 점을 지적했다. 정석대로 그녀의 유년기 체험에서 원인을 찾아내려 했다. 그녀는 절반쯤만 그에게 협조했다. 십대에 언어를 잃은 경험이 있었다고 고백하는 대신, 더 오래전의 기억을 더듬어 찾아냈다.

그녀를 뱃속에 가졌을 때 그녀의 어머니는 의사擬似 장티푸스에 걸렸다. 고열과 오한에 시달리며 매끼 한 움큼씩의 알약을 한 달남짓 복용했다. 그녀와 반대로 급하고 괄괄한 성격이었던 그녀의 어머니는 몸을 추스르기 무섭게 산부인과에 가 아이를 지우겠다고 말했다. 약을 그만큼 먹었으니 성한 아이가 나올 수 없을 거라는 판단에서였다.

의사는 이미 태반이 형성되었으므로 임신중절은 위험하다고, 두 달 후에 다시 내원하면 유도분만 주사를 놓아 아이를 사산시켜주겠다고 약속했다. 하지만 약속한 두 달이 가까워지자 태동이 시작되었고, 마음이 약해진 그녀의 어머니는 병원에 가지 않았다. 대신 아이를 낳는 순간까지 불안에 시달렸다. 양수에 젖어 미끈거리는 갓난아이의 손가락과 발가락을 거푸 세어본 뒤에야 마음을 놓았다.

자라면서 그녀는 이 일화를 반복해 들었다. 고모들, 외사촌들, 오지랖 넓은 이웃집 여자로부터. *하마터면 넌 못 태어날 뻔했지.* 주문처럼 그 문장이 반복되었다.

자신의 감정을 잘 읽을 수 없을 만큼 어린 나이였지만, 그녀는 그 문장이 품고 있는 섬뜩한 차가움을 분명하게 느꼈다. 그녀는 태어나지 못할 뻔했다. 세계는 그녀에게 당연스럽게 주어진 것이 아니었다. 캄캄한 암흑 속에서 수많은 변수들이 만나 우연히 허락된 가능성, 아슬아슬하게 잠시 부풀어오른 얇은 거품일 뿐이었다. 떠들썩하고 웃음이 많은 손님들을 서름서름하게 배웅하고 난 저녁 무렵, 그녀는 툇마루에 쪼그려앉아 땅거미에 묻혀가는 마당을 지켜본 적이 있었다. 최대한 숨을 죽이고 어깨를 웅크린 채, 그토록 얇고 거대한 한 꺼풀의 세계가 어둠에 삼켜지고 있다고 느꼈다.

그녀가 고백한 이 이야기를 심리치료사는 흥미로워했다. 혹시 그게 최초의 기억입니까, 라는 그의 질문에 그녀는 아니요, 라고 대답한 뒤 더 생각을 더듬었다. 햇볕이 드는 마당가에서 보낸 한나절의 기억—모국어의 음운들을 처음 발견했던—을 꺼냈다. 그 일화 역시 심리치료사의 마음에 들었다. 두 개의 기억을 신중하게 결합해 그는 결론을 만들어내려 했다. 최초의 기억으로 떠올렸을 만큼 당신이 언어에 사로잡혔던 것은, 언어가 세계와 결합되는 회로가 아슬아슬하다는 것을 본능적으로 알고 있었기 때문 아닐까요? 말하자면 그 매혹은, 당신이 세계에 대해 가져온 위태롭다는 느낌과 무의식적으로 유사한 것은 아니었을까요?

심리치료사는 그녀의 얼굴을 응시했다.

그럼, 최초로 꾸었던 꿈을 혹시 기억합니까?

어쩌면 그가 자신의 저서에 사례로 인용할 생각인지도 모르겠다고 그녀는 문득 상상했다. 그 엉뚱한 상상 때문에 불안해져 그녀는 고백하지 않았다. 글을 깨친 지 얼마 지나지 않아 그녀가 꾼, 이상하게 생생하고 차가웠던 꿈에 대해서. 낯선 거리에 눈이 내리고 있었고, 표정 없는 낯선 어른들이 그녀를 지나쳐갔다. 어린 그녀는 낯선 옷을 입고 혼자서 큰길가에 서 있었다. 그게 전부였다. 어떤 사건의 전개도, 결말도 없었다. 오직 서늘한 감각뿐이었다. 눈이 내리는, 귀를 틀어막은 것처럼 조용한 거리. 처음 보는 사람들. 혼자인 자신의 몸.

그녀가 침묵하며 그 꿈의 세부에 집중하려 애쓰는 동안, 심리치료사는 처방을 향해 한 걸음씩 다가갔다. 당신은 삶을 이해하기에 너무 어렸고, 당연하게도 자립적으로 살아갈 힘이 그때에는 전혀 없었으며, 위태했던 출생의 과정을 들을 때마다 자신의 존재가 사라져버릴 것 같은 위협감을 느꼈던 것이라고. 그러나 이제 당신은 훌륭히 자랐으며 힘을 가지게 되었다고. 두려워하지 않아도 된다고. 위축되지 않아도 된다고. 목소리를 크게 해도 괜찮다고. 충분히 공간을 점유하고 어깨를 곧게 펴라고.

그 논리를 따라가면 그녀의 남은 삶은 하나의 투쟁, 자신이 이 세계에 존재해도 되는지 의심하는 가냘픈 내적 질문에 한 발 한 발 응답해가는 투쟁이 되어야 했다. 그 명석하고 아름다운 결론의 어딘가가 그녀를 불편하게 했다. 여전히 그녀는 넓은 공간을 차지하고 싶지 않았고, 자신이 두려움에 사로잡혀 살아왔다고도, 본성의 자연스러움을 억누르며 지내왔다고도 생각되지 않았다.

순조롭게 상담이 진행되고 있었던 오 개월째, 그녀의 목소리가 커지는 대신 말을 잃은 것에 심리치료사는 충격을 받은 듯했다. 이해합니다, 라고 그는 말했다. 당신이 얼마나 고통받았는지 이해합니다. 소송에 패했다는 사실을, 때마침 찾아온 육친의 죽음을 받아들이기 어려웠겠지요. 견딜 수 없을 만큼 아이가 그리웠겠지요. 이해합니다. 그 모든 것을 혼자서 버텨낸다는 게 불가능하게 느껴졌겠지요.

과장되게 간곡한 그의 어조에 그녀는 당황했다. 가장 받아들일 수 없었던 것은 그녀를 이해한다는 그의 말이었다. 그것이 진실이 아니라는 것을 그녀는 담담하게 알았다. 모든 것을 묵묵히 수습하는 침묵이 두 사람을 둘러싼 채 기다리고 있었다.

아니요.

그녀는 펜을 집어, 탁자에 놓인 백지에 반듯한 글씨로 적었다.

그렇게 간단하지 않아요.

*

말할 수 있었을 때, 이따금 그녀는 말하는 대신 물끄러미 상대를 바라보았다. 말하려는 내용을 시선으로 완전하게 번역하는 것이 가능하다고 믿는 것처럼. 말 대신 눈으로 인사하고, 말 대신 눈으로 감사를 표하고, 말 대신 눈으로 미안해했다. 시선만큼 즉각적이고 직관적인 접촉의 방법은 존재하지 않는다고 그녀는 느꼈다. 접촉하지 않으면서 접촉할 수 있는 거의 유일한 방법이었다.

그에 비하면 언어는 수십 배 육체적인 접촉이었다. 폐와 목구멍과 혀와 입술을 움직여, 공기를 흔들어 상대에게 날아간다. 혀가 마르고 침이 튀고 입술이 갈라진다. 그 육체적인 과정을 견디기 어렵다고 느낄 때 그녀는 오히려 말이 많아졌다. 긴 문어체의 문장으로, 유동하는 구어의 생명을 없애며 말을 이어갔다. 목소리도 평소보다 커졌다. 사람들이 자신의 말에 진지하게 귀를 기울일수록 점점 사변적으로, 활짝 웃으며 말했다. 그런 순간들이 반복되는 시기에는, 혼자 있는 시간에도 글을 쓰는 데 집중할 수 없었다.

말을 잃기 직전, 그녀는 어느 때보다 활달한 다변가였다. 어느 때보다 오래 글을 쓰지 못했다. 자신의 목소리가 공간 속으로 퍼져나가는 것을 좋아하지 않았던 것처럼, 자신이 쓴 문장이 침묵 속에서 일으키는 소란 역시 견디기 어려웠다. 때로는 글을 시작하기도 전에, 한두 단어의 배열을 생각하는 것만으로 구토의 기미를 느꼈다.

하지만 그것 역시 말을 잃은 원인일 수는 없었다. *그렇게 간단할 수는 없었다.*

*

δύσβατός γέ τις ὁ τόπος
φαίνεται καὶ ἐπίσκιος.
ἔστι γοῦν σκοτεινὸς καὶ
δυσδιερεύνητος.
이곳은 어느 쪽으로도
발을 내디디기 힘든 장소야.
사방이 어두침침해서,
무엇을 찾기도 힘든 곳일세.

책상에 펼쳐놓은 책에 그녀는 고개를 묻고 있다. 『국가』 원본의 전반부와 한국어 번역본을 대조해서 볼 수 있도록 두툼하게 제본한 교재다. 그녀의 관자놀이를 타고 흘러내린 땀방울이 희랍어 문장으로 떨어진다. 거친 재생종이가 볼록하게 부풀어오른다.

고개를 들자, 침침하던 교실이 갑자기 밝아진 것처럼 느껴져 그녀는 약간 당황한다. 기둥 뒤의 자리에서 늘 침묵을 지키고 있던 늦은 중년의 남자가 거구의 대학원생과 나직하게 나누는 대화가 그제야 그녀의 귀에 들어와 박힌다.

……앙코르와트에요. 어제 새벽에 돌아왔습니다. 사박오일 여름휴가를 미리 냈어요. 피곤해서 오늘 수업은 빠질까도 했는데,

두 주 거푸 빠지는 건 수강료가 아까워서 말이죠. 허허, 체력은 아직 쓸 만하죠. 주말마다 산에 다니니까. 글쎄, 난 잘 모르겠는데 얼굴이 탔다고들 하네요. 그럼요, 거기 더운 건 여기하고 비교 못합니다. 매일 스콜이 한 번씩 지나가는데, 그런다고 딱히 시원해지는 것도 아니고. ……뭐 그냥, 폐허에 대한 흥미죠. 고대 크메르 문자가 사원의 돌에 새겨져 있던데, 개인적으론 고대 희랍 문자보다 더 보기 좋더군요.

휴식시간의 텅 빈 흑판을 그녀는 올려다본다. 강사가 헝겊지우개로 가볍게 지운 후라서, 흰 백묵으로 쓴 희랍 문자의 부분들이 드문드문 남아 있다. 문장의 삼분지 일 정도가 거의 완전히 읽히는 곳도 있다. 넓은 붓으로 일부러 형태를 만든 것처럼 희끗하고 거친 소용돌이가 남은 곳도 있다.

그녀는 다시 교재를 향해 고개를 수그린다. 깊게 숨을 들이쉰다. 숨소리가 분명하게 들린다. 말을 잃은 뒤, 때로 그녀는 자신이 들이쉬고 내쉬는 숨이 말과 닮았다고 느낀다. 마치 목소리처럼 대담하게 침묵을 건드린다.

어머니의 마지막 순간에도 그녀는 비슷한 것을 느꼈다. 의식불명인 어머니가 한차례 더운 숨을 내쉴 때마다 침묵이 한 걸음 물러섰다. 어머니가 숨을 들이마시면, 몸서리쳐지게 차가운 침묵이 소리치며 어머니의 몸속으로 빨려들어갔다.

그녀는 연필을 쥔다. 좀전까지 읽고 있었던 문장을 들여다본다.

이 철자들 하나하나에 작은 구멍 하나씩을 뚫을 수 있을 것이다. 연필심을 넣고 길게 찢으면 한 단어, 아니, 한 문장이 통째로 뚫려 나갈 것이다. 거친 회색 재생종이, 그 위에 도드라진 검고 작은 철자들, 벌레처럼 등을 웅크리거나 활짝 편 악센트들을 그녀는 묵묵히 들여다본다. 발을 디디기 힘든 그늘진 장소. 더이상 젊지 않은 플라톤이 고심하며 시간을 버는 문장. 손으로 입을 가린 사람의 불분명한 목소리.

그녀는 더 힘주어 연필을 쥔다. 조심스럽게 숨을 내쉰다. 그 문장에 밴 감정이 백묵 자국처럼, 무심히 굳은 핏자국처럼 드러나는 것을 견딘다.

*

오랫동안 말을 잃은 상태를 그녀의 육체는 예민하게 드러낸다. 그녀의 몸은 실제보다 단단하거나 무거워 보인다. 걸음걸이, 손과 팔의 움직임, 얼굴과 어깨의 기름하고 둥근 윤곽 모두가 확고한 경계선을 이룬다. 어떤 것도 외부로 새어나가지 않고, 어떤 것도 내부로 스며들어오지 않는다.

원래도 거울을 잘 보지 않는 편이었지만, 이제 그녀는 그럴 필요를 느끼지 못한다. 한 사람이 일생 동안 가장 많이 상상해 눈앞에 그리는 얼굴은 자신의 얼굴일 것이다. 더이상 자신의 얼굴을 떠올리지 않게 되자, 차츰 그녀는 그것을 실감하지 못하게 되었다. 우연히 유리창이나 거울에 비친 자신의 얼굴과 마주칠 때 그녀는 자신의 눈을 곰곰이 들여다본다. 두 개의 그 또렷한 눈동자들만이 자신과 그 낯선 얼굴을 연결하는 통로라고 느낀다.

이따금 그녀는 자신이 사람이기보다 어떤 물질이라고, 움직이는 고체이거나 액체라고 느낀다. 따뜻한 밥을 먹을 때 그녀는 자신이 밥이라고 느낀다. 차가운 물로 세수를 할 때 그녀는 자신이 물이라고 느낀다. 동시에 자신이 결코 밥도 물도 아니라고, 그 어떤 존재와도 끝끝내 섞이지 않는 가혹하고 단단한 물질이라고 느낀다. 침묵의 얼음 속에서 그녀가 온 힘을 다해 건져내 들여다보는 것은 이 주에 하룻밤 함께 지내는 것이 허락된 아이의 얼굴과, 연필을 쥐고 꾹꾹 눌러쓰는 죽은 희랍 단어들뿐이다.

γῆ ἔκειτο γυνή.
한 여자가 땅에 누워 있다.

그녀는 끈적끈적한 땀이 밴 연필을 내려놓는다. 관자놀이에 맺힌 땀방울을 손바닥으로 닦아낸다.

*

엄마, 구월부터 나 여기 못 온대.

지난 토요일 밤, 소리 없이 놀라며 그녀는 아이의 얼굴을 들여다보았다. 이 주 사이에 아이는 또 성큼 자랐다. 자란 만큼 여위기도 했다. 속눈썹이 길게 그늘져 생긴, 펜으로 그린 세밀화 같은 빗금들이 희고 말랑말랑한 뺨 위에 선명했다.

나, 거기 가기 싫은데. 영어 자신 없어. 거기 산다는 고모는 얼굴도 못 봤는데. 일 년이나 있어야 한대. 겨우 친구 사귀어놨는데 이렇게 금방.

방금 목욕시키고 침대에 함께 누운 아이의 머리카락에서 사과 냄새 같은 거품비누 향이 났다. 아이의 동그란 눈 속에 그녀의 얼굴이 비쳐 있는 것이 보였다. 비쳐 있는 그녀의 눈 속에 다시 아이의 얼굴이 비치고, 그 얼굴 속 아이의 눈에는 또다시 그녀의 얼굴이…… 그렇게 끝없이 비치고 있었다.

엄마가 아빠한테 말해주면 안 돼? 말 못 하면 편지 쓰면 안 돼? 나 다시 여기로 데려오면 안 돼?

아이가 짜증을 내며 벽 쪽으로 얼굴을 돌리는 것을, 그녀는 잠자코 손을 뻗어 다시 그녀 쪽으로 돌려놓았다.

안 돼? 그러면 안 돼? 왜 안 돼?

다시 고개를 벽 쪽으로 돌리며 아이가 말했다.

……불 좀 꺼. 이렇게 밝은데 어떻게 잠을 자.

그녀는 일어서서 불을 껐다.

일층의 창문으로 가로등 빛이 새어들어와, 조금 지나자 아이의 모든 것이 어둠 속에 또렷이 드러났다. 아이의 이마 가운데가 찌푸려져 있었다. 그녀는 손을 뻗어 그것을 폈다. 다시 찌푸려졌다. 숨소리도 내지 않은 채 아이는 질끈 눈을 감고 누워 있었다.

유월 늦은 밤의 어둠은 흥건한 풀냄새와 나무 수액 냄새, 썩어가는 음식 쓰레기 냄새로 뒤범벅이 되어 있었다. 아이를 데려다준 뒤, 여자는 버스를 타지 않고 두 시간 가까이 서울의 중심부를 통과해 걸어 돌아왔다. 어떤 거리는 대낮처럼 환했고, 매연으로 숨이 막혔고, 음악소리가 요란했고, 어떤 거리는 캄캄했고, 후락했고, 버려진 고양이들이 쓰레기봉지를 이빨로 뜯으며 그녀를 노려보았다.

그녀는 다리가 아프지 않았다. 지치지도 않았다. 엘리베이터 앞의 창백한 조명 아래, 이제 들어가 잠들어야 할 집의 현관문을 쏘아보며 그녀는 서 있었다. 돌아서서 아파트 건물을 빠져나갔다. 생명을 가졌던 모든 것이 상해가는 여름밤의 냄새 속을 점점 빠르게 걸었다. 관리사무소 앞의 공중전화부스로 뛰어들어갔다. 집히는 대로 바지 주머니에서 동전들을 꺼냈다.

여보세요.

목소리가 들렸다.

그녀는 입을 벌렸다. 숨을 뱉었다. 들이마셨다가 다시 뱉었다.

여보세요.

다시 목소리가 들렸다.

덜덜 떨리는 손으로 그녀는 수화기를 움켜잡았다.

어떻게 그애를 데려갈 수 있지. 어떻게 그렇게 멀리. 어떻게 그렇게 오래. 나쁜 새끼. 피도 눈물도 없는 새끼.

경련하는 손가락들이 수화기를 내려놓을 때까지 그녀는 이를 딱딱 부딪치며 떨었다. 자신의 뺨을 후려치는 사람처럼 거칠게 얼굴을 쓰다듬었다. 인중을, 턱을, 아무도 틀어막지 않은 입술을 문질렀다.

*

말을 잃은 뒤 처음으로, 그날 밤 그녀는 거울 속의 자신을 곰곰이 들여다보았다. 잘못 보고 있는 것이라고 언어 없이 생각했다. 두 눈이 저렇게 고요할 수는 없다. 피나 고름, 더러운 얼음 같은 것이 흘러나오고 있다면 오히려 놀랍지 않았을 것이다. 그녀의 눈 속에 침묵하는 그녀가 비쳐 있고, 비쳐 있는 그녀의 눈 속에 다시 침묵하는 그녀가…… 그렇게 끝없이 침묵하고 있었다.

오래전에 끓어올랐던 증오는 끓어오른 채 그 자리에 멈춰 있고, 오래전에 부풀어올랐던 고통은 부풀어오른 채 더이상 수포가 터지지 않았다.

아무것도 아물지 않았다.

아무것도 끝나지 않았다.

*

방금까지 이야기를 나누고 있던 중년 남자와 대학원생이 어느 사이 복도에 나갔는지 캔커피 하나씩을 들고 들어온다. 중년 남자는 자신의 자리로 돌아가는 동안 휴대폰으로 계속 누군가와 통화하고 있다.

……그러니까, 잘하는 사람한테 맞추지 말고 못하는 사람한테 맞췄어야지. 잘하는 사람만 따라오라고 할 거면 사원 교육은 뭐하러 하느냐고. 추후 보강이라니, 그건 또 무슨 소리야. 우리가 무슨 대기업이야? 그 강사 내일 나하고 통화하게 해줘.

대학원생이 눈짓으로 중년 남자에게 인사하고는 자신의 자리에 앉는다. 으으으, 낮은 소리를 내며 기지개를 켠다. 고개를 앞과 뒤, 양옆으로 우둑우둑 꺾는다. 십 분간의 휴식시간은 이미 끝났다. 시간을 잘 지키던 희랍어 강사가 오늘따라 늦는다. 갑자기 정적이 흐른다.

그녀는 여전히 꼼짝 않고 책상 앞에 앉아 있다. 계속 같은 자세로 앉아 있었던 탓에 허리와 고개, 어깨가 뻐근하다. 그녀는 공책을 펼친다. 앞 시간에 받아적었던 문장들을 골똘히 들여다본다. 문장들 사이의 여백에 단어를 적어넣는다. 까다로운 시제, 명사들의 격변화, 복잡한 태의 용법들을 끈질기게 뚫고 들어가 불완전하고 단순한 문장을 만든다. 입술과 혀가 자신도 모르게 달싹이기를 기다린다. 첫 소리가 문득 새어나오기를 기다린다.

γῇ ἔκειτο γυνή.

한 여자가 땅에 누워 있다.

χιὼν ἐπὶ τῇ δειρῇ.

목구멍에 눈.

ῥύπος ἐπὶ τῷ βλεφάρῳ.

눈두덩에 흙.

그게 뭐예요?

그녀와 같은 줄에 앉아 있던 철학과 학생이 갑작스럽게 묻는다. 앞 시간에 예문으로 배웠던 '*γῇ ἔκειτο γυνή* 한 여자가 땅에 누워 있다'에 그녀가 이어 쓴, 뚝뚝 끊긴 희랍어 문장들로 채워진 공책을 가리킨다. 그녀는 당황하지 않는다. 서둘러 공책을 덮지 않는다. 얼음의 내부를 들여다보듯 온 힘을 다해 청년의 눈을 들여다본다.

얼어붙은 표면 위로 무수한 핏자국을 날마다 끼얹어놓을 뿐, 이즈음 아이의 고백으로 인해 생긴 새로운 고통은 그녀의 침묵에 균열을 내지 못했다. 그녀는 너무 오래 이를 닦거나, 냉장고 문을 열고 너무 오래 서 있거나, 정차중인 승용차의 앞범퍼에 다리를 부딪치거나, 가게의 선반에 진열된 물건들을 부주의하게 어깨로 쳐서 떨어뜨렸다. 선득한 홑이불 속에서 눈을 감을 때마다 눈 내리는 거리가, 낯선 행인들이, 낯선 옷을 입은 어린아이가, 그녀인지 그녀의 아이인지 구별할 수 없는 희끗한 얼굴이 기다리고 있었다.

말로 열리는 통로가 더 깊은 곳으로 파고들어갔다는 것을, 이대로 가면 아이를 영영 잃을 것이라는 사실을 그녀는 알았다. 알면 알수록 통로는 더 깊은 곳으로 파고들어갔다. 간절히 구할수록 그것을 거꾸로 행하는 신이 있는 것처럼. 신음이 나오지 않았으므로 그녀는 더 고요해졌다. 피도 고름도 눈에서 흐르지 않았다.

*

시예요? 희랍어로 쓴 시?

창가에 앉아 있던 대학원생이 호기심어린 얼굴로 그녀를 돌아본다. 열려 있던 앞문으로 희랍어 강사가 들어오다가 멈춰 선다.

선생님!

이마에 빨갛게 여드름이 익은 대학생이 장난스럽게 웃는다.

이분이 희랍어로 시를 썼어요.

기둥 뒤에 앉아 있던 중년의 사내가 감탄스러운 듯 그녀를 돌아보며 너털웃음을 터뜨린다. 그 소리에 놀라 그녀는 공책을 덮는다. 희랍어 강사가 자신에게 다가오는 것을 멍한 얼굴로 지켜본다.

……정말입니까? 제가 잠깐 봐도 되겠어요?

외국어를 해독하듯 온 힘을 다해 그녀는 그의 말에 귀를 기울인다. 연한 녹색을 넣은, 어지러울 만큼 두꺼운 안경알을 올려다본다. 이내 상황을 깨닫고, 두툼한 교재와 공책, 사전과 필통을 가방에 넣는다.

아니, 앉으세요. 보여주지 않아도 괜찮습니다.

그녀는 일어선다. 가방을 어깨에 메고, 빈 의자들을 차례로 밀치며 문을 향해 걸어나간다.

*

계단으로 통하는 비상구 앞에서 누군가가 뒤에서 여자의 팔을 붙든다. 그녀는 놀라 뒤돌아본다. 희랍어 강사를 이렇게 가까이서

보는 것은 처음이다. 교단에 서 있지 않은 그의 키는 생각보다 작고, 얼굴은 이상하리만큼 갑자기 나이들어 보인다.

저, 불편하게 해드릴 생각은 없었습니다.

숨을 몰아쉬며, 그는 더 가까이 그녀에게 다가와 묻는다.

……혹시 내 말을, 들을 수 없나요?

그는 갑자기 두 손을 들더니 무엇인가를 수화로 말한다. 같은 동작을 되풀이하며, 그것을 해석하듯 더듬더듬 반복해 말한다.

미안합니다. 미안하다는 말을 하려고 나왔습니다.

그녀는 그의 얼굴을 묵묵히 바라본다. 그가 숨을 몰아쉬며, 체념하지 않은 채 필사적으로 두 손을 움직이는 것을 본다.

말하지 않아도 됩니다. 아무것도 대답하지 않아도 돼요. 정말 미안합니다. 미안하다는 말을 하려고 나왔습니다.

*

고속도로 방음벽 옆으로 일차선의 일방통행로가 길게 뻗어 있다. 그 길 옆의 인도를 따라 그녀는 걷고 있다. 행인이 많지 않아 시에서 돌보지 않는 길이다. 깨어진 보도블록들 틈으로 질긴 풀들이 무성하게 자라 있다. 아파트에서 담장 대신 심은 빽빽한 아카시아 나무들은 검고 굵은 팔 같은 가지들을 서로를 향해 힘껏 펼치고 있다. 축축한 밤공기 가득 풀냄새와 배기가스가 역하게 뒤섞여 있다. 수천 개의 날카로운 스케이트 날 같은 엔진음이 지척에서 그녀의 고막을 긋는다. 발 옆의 풀숲에서 여치가 느리게 운다.

이상하다.
언젠가 꼭 이런 밤을 겪은 것 같다.
비슷한 수치와 당혹감을 느끼며 이 길을 걸었던 것 같다.
그때에는 그녀에게 말들이 있었으므로, 감정들은 더 분명하고 강했을 것이다.
그러나 지금 그녀의 몸속에는 말이 없다.
단어와 문장들은 마치 혼령처럼 그녀의 몸에서 떨어져, 보이고 들릴 만큼만 가깝게 따라다닌다.
그 거리 덕분에, 충분히 강하지 않은 감정들은 마치 접착력이 약한 테이프 조각들처럼 이내 떨어져나간다.

그녀는 다만 바라본다. 바라보면서, 바라보는 어떤 것도 언어로 번역하지 않는다.
눈에는 계속해서 다른 사물들의 상象이 맺히고, 그녀가 걷는 속력에 따라 움직이며 지워진다. 지워지면서, 어떤 말로도 끝내 번역되지 않는다.

*

오래전의 이런 여름밤, 그녀는 길을 걷다가 혼자 웃은 적이 있었다.

갸름하게 부푼 열사흘 달을 보고 웃었다.

어떤 사람의 시무룩한 얼굴 같다고, 움푹 파인 둥근 분화구들은 실망을 숨긴 눈 같다고 생각하며 웃었다.

마치 그녀의 몸속에 있는 말들이 먼저 헛웃음을 터뜨리고, 그 웃음이 그녀의 얼굴에 번지는 것 같았다.

하지를 갓 넘기고 찾아온 더위가 이렇게 어둠 뒤로 주춤 물러선 밤,

그리 오래지 않은 오래전의 밤,

그녀는 아이를 앞세운 채, 커다랗고 차가운 수박을 두 팔로 껴안고 걸은 적이 있었다.

목소리가 다정히, 최소한의 공간으로 흘러나와 번졌다.

입술에 악물린 자국이 없었다.

눈에 핏물이 고여 있지 않았다.

8

χαλεπὰ τὰ καλά

칼레파 타 칼라.

아름다움은 아름다운 것이다.

아름다움은 어려운 것이다.

아름다움은 고결한 것이다.

세 번역이 모두 그르지 않은 것은, 고대 희랍인들에게 아름다움
과 어려움과 고결함이 아직 분절되지 않은 관념이었기 때문이다.
모국어에서 '빛'이 처음부터 밝음과 색채라는 두 의미를 함께 가
지고 있었던 것처럼.

독일을 떠나 서울로 돌아온 뒤 처음 맞은 초파일이었다. 오래전 어머니와 여동생과 함께 갔던 수유리의 절을 혼자 다시 찾았다. 떠나기 전엔 절까지 오르는 길 양편으로 감자밭이 펼쳐져 있었는데, 밭은 완전히 시멘트로 덮이고 그만그만한 층수의 연립주택들이 세워져 있었다. 절의 일주문을 통과하고서야 세월을 비켜간 절의 모습을 볼 수 있었다. 경내에는 어떤 건물도 신축되지 않았고, 탑과 종루는 오히려 그때보다 규모가 작아진 것 같았다. 그동안 내가 어른이 된 탓에 사물들이 조금씩 작게 느껴지는 것이었다.

그 무렵만 해도 아직 밤에 자유롭게 움직일 수 있었으므로, 나는 경내를 서성이며 어두워지기를 기다렸다. 나이 지긋한 불신도들이 그동안 세상을 떠나서인지 연등들의 수효는 줄어 있었다. 그러나 아름다움만은 여전했다. 아니, 오래전의 철없던 시절보다 더 아름답게 느껴졌다. 어렸을 때 보았던 연등회가 순정한 경이로움이었다면, 이번엔 어딘가 사무치는 데가 있었다.

마침내 날이 저문 뒤, 바람이 불 때마다 붉고 흰 지등의 안쪽에서 불빛이 흔들려 번지는 것을 지켜보며 나는 대중방 마루에 앉아 있었다. 아름다움과 성스러움이 처음에 서로에게서 떨어지지 않은 한 단어였다는 것을, 밝음과 색채 역시 그렇게 한 몸이었다는 것을 그때만큼 생생하게 실감한 적은 없었다. 법당이 문을 닫는 열한시가 다가왔을 때에야 나는 몸을 일으켰다.

그때 갑자기 이상한 생각이 들었다. 일주문 쪽으로 걸음을 옮기며 '집에 가자'라고 뜻없이 입속으로 중얼거린 순간이었다. 이제 버스정류장이 있는 대로변까지 나가자면 삼십 분은 걸어야 했고, 거기서부터 내가 사는 곳까지는 한 시간 가까이 버스를 타고 가야 했다. 그 버스가, 내가 사는 곳에 영원히 다다르지 못할 것 같았다. 아무리 버스와 지하철을 갈아탄다 해도 길을 찾을 수 없을 것 같았다. 그 생생한 밤의 바깥으로 벗어날 수 없을 것 같았다.

그 느낌은 낯선 것이 아니었다. 독일 생활을 시작한 십대부터 수없이 반복해 꾸어온 꿈의 내용이 바로 그것이었다. 꿈들 속의 시간은 저물녘이었고, 차창 밖 거리의 간판들은 모국어도 독일어도 아닌 생소한 문자들로 이루어져 있었다. 꿈속의 나는 잘못 올라탄 버스에서 당장 내리고 싶었지만, 버스에서 내린다 해도 어느 버스로 갈아타야 할지, 어떤 길을 건너 다른 정류장으로 가야 할지 알 수 없었다. 그보다 더 큰 문제는, 대체 처음의 목적지가 어디였는지 기억해낼 수 없다는 것이었다. 시시각각 어두워지는 거리를 뚫어지게 내다보며 뒷좌석에 그대로 앉아 있는 것 말고는 할 수 있는 일이 없었다.

그 꿈에서 깨어날 때마다 느꼈던 형용할 수 없는 마음, 두렵도록 익숙한 그 감정을 누르며 나는 걸음을 옮겼다. 밤공기가 제법 찼다. 머리 위로 겹겹이 걸린 붉은 지등들은 여전히 완전한 아름다움과 정적에 싸인 채 소리 없이 흔들리고 있었다.

세계는 환이고 산다는 건 꿈꾸는 것이다, 라고 그때 문득 중얼거려보았다.

그러나 피가 흐르고 눈물이 솟는다.

9
어스름

새벽 어스름 속을 걸어본 적 있니.

사람의 육체가 얼마나 따뜻하고 연약한 것인지 실감하며 차가운 공기 속으로 발을 내딛는 새벽. 모든 사물의 몸에서 파르스름한 빛이 새어나와, 방금 잠이 씻긴 두 눈 속으로 기적처럼 스며들어오는 새벽.

키리에크 거리 끝의 아파트 이층에 우리가 살았던 시절, 새벽이면 늘 그렇게 혼자 골목을 걷곤 했어. 공기에서 푸른 기운이 가실 때쯤 집으로 돌아오면 부모님과 넌 아직 잠들어 있었지. 바깥보다 어두운 실내를 밝히려고 나는 갓등을 켜고, 깨끗한 허기를 느끼며 냉장고를 뒤졌어. 몇 알의 호두를 꺼내 우물거리며, 발뒤꿈치를 들고 살금살금 내 방으로 들어가곤 했어.

이제 그 모든 일들은 나에게 불가능한 것이 되었어. 충분히 밝은 시간, 밝은 장소에서만 뜻대로 움직일 수 있으니까. 다만 상상할 뿐이야. 동틀 무렵 지금 세든 집을 나서서, 차량도 행인도 드문 어둑한 거리를 통과해, 오래전 우리가 살았던 수유리 집에 다다를 때까지 걷고 또 걷는 내 몸을.

수유리의 우리집 기억하니.

방이 네 개나 되는, 당시로선 꽤 넓은 편이었지만 외풍이 심해 겨울을 나기 힘든 빌라였지. 동향이라 더 춥다고 어머니는 불평하시곤 했지만 난 그게 더 좋았어. 새벽에 깨어서 거실로 나오면 모든 가구들이 푸른 헝겊에 싸여 있는 것 같았지. 파르스름한 실들이 쉴새없이 뽑아져나와 싸늘한 공기를 그득 채우는 것 같은 광경을, 내복 바람으로 넋 없이 바라보며 서 있곤 했어. 마치 황홀한 환각 같던 그 광경이 약한 시력 때문이었다는 걸 그땐 알지 못했지.

삐비라고 이름 붙였던 우리 병아리 기억하니.

교문 앞에서 종이봉지에 담아 팔던 그 따뜻한 녀석을 내가 사들고 왔을 때, 아직 학교에 안 들어간 너는 좋아서 얼굴이 새빨개졌지. 녀석을 키워도 된다는 허락을 어머니께 받을 수 있었던 건 순전히 떼쟁이인 너 덕분이었어.

하지만 채 두 달이 지나지 않아 우린 나무젓가락 한 짝을 분질러서, 교차되는 부분을 무명실로 친친 감아서 십자가를 만들었지. 그때까지 우린 선산 묘지의 상석과 비석을 본 적이 없었으니까, 서양 동화책들의 삽화에서 본 대로 흉내를 냈던 거지.

빌라 공용 화단의 흙은 단단하게 얼어 있었어. 밤새 울어서 눈이 부은 너는 언 땅을 숟가락으로 파다 말고 손이 시리다고 했어. 내가 움켜쥔 숟가락은 흙을 이기지 못해 이미 휘어 있었고, 하얀 가제수건에 싸인 삐비는 여전히 고요했어.

실은 그곳을 찾아가보았어, 이곳으로 돌아와 맞은 첫 겨울에.

빌라는 헐리고 없더구나. 대신 두 층을 더 올린 신축 상가건물이 들어서 있었어. 화단이 있던 자리에는 주차공간을 표시하는 흰 선이 그어졌고, 승용차 두 대와 승합차와 소형 트럭이 나란히 주차돼 있었어. 앞유리와 사이드미러에 잔뜩 성에가 낀 그 차들을 보다가, 내 입에서 뿜어져나오는 흰 김을 바라보다가 무심코 생각했던 것 같아.

어떻게 됐을까, 그 작은 뼈들은.

*

란아.

네가 보내준 편지와 시디 잘 받아보았어.

받은 날 밤 바로 답장을 썼는데, 쓰다보니 마음에 들지 않아 이렇게 다시 쓴다. 어째서인지, 요즘은 어떤 글이든 쓰다보면 금세 생기 없는 식상한 내용이 되어버리는구나.

어쨌거나, 네가 편지에서 걱정한 것과는 반대로 난 잘 지내고 있어.

믿을 만한 의사에게 정기적으로 진찰을 받고, 제때 음식을 만들어 먹는단다. 아침이면 삼십 분쯤 맨손체조를 하고, 오후에는 꽤 오랫동안 골목 산책을 하곤 해.

사실, 건강이 걱정스러운 사람은 오히려 너야. 너는 불을 가슴에 품고 사는 사람이지 않니. 무엇에든 몰두하면 자신을 돌보지 않고 끝까지 밀어붙여서, 결국엔 병을 얻고 마는 사람이지 않니.

계집애 같은 오빠와 사내애 같은 여동생. 친척들은 늘 우릴 그렇게 비교했지. 넌 그런 말을 죽기보다 싫어했지. 나처럼 서랍을 정리하라는 말. 나처럼 책가방을 미리 챙겨두라는 말. 나처럼 글씨를 반듯하게 쓰라는 말. 나처럼 공손하게 어른의 얼굴을 올려다보라는 말. 기차 화통 같은 목소리로 너는 엄마에게 소리지르곤 했지. 그만 좀 해요. 열이 나서 못 살겠어. 냉장고에라두 뛰어들고 싶을 지경이라구.

요즘도 그러니, 란아.

냉장고에 뛰어들고 싶도록 화나는 일이 있니.

연습이 바쁘다고, 학창시절처럼 아침저녁으로 뮤즐리만 먹는 건 아니니.

마음이 잘 맞지 않는다던 단장하고는 조금 좋아졌니.

어머니와는 그때 이후로 통화해봤니.

무릎은 어떠시니.

혼자서, 잘 지내고 계신 것 같니.

어머니와 네가 힘을 합해 걱정하는 아카데미 일은, 언제나 그렇듯 아직도 별 탈 없단다. 내가 무일푼이 될까봐, 자존심 때문에 그걸 아무에게도 말 안 할까봐 어머닌 노심초사하시지. 얼마 전에 라틴어 초급반이 하나 더 개설되었다고, 이제 일주일에 네 번 강의한다고 어머니께 전해주겠니. 반이 많아졌다 해도 학생 수는 적어서 전혀 힘들지 않고, 나이가 들 만큼 들고 수준이 높은 사람들이라 수업하는 게 재미있다고. 여기 돌아와서 처음 이삼 년간은 동양 고전들을 간간이 찾아 읽었는데, 모르는 부분을 묻는 동안 격의 없이 친해진 학생들도 있다고—그러고 보니 그 학생들과 연락한 지 한참 되었구나—. 고백하자면, 학생들을 지켜보다보면 문득 부러워질 때가 있어. 우리처럼 인생과 언어와 문화가 두 동강나본 적 없는 사람들만 가질 수 있을 어떤 확고함 같은 것이.

란아.

실은 이즈음, 특이한 학생이 눈에 띄어서 주의깊게 지켜보고 있어.

적은 수의 학생들과 수업하다보니 눈빛만 봐도 각자의 관심사를 느낄 수 있는데, 그 사람은 처음부터 어떤 텍스트에도 관심이 없었어. 희랍 철학에도, 문학작품에도, 간혹 인용되는 신약 성경에도. 그렇다고 태만한 건 아니고, 오히려 출석은 한 번도 빠진 적이 없어. 언어 자체의 흥미로운 부분이라고 할까─문법과 특수한 표현들에 주의를 기울인다는 것만은 느낄 수 있어.

하지만 그보다 특이한 점은 그 사람이 결코 말을 하지도, 웃지도 않는다는 거야. 수업시간에 지명하면 대답하지 않고, 휴식시간에도 누구와도 대화하지 않아. 처음에는 그저 수줍어하는 성격의 여자라고만 생각했는데, 반년이 지나도록 단 한 번도 입을 열지 않았다는 걸 깨닫자 이상한 생각이 들더구나.

한번은 휴식시간이 끝나고 막 교실로 들어오는데 한 학생이 웃으며 나에게 말했어. 그 여자가 희랍어로 시를 썼다고. 나는 호기심이 생겨 한번 보고 싶다고 말했는데, 그 여자는 내 얼굴을 뚫어지게 올려다보더니 일어서서 강의실을 나가버렸어.

소리를 듣지도, 말하지도 못하는 사람이라는 생각이 퍼뜩 든 건 그때였어. 여태 입술을 읽어 간신히 강의를 따라왔던 거라고. 그래서 어떤 농담과 질문들에도 반응할 수 없었던 거라고.

나는 서둘러 복도로 뛰어나갔어. 캄캄한 비상계단으로 막 내려가려는 그 사람의 팔을 붙잡았어. 그 사람이 천장의 환한 조명을 벗어나는 순간 난 더이상 볼 수 없게 되니까. 나는 말과 수화로 동시에 미안하다고 말했어. 소리를 들을 수 없는 거냐고. 모르고 있었다고. 불편하게 할 생각은 결코 없었다고. 그게 독일어 수화라는 사실을, 당연히 한국어 수화와는 다를 거라는 사실을 곧 깨달았지만 다른 방법을 생각해낼 수 없었어.

어떤 반응도 하지 않은 채 그 사람은 물끄러미 나를 건너다보았어. 그때 내가 느낀 이상한 절망을 너에게 설명할 수 있을까. 그 여자의 침묵에는 두려운 데가, 어딘가 지독한 데가 있었어. 오래전, 죽은 삐비의 몸을 하얀 가제수건에 싸려고 들어올렸을 때…… 우리가 얼어붙은 숟가락으로 파낸 작은 구덩이 속을 들여다보았을 때 느꼈던 정적 같은.

상상할 수 있겠니.

살아 있는 사람에게서 그런 침묵을 본 건 처음이었어.

*

란아.

일전에 보내준 편지와 시디 잘 받아보았어.

답장이 늦었지.

요즘은 글이 잘 써지지 않아.

특별히 걱정할 일은 아니야.

어머니가 늘 소원했던 대로 책 읽는 시간을 줄였거든.

한가하게 가만히 앉아 있거나 밝은 거리를 산책하는 시간이 늘어나면서, 펜을 쥐고 어떤 짧은 글이든 마무리하는 일이 어느 사이 서먹서먹해진 건지도 모르겠어.

대신 네 시디는 거의 매일 듣는단다.

화음 속의 소프라노 파트에 귀기울이는 한순간, 네 목소리구나, 느낄 때가 있어.

거기는 지금 저녁 어스름이겠구나.

아직 사위는 환하고, 상점들에 하나둘 불이 밝혀지겠구나. 행인들은 부산히 그 앞을 지나쳐 걷고 있겠구나. 트램 정류장에는 퇴근길의 사람들이 어수선하게 모여 있고, 전철을 타려는 사람들은 종종걸음으로 노숙자들을 지나쳐 계단을 밟아 내려가겠구나.

이곳은 지금 깊은 밤이야.

창문을 열어놓고 볼륨을 줄여 네 시디를 들으면서, 이따금 따라 흥얼거리면서 이 편지를 쓰고 있어.

이곳의 여름밤을 기억하니.

한낮의 무더위를 보상하는 듯 서늘하게 젖은 공기.

흥건히 엎질러진 어둠.

풀냄새, 활엽수들의 수액 냄새가 진하게 번져 있는 골목.

새벽까지 들리는 자동차들의 엔진 소리.

뒷산과 이어지는 캄캄한 잡풀숲에서 밤새 우는 풀벌레들.

그 속으로 네 노래가 흘러나오고 있어.

지금쯤은 고백해도 괜찮을까.

네가 연습하는 소리가 시끄럽다고 나는 투덜거리곤 했지만, 너는 다혈질의 성격대로, 오랜 시간 훈련받은 성량으로 나를 꼼짝 못하게 밀어붙이곤 했지만, 아마 넌 짐작 못했을 거야. 서울보다 추웠던 프랑크푸르트에서 맞은 독일의 첫 겨울, 낯선 교실과 언어와 사람들에 지쳐 돌아온 내가, 아파트 문틈으로 새어나오는 네 노래를 들으며 벽에 기대앉아 있곤 했다는 걸. 그 목소리가 어떻게 내 얼굴을 만져주었는지.

집세가 싼 마인츠로 옮겨간 이듬해 겨울, 사춘기에 막 접어든 네가 나에게 했던 말이 있지. 아시아 사람들을 상대로 한 식료품점을 연 어머니가 늦도록 집을 비운 사이, 텅 빈 식탁 앞에서 지독히 맛없는 뮤즐리를 나눠 먹던 저녁에. 고개를 수그린 채 너는 중얼거렸어. 형편없는 악기인 네 육체와, 이제 곧 불러야 할 노래 사이의 정적이 벼랑처럼 무섭게 느껴질 때가 있다고.

빨갛게 언 손이 시리다고 말하는 여섯 살 여자아이의 얼굴로, 아무것도 알 수 없어졌다는 듯 너는 나를 우두머니 건너다보았지. 그때 생각했어. 네 목소리론 네 얼굴을 만져줄 수 없는 모양이구나. 그러면 무엇이 너를 만져줄까. 아마 나는 절망을 느꼈던 것 같아.

너도 나에게 그런 절망을 느꼈니.

내가 인천행 비행기표를 끊었다는 말을 어머니로부터 듣고, 너는 공연 리허설을 하루 앞두고 밤기차로 달려왔지. 한쪽 코트깃은 어깨 속으로 숨어들어가고, 찬 공기에 성대를 상하지 않으려고 흰색과 연두색, 연노란색 스카프를 여신처럼 겹겹이 감고서. 오빠를 이해할 수 없어, 라고 너는 말했지. 나는 오빠가, 우리를 사랑한다고 생각했는데.

가끔 생각해.

혈육이란 얼마나 이상한 것인지.

얼마나 이상한 방식으로 서글픈 것인지.

우리가 그토록 연하고 부서지기 쉬웠을 때, 지구 한쪽에서 반대쪽으로 옮겨다닐 때, 우리는 한 바구니에 담긴 두 개의 달걀, 같은 흙반죽에서 나온 두 개의 도자기 공 같았지. 네 찌푸린 얼굴, 우는 얼굴, 깔깔 웃는 얼굴 속에서 내 유년은 금이 가며, 부서지며, 가까스로 무사히 모아 붙여지며 흘러갔지.

우리가 어렸을 때 했던 놀이들을 생각하다 나도 모르게 웃을 때가 있어. 끝없이 별명을 지어 부르며 서로를 놀리던 일. 너를 업고 가며 노래하듯 주고받았던 말들. 어디까지 왔나, 정류장까지 왔다. 어디까지 왔나, 당당 멀었다. 내가 너보다 강해서 너를 돌볼 수 있었던 짧은 시간.

골판지 상자로 만든 삐비의 집에 네가 끝없이 알록달록한 색종이를 오려 붙이던 모습.

저녁부터 새벽까지 삐이삐이 울며 죽어가던 삐비를, 녀석을 지켜보며 밤새 울다 기진한 너를 번갈아 노려본 뒤 파자마 차림의 아버지가 버럭 소리지르던 일.

당장 내다버리지 못해!

엉엉 울며 너는 작은 주먹으로 아버지의 배를 때렸지. 이빨로 그의 허벅지를 물었지.

란아.

가끔 아버지 생각을 할 때가 있니.

그는 너를 사랑했으니까—자주 네 손을 잡고 동물원과 놀이공원과 카페 같은 곳들을 다니곤 했으니까—내가 모르는 기억들이 너에게는 많이 남아 있니.

그는 나를 좋아하지 않았지. 우리를 비교하던 숱한 타인들처럼 어머니에게 말하곤 했지. 계집애같이 온순하고, 공부밖에 모르는 꽉 막힌 아들이라고. 활달하고 솔직한 너 같은 아들, 진짜 사내로 자라날 수 있는 아들이 필요했다고. 하지만 난 알고 있었어. 그가 정말 싫어한 것은 내 기질이 아니라 눈이었다는 걸. 그는 나와 눈을 맞추려고 하지 않았어. 어쩌다 눈길이 마주치면 천천히, 침착하게 피했지. 냉정한 사람. 빠른 속력으로 조직의 사다리를 밟아 올라 젊은 나이에 간부가 된 사람. 독일 지사의 책임자로 발령받은 지 일 년 만에 스스로 사직서를 낸 사람. 누구에게도 거처를 알리지 않고 갑자기 사라진 사람. 육 개월 만에 불쑥 돌아왔을 때 그는 곧 안과수술을 받아야 했고, 수술이 실패하고 우리와 함께 마인츠로 옮겨간 뒤로는 마지막 순간까지 아파트 구석방에서 나오려 하지 않았지.

너에게는 그가 말해주었니.
그 반년 동안 그가 어디 숨어 있었는지.
어떤 도시의 어스름 속에서 나처럼 기다리다 돌아왔는지.
어떤 연민도, 흔적뿐인 애정도 없이 그에게 묻고 싶어.
그 짧은 시간 동안 무엇을 보고 들었는지.
이 어스름이 정말 완전한 밤으로 이어지는지.

그가 아직 살아 있었을 때 내가 그렇게 물었다면, 그 냉정한 사람은 나를 비웃었을까. 더이상 필요 없어진 안경을 벗은, 잘생긴 눈썹 아래 열린 텅 빈 눈으로 말없이 내 쪽을 바라보았을까.

보고 싶은 란아.
고집불통, 기차 화통 란아.
내가, 눈이 완전히 먼다 해도 지혜를 얻지 못할 사람이라는 걸 너는 알지. 마음의 눈 따위가 결코 떠지지 않을 사람이라는 걸. 혼란스러운 수많은 기억들, 예민한 감정들 속에서 길을 잃고 말 거라는 걸. 타고난 그 어리석음 속에서 기다리고 있다는 걸. 무엇을 기다리는지 모르면서, 다만 끈질기게.

이제 네 시디는 다 돌아갔고,
밤은 아까보다 더 깊어졌어.
네 목소리가 정적 속에 스며들어서,
이 정적이 어쩐지 따스하게 느껴진다.

동이 트려면 세 시간은 더 기다려야 하겠지.
그때까지 잠깐이라도 눈을 붙여야겠지.
이제 스탠드를 끄면 어둠이 찾아오겠지.

눈을 감는 것과 뜨는 것이 거의 다르지 않은, 먹보다 진한 내 눈의 밤이.

하지만 믿을 수 있겠니. 매일 밤 내가 절망하지 않은 채 불을 끈다는 걸. 동이 트기 전에 새로 눈을 떠야 하니까. 더듬더듬 커튼을 걷고, 유리창을 열고, 방충망 너머로 어두운 하늘을 봐야 하니까. 오직 상상 속에서 얇은 점퍼를 걸쳐입고 문밖으로 걸어나갈 테니까. 캄캄한 보도블록들을 한 발 한 발 디디며 나아갈 테니까. 어둠의 피륙이 낱낱의 파르스름한 실이 되어 내 몸을, 이 도시를 휘감는 광경을 볼 테니까. 안경을 닦아 쓰고, 두 눈을 부릅뜨고 그 짧은 파란빛에 얼굴을 담글 테니까. 믿을 수 있겠니. 그 생각만으로 나는 가슴이 떨려.

10

$$\pi\alpha\theta\varepsilon\tilde{\iota}\nu$$

$$\mu\alpha\theta\varepsilon\tilde{\iota}\nu$$

'수난을 겪다'는 뜻의 동사와 '배워 깨닫다'는 뜻의 동사입니다. 거의 흡사하지요? 그러니까 지금 이 부분에서, 소크라테스는 일종의 언어유희로 두 가지 행위가 비슷하다고 말하고 있는 것입니다.

그녀는 무심코 팔꿈치로 누르고 있던 육각 연필을 빼낸다. 얼얼한 팔꿈치를 한번 문지른 뒤 흑판에 적힌 두 단어를 공책에 옮겨 적는다. 먼저 희랍 알파벳으로 단어를 쓰고, 결국 그 옆에 모국어로 뜻을 써넣지 못한다. 대신 왼주먹을 들어 졸음기 없는 두 눈을 문지른다. 희랍어 강사의 해쓱한 얼굴을 올려다본다. 그의 손이 움켜쥔 백묵을, 하얗게 마른 핏자국 같은 모국어 문자들이 선명하게 흑판에 박혀 있는 것을 본다.

하지만, 이 단어들의 중첩을 단순히 언어유희라고만 볼 수는 없습니다. 실제로 소크라테스에게 무엇인가를 배워 깨닫는 일은 글자 그대로 수난을 의미했으니까요. 소크라테스 자신은 생전에 그렇게 생각하지 않았다 해도, 그를 지켜본 젊은 플라톤에게는 적어도 그렇게 생각되었을 겁니다.

기둥 옆에 앉은 중년의 사내가 식은 자판기 커피를 홀짝인다. 퇴근하고 바로 오면 늘 저녁을 굶게 된다는 그의 제안으로 지난주부터 수업이 여덟시로 미루어졌는데, 포만감 때문인지 오히려 더 졸리고 피로해 보이는 얼굴이다. 철학과 학생은 학기가 끝나 고향에 다니러 갔는지 지난주부터 결석이고, 대학원생은 여전히 긴장한 얼굴로 입술을 달싹여 희랍어 단어를 소리 없이 발음하고 있다. 그는 의학사 석사논문이 통과되는 대로 영국에 건너가 희랍 의학을 공부할 계획이라고 철학과 학생에게 말한 적이 있다. 그러려면 의학사 전공자에게 장학금과 체류비를 지원한다는 제약회사의 심사를 통과해야 한다고도 했다. 언젠가는 낱장마다 잔뜩 밑줄이 그어진 갈레노스의 원서를 들고 와, 해부학과 관련된 부분의 해독을 희랍어 강사에게 부탁해 강사를 난처하게 하기도 했다. 원전 해석의 어려움을 호소하는 그에게 강사는 웃음 띤 얼굴로 말했다. 고대 희랍어는 유럽 사람들도 다들 어려워해요. 한국의 젊은 사람들한테 한문 고전을 바로 독해하라고 하면 어려워하는 것처럼…… 여기서 너무 완벽하게 해가려고 하진 마세요.

……어느 날 갑자기 자신이 아테네에서 가장 지혜로운 사람이라는 델포이 신전의 신탁을 받은 뒤, 좌충우돌이라고밖에 부를 수 없을 그의 인생의 후반부가 시작되었습니다. 시장 입구에 걸인처럼, 시비꾼처럼, 얼치기 사제처럼 버티고 서서 그는 모른다고 반복해 말했습니다. 아무것도 나는 알고 있지 않다고. 누구든 좋으니 제발 나에게 지혜를 가르쳐달라고. 어떤 스승도 없는 배움의 시간, 이제 모두가 그 결말을 알고 있는 수난의 시간이 그의 남은 삶을 이뤘습니다.

그녀는 여전히 희랍어 강사의 해쓱한 얼굴을 올려다보고 있다. 흑판에 씌어진 모국어 단어들이 그녀의 오른주먹 안쪽에, 땀으로 축축해진 육각 연필의 매끈한 표면에 소리 없이 으깨어져 있다. 그녀는 그 단어들을 알지만, 동시에 알지 못한다. 구역질이 그녀를 기다리고 있다. 그 단어들과 관계를 맺을 수 있지만, 관계를 맺을 수 없다. 그것들을 쓸 수 있지만, 쓸 수 없다. 그녀는 고개를 숙

인다. 조심스럽게 숨을 내쉰다. 들이마시고 싶지 않다. 깊게 들이
마신다.

11
밤

그녀가 세든 집은 어둡다.

아파트의 일층인데다, 거실 앞으로 숲이 우거져 있기 때문이다. 키 큰 나무들의 밑동이 보이는 것이 좋아 세들었던 것인데, 그 울창한 숲이 한낮에도 거실을 그늘지게 하리라는 생각까지는 하지 못했다.

아이와 함께 살던 때에는 태양광에 가깝다는 삼파장 형광등을 종일 켜두었지만, 이제 그녀는 그럴 필요를 느끼지 못한다. 바깥 날씨를 짐작할 수 없는 어둑한 거실에서 그녀는 대부분의 시간을 보낸다. 아이와 함께 쓰던, 더블침대와 옷장과 텔레비전이 있는 안방에는 거의 들어가지 않는다. 아이를 위해 원목 책상과 책장을 짜넣은 작은방도 마찬가지다. 숲그늘이 지지 않아 그녀의 집에서 유일하게 밝은 곳이지만, 아이가 오는 날이 아니면 문을 열지 않는다.

어머니의 상을 치른 직후—아직 아이와 함께 있었고, 말을 잃지 않았을 때—그녀는 일 년 동안 상복으로 입을 옷들을 꺼내 육십 센티 폭의 행어에 걸었다. 검은색 봄가을 면셔츠와 반소매 블라우스 한 장씩. 검은색 면바지와 진 한 벌씩. 검은색 터틀넥 스웨터와 긴 모직코트 한 벌씩. 검고 굵은 털실로 뜬 목도리와 짙은 회색 장갑.

됐다. 아무것도 따로 살 필요 없겠어.

행어 앞에 서서 그녀가 무심코 중얼거리자, 여태 침대에 걸터앉아 그녀의 행동을 지켜보고 있던 아이가 물었다.

왜 일 년 동안 까만 옷만 입어야 돼?

덤덤한 목소리로 그녀는 대답했다.

마음이 밝아질까봐 그런 거 아닐까.

마음이 밝아지면 안 돼?

죄스러우니까.

할머니한테? ……그치만 할머닌 엄마가 웃으면 좋아하잖아.

그제야 그녀는 아이를 돌아보고 웃었다.

*

그녀의 생활은 단순하다.

한 계절에 한두 벌뿐인 검은 옷을 제때 세탁해 입고, 최소한의 식료품을 가까운 가게에서 장 봐오고, 최소한의 음식을 만들어 먹은 뒤 바로 치운다. 그 기본적인 일들을 하지 않는 낮시간에는 대체로 거실의 소파에 꼼짝 않고 앉아서, 키 큰 나무들의 두꺼운 밑동과 푸르른 가지들을 내다본다. 저녁이 오기 전에 집은 벌써 어두워진다. 나무들의 윤곽이 검어질 때쯤 그녀는 현관문을 열고 나간다. 어둑어둑 저물어가는 아파트 단지를 가로질러, 초록색 신호등이 금세 깜박거리는 횡단보도를 건너 계속 걷는다.

더 견딜 수 없을 만큼 피로해지기 위해 걷는다. 이제 돌아가야 할 집의 정적을 느낄 수 없게 될 때까지, 검은 나무들과 검은 커튼과 검은 소파, 검은 레고 박스들에 눈길을 던질 힘이 남지 않을 때까지 걷는다. 격렬한 졸음에 취해, 씻지도 이불을 덮지도 않고 소파에 모로 누워 잠들 수 있을 때까지 걷는다. 설령 악몽을 꾸더라도 중간에 잠에서 깨지 않기 위해, 다시 잠을 이루지 못해 새벽까지 뜬눈으로 뒤척이지 않기 위해 걷는다. 그 생생한 새벽시간, 사금파리 같은 기억들을 끈덕지게 되불러 모으지 않기 위해 걷는다.

희랍어 강의가 있는 목요일에는 좀더 일찍 가방을 챙겨 나선다. 아카데미까지 여러 정거장을 남겨두고 버스에서 내린 뒤, 도로의 아스팔트가 뿜어내는 오후의 복사열을 견디며 걷는다. 덕분에, 그늘진 건물 안으로 들어선 뒤에도 한참 동안 그녀의 온몸은 흠뻑 땀에 젖어 있다.

한번은 그녀가 막 이층으로 올라서는데 앞서 걸어가는 희랍어 강사가 보였다. 그녀는 자신도 모르게 걸음을 멈췄다. 소리를 내지 않으려고 숨을 죽였다. 이미 기척을 느낀 그가 돌아보고는 웃음을 지었다. 인사를 건네려다 그만두었다는 것을 알아챌 수 있는, 친밀감과 멋쩍음과 체념이 섞인 웃음이었다. 곧 웃음을 거둔 그의 얼굴은 진지해서, 그렇게 웃었던 것을 이해해주기를 정식으로 청하는 것 같았다.

그후 계단이나 복도에서 우연히 그와 마주칠 때, 그는 웃음짓는 대신 어렴풋한 눈인사를 한다. 각기 뒷문과 앞문을 열고 텅 빈 강의실에 들어설 때까지 그들은 비슷한 보폭으로 걷는다. 비슷하게 상체를 앞으로 수그리고, 어깨에 커다란 가방을 메고. 담담하게 서로의 존재를 의식한 채.

*

누군가에게 말을 걸 때 그가 짓는 특유의 표정이 있다. 겸손하게 상대의 동의를 구하는 눈길인데, 때로 겸손하다는 말로만은 설명할 수 없는 미묘한 슬픔 같은 것이 어려 있을 때가 있다.

희랍어 시간이 시작되기 삼십여 분 전, 강의실에 두 사람뿐이었을 때였다. 그녀가 자리에 앉은 뒤 가방에서 주섬주섬 교재와 필기도구를 꺼내고는 무심코 고개를 들었을 때 그 눈길과 마주쳤다. 그는 교탁 옆에 놓여 있던 자신의 의자에서 일어나, 그녀와 조금 거리가 있는 책상까지 다가왔다. 의자를 빼서 공간을 만든 다음 통로를 향해 앉았다. 그는 두 손을 들어올려 허공에서 가볍게 손깍지를 끼었는데, 잠시였지만 그녀는 그가 악수를 청하려는 거라고 생각했다. 그렇게 손깍지를 낀 자세로 그는 한동안 가만히 있었다. 말을 걸 것인지 그렇지 않은지 이제 곧 결정한 뒤 알려주려는 것처럼. 얼마 지나지 않아 복도에서 누군가가 걸어오는 발소리가 들렸고, 그는 일어서서 교탁 옆으로 돌아갔다.

*

두 사람이 잠자코 서로의 얼굴을 들여다볼 때가 있다. 수업시간이 시작되기를 기다리며. 수업이 시작된 뒤에. 쉬는 시간에 복도에서, 사무실 앞에서. 차츰 그의 얼굴이 그녀에게 낯익은 것이 되었다. 그의 평범한 이목구비와 표정과 체구와 자세가, 고유한 이목구비와 표정과 체구와 자세가 되었다. 하지만 그녀는 그것에 어떤 의미도 부여하지 않았다. 그 변화에 대해 언어로 생각한 적이 없기 때문이다.

*

무더운 칠월의 밤이다.

흑판 양쪽 가장자리에 설치된 선풍기 두 대가 맹렬히 돌아가고 있다. 강의실 양쪽의 창문들은 모두 활짝 열려 있다.

이 세계는 덧없고 아름답지요, 라고 그가 말한다.

하지만 이 덧없고 아름다운 세계가 아니라, 영원하고 아름다운 세계를 원했던 거지요, 플라톤은.

매시간 지나치리만큼 성실했던 거구의 대학원생은 이십 분 전부터 꾸벅꾸벅 졸고 있다. 기둥 뒤에 앉은 중년 남자는 목덜미의 땀을 연신 손수건으로 닦아내더니, 마침내 기진한 듯 조금 전에 책상에 이마를 엎드리고 잠들었다. 깨어 있는 사람은 그녀와 대학생 청년뿐이다. 회전 모드로 맞춰진 선풍기 바람이 지나가버리는 즉시 청년은 한지로 만든 장부채를 펄럭여 땀을 식힌다.

사실 『국가』는 박진감 있는 저술입니다. 사유 자체의 박력 있는 전개만으로 독자를 빨아들이는 힘이 있어요. 논지를 전개하다가 이따금 좁고 위태한 지점…… 비유하자면 낭떠러지의 가장자리 같은 곳을 디딜 때마다 플라톤은 소크라테스의 목소리를 빌려

독자에게 묻습니다. 잘 따라오고 있는가? 마치 무모한 등반대장이 뒤를 돌아보면서 대원들의 안부를 확인하듯이 말입니다. 실은 그것이 위태로운 자문자답이라는 것을 그 자신도 알고, 읽는 우리들도 압니다.

연한 녹색 안경알 뒤의 담담한 눈길로 그는 그녀의 또렷한 눈을 응시한다. 학생들이 유난히 집중하지 않기 때문인지, 십 분 가까이 그는 희랍 문법 대신 텍스트의 내용을 풀어 설명하고 있다. 언제부턴가 이 강독의 성격은 희랍어와 철학 사이에 비스듬히 걸쳐진 것이 되었다.

아름다운 사물들은 믿으면서 아름다움 자체를 믿지 않는 사람은 꿈을 꾸는 상태에 있는 거라고 플라톤은 생각했고, 그걸 누구에게든 논증을 통해 설득해낼 수 있다고 믿었습니다. 그의 세계에선 그렇게 모든 것이 뒤집힙니다. 말하자면, 그는 자신이 오히려 모든 꿈에서 깨어난 상태에 있다고 믿었습니다. 현실 속의 아름다운 사물들을 믿는 대신 아름다움 자체만—현실 속에서는 존재할 수 없는 절대적인 아름다움만을—믿는 자신이.

*

강의가 끝난 뒤 가방을 메고 사무실 앞을 지나다가, 그녀는 그가 단발머리 아르바이트생과 대화를 나누는 모습을 본다. 아르바이트생은 자신이 새로 산 스마트폰의 기능을 그에게 열의 있게 설명해주고 있는 참이다. 그는 허리를 반쯤 수그리고 스마트폰에 바싹 얼굴을 대고 있다. 안경과 스마트폰이 곧 부딪칠 것 같다. 그런 자세로 있으니 실제보다 더 체구가 작아 보인다. 아르바이트생이 높은 톤으로 빠르게 말한다.

여기, 이건 남극의 펭귄 군락지에 설치한 웹캠의 실시간 영상이에요. 잔뜩 더울 때 열어보면 정말 시원해요. 음, 여기도 지금 밤이네요. 얘네들, 보여요? 펭귄들은 벌써 다 잠들었어요. ……아, 이거요? 여기 진한 보라색으로 보이는 거? 그게 바다라니까요. 희끗한 건 얼음이죠. 죄다 빙하예요. 와아, 지금 막 눈이 오네요. 이것 보여요? 이것들 말예요, 반짝반짝하는 점들…… 안 보여요?

*

후락한 아카데미 건물의 현관을 빠져나오며, 그녀는 거구의 대학원생이 어두운 벽에 붙어서서 누군가와 통화하는 것을 본다. 불을 붙이지 않은 담배를 손가락 사이에 끼우고, 이를 악물며 낮은 소리로, 그녀가 지나가는 것을 알지 못한 채 그가 속삭인다. *말했지, 도와달란 말 안 할 테니까, 내 앞길 막지만 말라고. 유학 갈 돈이야. 이 나이까지 석사도 못 마치고 뼈빠지게 모은 돈이라고. 내가 그 돈 다 털어주건 말건 아버진 망할 거잖아. 망하고, 또 망하고, 끝까지 망할 거잖아.*

*

희랍어 시간이 끝나면 언제나 그랬던 것처럼 그녀는 어두운 거리를 걷는다. 도로 위의 차량들은 언제나처럼 대담한 속력으로 질주한다. 붉은색 철제 상자에 야식을 실은 오토바이들이 차선과 신호를 무시하며 곡예운전을 한다. 젊거나 늙어가는 취객들, 투피스나 반소매 와이셔츠 차림의 지친 직장인들, 손님이 들지 않는 식당 입구에서 멍하게 행인들을 응시하는 나이든 여자들을 지나쳐서 그녀는 계속 걷는다.

팔차선과 사차선 도로가 교차되는 번화한 거리에 다다른다. 까마득히 높게 솟아오른 빌딩들과, 그 꼭대기에 설치된 거대한 전광판들이 보인다. 언제나처럼 그녀는 횡단보도 앞에 멈춰 서서 그 화면들을 올려다본다. 실제보다 수십 배 확대된 얼굴들이 거대한 입술을 움직여 들리지 않는 말을 한다. 거대한 활자들이 물고기처럼 입을 달싹이며 화면 아래를 흐른다. 거대하게 확대된 뉴스 화면들이 지나간다. 들것에 실려가는 시체, 군중, 불붙은 비행기, 울부짖는 여자들이 지나간다.

어느 사이 초록불이 켜진다. 복사열이 아직 식지 않은 검은 아스팔트 도로를 가로질러, 그녀는 맞은편 거리를 향해 걷는다. 전광판들은 여전히 소리 없이 거대한 화면과 활자들을 흘려보내고 있다. 끝없이 펼쳐진 사막을 침묵하며 달리는 미끈한 승용차, 가슴이 깊게 파인 드레스를 입은 여배우의 소리 없는 웃음이 검은 거리 위로 유령처럼 깜박인다.

*

도시를 가로지르는 거대한 강에 다다를 때쯤, 그녀의 먼지투성이 얼굴은 완전히 땀에 젖어 번들거린다. 영원히 끝나지 않을 것 같은 강변도로의 인도를 그녀는 계속 걷는다. 캄캄한 강에 비친 불빛들이 일렁인다. 그녀의 종아리에는 단단히 알이 뱄고, 밑창이 얇은 샌들을 신은 발바닥은 불붙은 듯 뜨겁다. 강의 수면에서 올라온 검고 습기 찬 바람이 천천히 그녀의 몸을 식힌다.

지난봄부터 그녀가 밤마다 들이마신 공기 속에 떠돌고 있었을, 호흡기 속으로 무심히 들어와 아직 깜박이고 있을 극미량의 발광체들을 그녀는 알지 못한다. 세포들의 틈을 희미하게 밝히며, 투명하게 관통하며 떠돌아왔을 원소들을 알지 못한다. 제논과 세슘

137. 반감기가 짧아 곧 사라졌을 방사성 요오드131. 혈관 속을 끈 질기게 흐르고 있을 뭉클뭉클하고 붉은 피의 입자들을 알지 못한 다. 캄캄한 폐와 근육과 장기들을, 세차게 펌프질하는 뜨거운 심 장을 알지 못한다.

*

지하도를 건너 그녀는 더 걷는다. 셔터가 내려진 상점들과, 막 불을 끄고 셔터를 내리는 상점들을 지나쳐 걷는다. 화장실 앞에서 가망 없는 싸움이 붙은 인사불성의 취객들을 지나쳐 걷는다. 길디 긴 소화관 같은 지하도를 끝까지 통과한 뒤 어두운 거리로 뱉어져 나온다. 신호등이 작동되지 않는, 주황색 점멸등만 깜빡거리는 위 험한 보도를 건넌다. 수십 대의 승용차들이 캄캄한 공용 주차장에 소리 없이 웅크리고 있는, 인적이 없어 마치 폐허 같은 거리를 지 난다. 다시 나타나는 살풍경한 번화가를 지난다. 가난하고 시끄러 운 선술집들을 지난다. 차도 중앙까지 걸어나가 위태하게 택시를 잡는 취객들을 지난다. 그녀와 야비하게 시선을 맞추는 번들거리 는 눈들, 동공이 풀린 무관심한 눈들을 지난다.

자정이 가까웠을 때 그녀는 낯선 영화관의 입구에 다다라 있 는 자신을 발견한다. 마지막 영화의 매표가 끝난 부스에 불이 꺼 져 있다. 어두운 매표구의 반투명한 아크릴 칸막이를 향해 그녀는 자신도 모르게 다가간다. 여덟 개의 컴컴한 구멍들 가까이 입술을 가져갔다가 흠칫 뗀다. 그 가지런한 구멍들에서 공포스러운 힘이 뿜어져나와, 그녀의 입술과 목구멍에서 강제로 목소리를 흡인해내고 말 것처럼.

*

극장 앞의 버스정류장은 어둡고 더럽다. 구겨진 맥주캔들과 탄산음료 페트병들과 비닐봉지, 누군가 뱉어놓은 가래침들, 흩어지고 짓밟힌 팝콘 부스러기들 가운데 그녀는 서 있다. 이제는 더이상 걷고 싶지 않다. 막차일지도 모를 좌석버스가 정류장으로 다가오는 것이 보인다. 그녀의 집을 지나가지 않지만, 근처까지 가는 버스다.

버스에 오른 순간, 지나치게 강한 에어컨 바람에 그녀는 놀란다. 침침한 조명이 밝혀진 버스 안에는 십수 명의 승객들이 침묵하며 좌석에 앉아 있다. 피로와 패배감, 오래되고 희미한 적의 같은 것이 배어 있는 침묵이다.

그녀는 두 좌석 모두 비어 있는 자리까지 걸어들어간다. 운전석 뒤쪽에 설치된 텔레비전에서 심야 드라마가 소리 없이 흘러나오고 있다. 한 남자와 한 여자가 들리지 않는 언쟁을 벌이다 말고 격렬하게, 오랫동안 입을 맞춘다. 색 보정이 제대로 되지 않아 화면

110

이 퍼렇게 보인다.

*

　그녀는 텔레비전 화면을 보지 않는다. 지독한 피로가 몰려오지만, 눈을 감아도 잠이 오지 않는다. 공격적으로 느껴질 만큼 강한 에어컨 바람 때문에 팔뚝과 목덜미에 소름이 돋은 채 그녀는 차창 밖을 내다본다. 버스는 불야성의 거리를 거슬러오르고 있다. 눈부시게 불을 밝힌 카페의 투명한 냉장고에 색색의 머핀과 조각케이크들이 진열되어 있다. 문을 닫은 보석점 진열장 안에서 커다란 모조 다이아몬드 목걸이가 빛난다. 건물의 한 면을 뒤덮은 거대한 걸개 포스터 위로 낯익은 남자배우가 눈가의 잔주름을 깊게 패게 하며 웃고 있다. 짧은 원피스에 때아닌 가죽부츠를 신은 여자가 휴대폰을 움켜쥔 손을 들어 택시를 잡는다. 셔터를 내린 분식집 앞의 계단 턱에, 희끗하게 머리가 센 남자가 신문지 위에 웅크려 누워 있다.

*

　초등학교 시절에 만들었던 만화경을 그녀는 기억한다. 거울집에서 직사각형으로 잘라온 세 조각의 거울을 잇대어 삼각기둥을 만든 뒤, 그 안에 여러 색깔의 색종이를 잘게 잘라 넣었다. 한쪽 눈을 대고 만화경을 흔들 때마다 펼쳐지던 이상한 세계에 그녀는 단박에 사로잡혔었다.

말을 잃은 뒤, 이따금 그녀의 눈앞에 그 세계가 겹쳐 떠오를 때가 있다. 지금처럼 녹초가 된 채 버스에 실려 검고 단단한 숲 같은 밤거리를 흘러갈 때. 아카데미 건물의 어둡고 좁은 계단을 걸어올라갈 때. 강의실에 이르는 긴 복도를 건너갈 때. 오후의 햇빛과 정적과 나무들, 잎사귀들, 그 틈의 노란 빛무늬들을 바라볼 때. 타닥타닥 터질 듯 깜박이는 네온사인과 색전구들 아래를 걸어갈 때.

말을 잃고 나자 그 모든 풍경이 조각조각의 선명한 파편이 되었다. 만화경 속에서 끝끝내 침묵하던, 무수한 차가운 꽃잎같이 일제히 무늬를 바꾸던 색종이들처럼.

*

그때 그녀의 아이는 일곱 살이었다.

오랜만에 한가했던 일요일 오전, 이런저런 이야기 끝에 그녀는 아이에게 제안했다. 오늘은 인디언식으로 그들의 이름을 지어보자고. 아이는 재미있어하며 자신의 이름을 '반짝이는 숲'이라고 지은 뒤, 여자에게도 이름을 지어주었다. 마치 가장 정확한 작명이라는 듯 단호하게.

펄펄 내리는 눈의 슬픔.

응?

그게 엄마 이름이야.

그녀는 얼른 대답하지 못하고 아이의 말간 눈을 들여다보았다.

*

조각난 기억들이 움직이며 무늬들을 만든다. 어떤 맥락도 없이. 어떤 전체적인 조망도 의미도 없이. 조각조각 흩어졌다가 한순간 단호히 합쳐진다. 무수한 나비들이 일제히 날갯짓을 멈추는 것처럼. 얼굴을 가린 냉정한 무희들처럼.

그녀가 유년 시절을 보낸 K시의 외곽도로가 그렇게 보인다.

아홉 살의 여름, 다섯 해 가까이 키운 백구를 앞세우고 집에서 가까운 그 도로를 건너던 휴일 오후가 보인다. 과속으로 달려오던 승합차가 벼락같이 백구를 치고는 뺑소니쳐 달아났다. 며칠 전에 새로 깔린 뜨거운 아스팔트 바닥에 개의 허리 아랫부분이 납작한 종잇장처럼 달라붙었다. 앞발과 가슴과 머리만 입체의 형상을 한 개가 거품을 물며 신음한다. 그녀는 무작정 다가가 개의 상체를 끌어안으려 한다. 개는 온 힘을 다해 그녀의 어깨를, 가슴을 물어뜯는다. 그녀는 비명도 지르지 못한다. 두 팔로 개의 입을 막으려 한다. 팔뚝을 한번 더 물어뜯기는 순간 그녀는 기절했고, 어른들이 달려왔을 때 백구는 이미 죽어 있었다고 했다.

눈이 닿는 곳마다 사방에서 빛나던 못물들이 그렇게 보인다.
스무 살이 되던 봄, 야간 경비를 서던 당직실에서 죽은 아버지를 운구해 K시 근교의 선산으로 내려가던 긴 하루였다. 마치 온 세상이 어항으로 변한 듯, 눈부신 청색 못물이 끝없이 담겨 있던 논들이 번쩍인다.

그녀의 검붉은 입술이 부풀어오르던 이상한 꿈을 그렇게 본다.
수차례 반복된 그 꿈속에서, 물집이 터진 자리에서 피와 진물이 흐르던 걸 본다. 앞니가 곧 빠지려는 듯 뿌리째 흔들리고, 침을 뱉자 한움큼 피가 섞여 나오던 걸 본다. 누구의 것인지 알 수 없는 손이 돌처럼 단단한 약솜으로 그녀의 입을 틀어막던 걸 본다. 피와 비명을 한 번에 밀봉하려는 듯 단호하게.

*

버스에서 내린 뒤 그녀는 다시 걷는다.
대여섯 정거장의 거리를 쉬지 않고 걸어, 한때 인도를 포장했던 시멘트 조각들이 조각조각 깨어져 있는 일방통행로로 들어선다.

버스의 냉방이 너무 강했던 탓에, 열대야의 열기가 아직도 따뜻하게 느껴진다.

시멘트가 깨어진 자리마다 웃자란 풀을 헤치고 그녀는 걷는다.

샌들의 검은 가죽끈 사이로 맨살이 습기에 젖는다.

*

아무것도 판단하지 않는다.
감정을 부여하지 않는다.

모든 것이 파편으로 다가와,
파편인 채 그대로 흩어진다. 사라진다.

단어들이 좀더 몸에서 멀어진다.
거기 겹겹이 무거운 그림자처럼,
악취와 오심처럼,
끈적이는 감촉처럼 배어 있던 감정들이 떨어져나간다.
오래 침수돼 접착력이 떨어진 타일들처럼.
자각 없이 썩어간 살의 일부처럼.

*

　아침부터 밤까지 수차례 땀에 젖었다 마른 그녀의 끈끈한 몸이 이제 세면대 위의 거울에 비쳐 있다. 그녀는 따뜻한 물을 반쯤 채운 욕조에 들어간다. 먼지투성이의 몸을 물속에서 구부려 최대한 편안한 자세를 만든다. 무심코 잠이 들었다가, 물이 거의 식었을 때에야 떨며 눈을 뜬다.

*

　잠든 아이의 눈꺼풀에 그녀는 조심스럽게 입맞춘다. 나란히 누워 눈을 감는다. 눈을 뜨면 펄펄 눈이 내리고 있을 것 같아, 질끈 감은 눈꺼풀에 힘을 준다. 눈을 감았으므로 보이지 않는다. 반짝이는 육각형의 커다란 결정들도, 깃털 같은 눈송이들도 보이지 않는다. 짙은 보랏빛 바다도, 흰 봉우리 같은 빙하도 안 보인다.

　밤이 끝날 때까지 그녀에게는 말도 없고 빛도 없다. 모든 것이 펄펄 내리는 눈에 덮여 있다. 얼다가 부서진 시간 같은 눈이 끝없이 그녀의 굳은 몸 위로 쌓인다. 곁에 누운 아이는 없다. 싸늘한 침대 가장자리에 꼼짝 않고 누워, 수차례 꿈을 일으켜 그녀는 아이의 따뜻한 눈꺼풀에 입맞춘다.

12

거구의 대학원생이 통통한 손을 들고 희랍어 강사에게 묻는다. 진지하고 낭랑한 음성이 조용한 강의실에 울린다. 땀에 젖은 회색 스트라이프 티셔츠가 등과 겨드랑이에 달라붙어 진한 회색의 무늬를 만든다.

신령한 것, *τὸ δαιμόνιον*, to daimonion과 신적인 것, *τὸ θεῖον*, to theion의 차이가 궁금한데요. 전 시간에 *θεωρία*, theoria에 '본다'는 의미가 있다고 하셨는데, 신적인 것, *τὸ θεῖον*, to theion도 '본다'는 동사와 관련되어 있습니까? 그렇다면 신은 보는 존재이거나, 시선 그 자체인 건가요?

그녀의 옆에 앉아 있던 여드름투성이의 철학과 학생이 희랍어 강사에게 묻는다. 대구 사투리의 억양이 남아 있는 말씨다. 방금 내려놓은 휴대폰 대기화면에, 흰 티셔츠를 입은 커트머리 여자애와 함께 팔을 들어올려 커다란 하트를 만든 사진이 떠 있다.

모든 사물은 그 자신을 해치는 것을 자신 안에 가지고 있다는 걸 논증하는 부분에서요. 안염이 눈을 파괴해 못 보도록 만들고, 녹이 쇠를 파괴해 완전히 부스러뜨린다고 예를 들어 설명하고 있는데, 그것들과 유비를 이루는 인간의 혼은 왜 그 어리석고 나쁜 속성들로 인해 파괴되지 않는 겁니까?

13

아직 동트기 전이었다.

누군가가 내 방에 들어와 내 어깨를 건드리고는 편지 한 통을 건네주었다. 나는 눈을 비비고 일어나 고맙다고 인사한 뒤 그것을 받아들었다. 어떤 글씨도 적혀 있지 않은 봉투를 뜯자, 눈처럼 흰 백지가 반듯하게 두 번 접혀 있었다. 백지를 펼치는 짧은 시간 동안 손끝의 감촉으로 알아챌 수 있었다. 점자로 씌어진 편지였다.

나는 신중하게 문장들을 더듬기 시작했다. 한 줄도 빠뜨리지 않고 마침내 편지의 끝까지 더듬어내려갔다. 의미를 전혀 알 수 없었다. 내가 읽은 것이 한글 점자인지, 알파벳 점자인지조차 알 수 없었다. 그제야 깨달았다. 나는 아직 점자를 배우지 않았다.

발신인도, 내용도 짐작할 수 없는 편지를 무릎에 내려놓고 나는 조금 떨었던 것 같다. 이제 어떤 답을 사자使者에게 전해야 옳은 걸까. 방금 편지를 건네준 사람, 아직 내 머리맡에 서 있는 그 사람의 얼굴이 생각나지 않았다.

아직 꿈속이었지만, 얼굴을 든 순간 방금 점자 편지를 읽는 꿈에서 깨어난 거라고 생각했다. 방에는 아무도 없었다. 마치 유년 시절의 아침이 돌아온 것처럼, 모든 사물들이 선명한 빛과 형체들로 시야에 들어왔다. 창문이 열려 있었다. 바람이 부는지 짙은 청색 커튼이 조금 흔들렸다. 방안의 공기는 미세한 유리알들을 머금은 것처럼 선명하게 반짝였다. 엷은 푸른빛으로 칠한 벽에 수많은 물방울들이 맺혀 있는 것이 보였다. 외벽에서 스며들어와 이제 바닥으로 흘러내릴 눈부신 물방울들을 보다가 나는 의아해졌다. 밖에 비가 내리고 있는 건가. 그런데 왜 이렇게 환할까.

눈을 뜨고 있는 꿈을 꾸다가 문득 잠들어 있었다는 것을 깨닫는 순간, 나는 고통을 느끼지 않는다. 상실감도, 체념도 느끼지 않는다. 잠이 천천히 몸에서 가시는 동안 단호히 꿈으로부터 돌아누울 뿐이다. 마침내 눈을 뜨고 희끄무레한 천장을, 윤곽이 무너진 사물들을 바라볼 뿐이다. 한번 더 빠져나갈 꿈 밖의 세계가 없다는 사실을 침착하게 확인할 뿐이다.

14
얼굴

아직 실감할 수 없어. 너, 서른일곱 살, 요아힘 그룬델의 죽음
을. 읽을 수 없는 점자 편지를 마지막 글자까지 손끝으로 훑은 뒤,
어떻게든 이해했다고 말해야만 할 것 같았던 그 낯선 꿈처럼.

그 먼 곳에서 네가 올 수 없다는 것 안다, 라고 네 어머니는 나
에게 말했지. 장례식은 여섯 시간 후에 치러진다고, 내가 미안해
할 것 같아 일부러 늦게 알렸다고 했지. 나는 최대한 침착하게 미
안하다고 말했어. 그녀는 괜찮다고 대답하고는, 잘 지내고 있느냐
고 나에게 물었지. 나는 그렇다고, 독일에 돌아가면 인사드리러
가겠다고 말했어. 네 어머니는 얼른 대답하지 않았지. 잠깐의 침
묵이 흐른 뒤 잠긴 목소리로 말했어.

물론이지, 너는 언제든 환영이란다.

그 전화를 받은 토요일 아침부터 이 침대에 누워 천장을 올려다
보고 있어. 허기 때문에 냉장고 문을 열 때마다, 눈부신 조도 때문
에 그 안에 있는 것들이 비교적 또렷하게 보인다는 사실에 놀라곤
했어. 그 차갑고 선명한 공간이 마치 얼어붙은 낙원 같아서, 나는
냉장고 문을 열어둔 채 시간을 끌었어. 간단한 음식을 꺼내 식탁
에 놓고 짧은 시간 허기를 달래고는, 마치 안정을 취해야 하는 환
자처럼 침대로 돌아와 눕곤 했어.

*

네 방의 창은 유난히 크고 밝았지.

햇빛이 잘 드는 오후면, 창틀 아래 선반에 진열된 수십 대의 미
니어처 비행기들이 제각기 반질반질한 빛을 냈지. 내가 너에게서
등을 돌리고 서서 그 비행기들의 정교한 디테일에 감탄하는 동안,
너는 청색과 녹색 체크무늬 시트가 깔린 침대 위에 다리를 꼬고
앉아 말을 이어갔지. 내가 고개를 돌려 너와 눈을 맞추면, 넌 장난
스럽게 코를 찡그리는 동작만으로 뿔테 안경을 치켜올리곤 했지.

종횡무진, 네가 다루는 다채로운 화제들은 다독가답게 숱한 암
시와 인용과 논증의 터널들을 롤러코스터처럼 통과하며 오래 이

어졌지. 때로 네 이야기가 너무 길어지는 것 같다고 느낄 때면 난 네 어머니가 직접 구웠다는 근사한 파이를 한 입씩 베어물었어. 책상 옆의 푸르스름한 회벽에 붙어 있는 고지도의 복사본들이며 행성들의 사진,·흑백의 세밀화—아르마딜로와 매머드와 네안데르탈인의 옆얼굴—들을 무심한 척 곰곰이 들여다보면서.

이따금 너의 화제는 그다지 조심스럽지 않게 내 눈의 상태로, 그것과 떼어 생각할 수 없는 장래의 문제로 이어지기도 했지. 그게 내 마음을 은밀히 다치게 한다는 걸 모르지 않으면서. 명랑하게 너는 말했지. 내가 너라면, 그때를 위해 점자를 미리 배워두겠어. 흰 지팡이를 짚고 혼자서 거리를 걷는 법도 익혀두겠어. 잘 훈련받은 멋진 리트리버를 사서 그 녀석이 늙어 죽을 때까지 함께 살겠어.

이를테면 너는, 그렇게 말할 자격이 스스로에게 있다고 믿고 있었던 거지. 세상의 어떤 불행이든 스스럼없이 대해도 될 만큼 고통을 겪어보았다고. 갓난아이였을 때부터 너는 십여 차례 크고 작은 수술을 받았고, 열네 살엔 육 개월의 시한부 선고를 들었다고 했지. 끈질긴 독학 끝에 대학에 입학하는 걸 보고 의사와 간호사들 모두 혀를 내둘렀다고 했지. 그렇게 병원 밖으로 나와 처음 사귄 친구가 나였다고 했어.

또렷이 기억해. 처음 만났을 때 나를 놀라게 했던 네 깡마른 몸을. 겨우 일곱 달 나보다 생일이 빠를 뿐인데, 마치 중년의 남자처럼 주름이 패어 있던 이마를.

그 이마에 힘을 주어 주름을 더 깊게 하며 너는 나에게 말했지.

고백하자면 말이야…… 내가 나중에 어떤 식으로든 책을 내게 되면, 그게 꼭 점자로 제작되었으면 좋겠어. 누군가가 손가락으로 더듬어서, 끝까지 한 줄 한 줄 더듬어서 그 책을 읽어주면 좋겠어. 그건 정말…… 뭐랄까, 정말 그 사람과 접촉하는 거잖아. 그렇지 않아?

함부로 던진 농담이 아니라는 걸 증명하려는 듯 너는 진지하게 내 얼굴을 마주보았지. 예민한 사람 특유의 자의식이 느껴지던 그 표정을 기억해. 햇빛에 홍채가 환히 들여다보이던 연한 푸른 눈도. 그 순간 네가 내 얼굴을 만지고 싶어한다고 느꼈지만, 또는 내가 네 얼굴을 만져주길 원한다고 느꼈지만, 그 느낌을 나는 곧 부인했어.

*

너와 처음이자 마지막으로 근교의 바위산을 올랐던 일요일이 생각날 때가 있어. 하얗게 드러난 관절 같은 바위들을 반바지 차림으로 오르다가, 날카로운 잎들이 돋친 깡마른 관목들에 종아리가 쓸리지 않도록 주의하다가, 두 무릎을 손바닥으로 짚어가며 더 오르다가, 땀을 닦으며 쉬다가, 전날 밤 얼려둔 물을 들이켜다가,

간식으로 싸온 검은 빵을 우물거리다가, 이제는 기억할 수 없는 농담들과 객쩍은 웃음을 주고받다가, 결국 산꼭대기에 채 이르기 전에 해가 기울기 시작하는 걸 보고 우리는 산을 내려왔지.

내가 어린 시절을 보낸 동네에도 이런 바위산이 있었어, 라고 그때 나는 고백했지. 인수봉과 백운대라는 두 개의 흰 바위봉우리를 올려다보면서 자랐다고. 지금도 모국을 떠올리면, 인구 천만의 붐비는 도시 대신 그 한 쌍의 얼굴 같은 봉우리들이 생각난다고.

내가 그 고백을 정확히 기억하는 것은, 네가 언제나처럼 장난스럽고 활달하게 내 말에 응수하는 대신 쓰러졌기 때문이었어. 비탈진 길을 이삼 미터 굴러떨어지다 기다란 바위에 허리를 부딪치며 멈췄기 때문이었어.

그 상황을 난 믿을 수 없었어. 너는 언제나 이제 깨끗이 나았다고 나에게 말했는데. 지긋지긋한 이십 년간의 투병은 기억하고 싶지도 않다고, 보란듯 담배를 피워물고 맥주잔을 거푸 비우곤 했는데. 자신에 찬 그 말들을 난 손톱만큼도 의심하지 않았는데.

마치 낯선 사람처럼 보이던 네 굳은 얼굴을 기억해. 처음으로 타인의 죽음을 보게 될까봐 덜덜 떨리던 내 손을 기억해. 네 눈꺼풀이 잠잠히 감겨 움직이지 않던 걸 기억해. 너를 업고 내려오던 그 가파른 바윗길에서, 나는 속옷까지 흠뻑 땀에 젖었지. 눈꺼풀 속으로 비 오듯 매운 땀이 흘렀지.

*

그렇게 산을 내려온 뒤 열흘이 지났을 때, 병실 철제 침대에서 비스듬히 상체를 일으켜 앉아서는 넌 나에게 물었지.

너, 왜 철학을 하려고 하느냐고 나에게 물은 적 있지. 내 생각을 정말 듣고 싶니?

침대 옆의 탁자에 안경을 벗어놓았는데도, 흘러내린 안경을 추켜올리려는 듯 너는 콧잔등을 찡긋했지.

고대 희랍인들에게 덕이란, 선량함이나 고귀함이 아니라 어떤 일을 가장 잘할 수 있는 능력이었다고 하잖아. 생각해봐. 삶에 대한 사유를 가장 잘할 수 있는 사람이 어떤 사람일까? 언제 어느 곳에서든 죽음과 맞닥뜨릴 수 있는 사람…… 덕분에 언제나, 필사적으로 삶에 대해 생각할 수밖에 없는 사람…… 그러니까 바로 나 같은 사람이야말로, 사유에 관한 한 최상의 아레테를 지니고 있는 거 아니겠니?

*

수년 뒤, 너와 결별하고 혼자 스위스를 여행할 때였어.

루체른 선착장에서 배를 타고 종일토록 얼음 덮인 협곡들 사이를 흘러다니던 날이었지. 처음의 계획은 그 배의 종점—호수의 가장 깊은 곳—까지 항해하는 것이었지만, 나는 불쑥 브루넨이라는 작은 도시에 내렸어. 항구를 감싸안은 두 개의 희고 커다란 바위봉우리 때문이었어. 왼쪽의 봉우리는 백운대를, 오른쪽의 봉우리는 인수봉을 빼닮아 있었어.

내가 자랐던 수유리 쪽에서 북한산을 올려다보면 왼쪽에 백운대가, 오른쪽에는 인수봉이 있어. 실제로는 백운대가 더 높지만, 인수봉이 조금 앞쪽에 있기 때문에 오히려 더 높아 보이지. 브루넨의 두 봉우리는 그 위치와 약간의 높이 차이, 흰 바위의 생김새와 숲이 우거진 정도까지 흡사했어. 아무런 마음의 준비 없이 맞닥뜨린 그 친숙한 풍경에 나는 조금 충격을 받았던 것 같아.

선착장에 내려서자, 카페테리아에서 내놓은 알루미늄 간이의자에 앉아 점심을 먹는 청년이 눈에 띄었어. 연한 금발에 갸름한 얼굴. 헐렁한 멜빵 청바지. 너와 조금도 닮지 않은 녀석이었는데 네가 생각났어.

나를 보고 미소 짓는 그에게 물었지. 뭘 먹니, 그거 맛있니. 음, 스위스식 치즈케이크야. 금요일이잖아. 엄지손가락을 세워 보이며 그가 대답했어. 나는 카페테리아에서 똑같은 치즈케이크를 사들고 나와 그의 옆 테이블에 앉았지.

그런데 금요일하고 치즈케이크가 무슨 상관이지, 라고 내가 묻자 그는 대답했어.

금요일엔 다들 고기 대신 치즈케이크를 먹어. 나야 뭐, 그렇게 종교적인 사람은 아니지만…… 예수님이 금요일에 돌아가셨잖아.

그뒤 둘 사이에 오간 대화는 특별하지 않았어. 어디에서 태어 났는가, 무얼 하는가, 이 도시는 어떤 곳인가, 어디를 더 여행할 것인가 따위를 서로에게 물었지. 나는 그의 이름이 임마뉴엘이며 전기수리공이라는 것, 그 직업을 무척 따분해하고 있으며, 언젠 가 독일과 오스트리아를 여행하고 싶어한다는 것, 세 살 때 부모 가 이혼한 뒤 십 년은 어머니와, 나머지 십 년은 현재까지 아버지 와 살고 있다는 것을 알게 되었어. 그는 내가 스위스에 접경한 콘 스탄츠에서 이태째 '골치 아픈' 공부를 하고 있다는 것, 보덴제가 루체른 호수만큼이나 아름답긴 하지만 겨울이면 시가지에 안개가 자주 끼어 우울하다는 것, 안개가 저녁까지 걷히지 않는 날엔 시 계視界가 짧아 건물 외벽에 바싹 붙어 걸어야 한다는 것을 알았지. 내가 베를린에 가보지 못했다는 사실에 그는 조금 실망하는 것 같 았어.

브루넨의 작고 평범한 시가지를 둘러보고 싶은 마음은 없었어. 그저 임마뉴엘과 나란히 앉아 호수를 보며, 달지 않은 스위스식 치즈케이크를 먹으며 목적 없는 한담을 나누는 걸로 충분했어. 햇 빛이 눈부셨지만, 물가의 바람은 퍽 쌀쌀했어.

삼십 분쯤 뒤 루체른으로 돌아가는 배가 들어왔고, 나는 임마 뉴엘과 가벼운 악수를 나누고 헤어졌어. 통성명을 했을 뿐 우리는 서로의 이메일 주소 같은 것을 교환하지 않았지. 배가 브루넨의 선착장에서 멀어지는 동안 나는 그를 향해 손을 흔들었고, 그도 나를 향해 손을 흔들었어. 내가 앉았던 알루미늄 의자와, 사분의 일쯤 남겨놓은 내 치즈케이크 접시가 차츰 멀어지더니 보이지 않게 되었어. 너와 조금도 닮지 않은 임마뉴엘의 모습이 차츰 멀어지더니 흐릿해졌어. 백운대와 인수봉을 닮은 흰 바위봉우리들이 서서히 더 멀어지다가, 배가 협곡을 돌아가자 마침내 보이지 않게 되었어.

그때 왜 그렇게 가슴이 서늘해졌던 걸까. 느리디느린 작별을 고하는 것 같던 그 광경이, 헤아릴 수 없는 무슨 말들로 가득찬 것 같던 침묵이, 여태 이렇게 생생하게 떠오르는 걸까. 마치 그 경험이 나에게 무엇인가를 대답해주었던 것처럼. 뼈아픈 축복 같은 대답은 이미 주어졌으니, 어떻게든 그걸 내 힘으로 이해해내야 하는 것처럼.

*

찬란한 것,
어슴푸레하게 밝은 것,
그늘진 것.

안경을 쓰지 않은 채, 그 몇 가지의 표현으로 바꿀 수 없는 미세한 조도의 차이를 느끼며 사흘째 천장을 바라보고 있어.

이해할 수 없어.
네가 죽었는데, 모든 것이 나에게서 떨어져나갔다고 느낀다.
단지 네가 죽었는데,
내가 가진 모든 기억이 피를 흘린다고, 급격하게 얼룩지고 있다고, 녹슬어가고 있다고, 부스러져가고 있다고 느낀다.

*

넌 철학을 하기엔 너무 문학적이야, 라고 너는 이따금 나에게 충고했지. 네가 사유를 통해 다다르고자 하는 곳은 일종의 문학적 고양 상태일 뿐이지 않니, 라고.
너와 밤늦도록 이어갔던 논쟁들을 기억해. 논쟁이 완전히 끝난 뒤 문득 텅 빈 벽이나 어두운색 커튼으로 주의를 돌릴 때, 마치 그때까지 우릴 기다리고 있었던 것처럼 느껴지던 깨끗한 침묵도. 그 시절의 넌 깨부술 수 없는 적이었지. 내가 던진 모든 질문들을 너는 명쾌하게 풀어갔지만, 네가 던진 질문들에 난 늘 길을 잃고 말았지. 틀렸어, 라고 너는 말하곤 했어. 미안하지만 지금 네 말은 틀렸어, 라고. 긴 논쟁이 마무리지어질 때쯤이면 덧붙여 말했지.

아무래도 넌 문학을 하는 게 좋겠어. 그렇게 넌 까다로운 친구, 지독히 까다로운 동갑내기 스승이었지.

그 스승이 나에게 충고했던 것이 아마도 옳으리라는 것을 짐작하고 있었지만, 나는 그렇게 할 수 없었어. 문학 텍스트를 읽는 시간을 견딜 수 없었어. 감각과 이미지, 감정과 사유가 허술하게 서로서로의 손에 깍지를 낀 채 흔들리는 그 세계를, 결코 신뢰하고 싶지 않았어.

하지만 나는 어김없이 그 세계의 것들에 매혹되었지. 이를테면 아리스토텔레스를 강의하던 보르샤트 선생이 잠재태에 대해 설명하며 "앞으로 내 머리는 하얗게 셀 겁니다. 그러나 그것은 지금 현실적으로 존재하지 않죠. 지금 눈이 내리고 있지 않지만, 겨울이 되면 적어도 한 번 눈이 올 것입니다"라고 말했을 때 내가 감동한 것은, 오직 그 중첩된 이미지의 아름다움 때문이었어. 강의실에 앉은 젊은 우리들의 머리칼이, 키 큰 보르샤트 선생의 머리칼이 갑자기 서리처럼 희어지며 눈발이 흩날리던 그 순간의 환상을 잊을 수 없어.

플라톤의 후기 저작을 읽을 때, 진흙과 머리카락, 아지랑이, 물에 비친 그림자, 순간순간 나타났다 사라지는 동작들에 이데아가 있는가 하는 질문에 내가 그토록 매혹되었던 것도 마찬가지였어. 오직 그 의문이 감각적으로 아름다웠기 때문, 아름다움을 느끼는 내 안의 전극을 건드렸기 때문이었어.

*

그 무렵 내가 붙들고 있었던 주제를 기억해. 어둠의 이데아, 죽음의 이데아, 소멸의 이데아에 대해 새벽까지 너와 내가 나누었던 길고 부질없고 쓸쓸한 이야기들을.

모든 이데아는 아름다움이며 선함이며 숭고함이라고 너는 말했지. 마치 자신보다 어린 학생을 설득하려는 듯 차분하고 슬프게. 그럴 수밖에 없지 않겠니. 그러니 바로 그렇기 때문에 모든 이데아는 좋음의 이데아와 관계 맺을 수밖에 없는 것 아니겠니. 서울과 베네치아와 프랑크푸르트와 마인츠의 광장들이 같은 하루에 모두 존재하는 것과 같이.

고개를 흔들면서 나는 너에게 물었지. 하지만 말이야. 만일 소멸의 이데아가 존재한다고 가정한다면 말이야…… 그건 깨끗하고 선하고 숭고한 소멸 아닐까? 그러니까, 소멸하는 진눈깨비의 이데아는 깨끗하게, 아름답게, 완전하게, 어떤 흔적도 없이 사라지는 진눈깨비 아닐까?

너는 고개를 저었지. 이것 봐. 죽음과 소멸은 처음부터 이데아와 방향이 다른 거야. 녹아서 진창이 되는 진눈깨비는 처음부터 이데아를 가질 수 없는 거야.

네 말을 들은 순간, 덧없는 전 세계가 빛을 잃었지. 그러나 영원히 녹지 않은 채 흩날리는 진눈깨비, 영원히 바닥으로 내려앉지 않는 진눈깨비의 세계는 여전히 어두운 환영처럼 내 눈앞에 펼쳐져 있었어.

이것 봐, 라고 너는 다시 달래듯 말했어.

어둠에는 이데아가 없어. 그냥 어둠이야, 마이너스의 어둠. 쉽게 말해서, 0 이하의 세계에는 이데아가 없는 거야. 아무리 미약해도 좋으니 빛이 필요해. 미약한 빛이라도 없으면 이데아도 없는 거야. 정말 모르겠어? 가장 미약한 아름다움, 가장 미약한 숭고함이라도 좋으니, 어떻게든 플러스의 빛이 있어야 하는 거야. 죽음과 소멸의 이데아라니! 너는 지금 동그란 삼각형에 대해 말하고 있는 거야.

*

그 새벽에 문득 너는 나에게 물었지. 언제나 그렇듯 두려움 없이, 내가 받을지 모를 상처를 대범하게 감수하면서. 언젠가 눈이 멀 것이라는 사실이, 평소의 내 생각과 감정에 얼마만큼 영향을 미치느냐고.

나는 대답하지 않은 채 너의 얼굴을 바라보았지. 너의 눈 밑에 검게 드리워진 그늘을. 움푹 파인 뺨을. 검게 죽은 입술을.

그 순간 내가 그토록 미워했던 그 말, 네 잔인한 물음에 나는 어떻게 답해야 했을까.

그때까지 나는 단 한 번도 그런 방식으로 나 자신을 생각해보지 않았어. 완전한 독일어를 구사하기에는 너무 늦은 십대의 나이에 나는 독일로 옮겨왔지. 내가 아무리 최선을 다한다 해도, 동급생보다 잘할 수 있었던 과목은 수학과 희랍어뿐이었어. 동양에서 온 아이가 수학을 잘하는 건 특별한 일이 아니지만, 희랍어는 달랐어. 라틴어를 곧잘 하는 친구들도 희랍어의 문법에는 두 손을 들었으니까. 바로 그 복잡한 문법체계가―수천 년 전에 죽은 언어라는 사실과 함께―나에겐 마치 고요하고 안전한 방처럼 느껴졌어. 그 방에서 시간을 보내는 동안, 차츰 나는 희랍어를 잘하는 신기한 동양 애로 알려지기 시작했지. 자력에 이끌리듯 플라톤의 저작들에 이끌린 건 그 무렵부터였어.

하지만 정말 그랬을까. 네가 말한 그런 이유로 나는 플라톤의 전도된 세계에 이끌렸던 걸까. 그보다 먼저, 한칼에 감각적 실재를 베어내버리는 불교에 매료되었던 것처럼. 그러니까 내가, 보이는 이 세계를 반드시 잃을 것이기 때문에.

그 새벽에, 왜 나는 너에게 같은 질문을 던지지 못했을까. 왜 너처럼 용기를 내서, 대범하게 상처를 감수하며 되물을 수 없었을까. 나의 조건이 그렇다면 너의 조건은, 바로 너의 조건은 너의 생각과 행동에 어떤 영향을 미쳐왔느냐고.

＊

　너와 함께 내가 보낸 그 긴 시간 동안, 그 어떤 질문과 대답, 어떤 인용과 암시와 논증보다 절실하게 너에게 건네고 싶었던 말은 어쩌면 정작 이런 것이었는지도 모르겠어.

　우리가 가진 가장 약하고 연하고 쓸쓸한 것. 바로 우리의 생명을 언젠가 물질의 세계에 반납할 때, 어떤 대가도 우리에게 돌아오지 않을 거라고.
　언젠가 그 순간이 나에게 찾아올 때, 내가 이끌고 온 모든 경험의 기억을 나는 결코 아름다웠다고만은 기억할 수 없을 것 같다고.
　그렇게 남루한 맥락에서 나는 플라톤을 이해한다고 믿고 있는 것이라고.
　그 역시 아름다운 것이 없다는 것을 알고 있었던 거라고.
　완전한 것은 영원히 없다는 사실을. 적어도 이 세상에는.

＊

　그 시절 내가 꿈꿨던 상象들이 유난히 선명하게 떠오르는 순간이 있어.

아직 식지 않은 늦가을의 흙에, 닿자마자 녹아버리는 눈송이들.
어질머리나게 피어오르는 이른봄의 아지랑이.

고요하고 희미한 그 기적들,
믿어본 적 없는 신神의 파편들.

태어나지도 소멸하지도 않는 이데아.

모든 존재의 뒤편에 물 위의 환한 그림자처럼 떠올라 있는,
모든 존재가 수천의 눈부신 꽃으로 피어나 세계를 싸안고 있는,
열여섯 살의 내가 온 힘으로 붙들었던 화엄華嚴.

안경을 벗은 채 이 침대에 누워, 모호하게 흰 저 허공을 올려다
보면서 그 세계를 생각하고 있어.
눈을 부릅뜨고 그걸 들여다보고 있어.

*

하지만 그 시절의 너를 사로잡은 건 그런 것들이 아니었지.
물리적 실재와 시간.
무無에서 뜨겁게 폭발하며 태어난 세계.

전진하기 전에 영원히 서성이고 있었던 시간의 씨앗.

그래, 시간.

보르헤스가 자신을 태우는 불이라고 불렀던 것.

그 수수께끼를, 한순간 쏘아져 영원히 날아가는 화살을, 그 안에서 불붙은 채 소멸에 맞서는 생명을 너는 맨손으로 만지고 싶어했지.

마침내 더 학교를 견디지 못하고 뛰쳐나갔지.

영원히 다시 학생 따위는 되지 않겠다고 나에게, 네 지친 엄마에게 맹세했지.

코와 입술과 혀에 피어싱을 했던 네 친구들을 기억해.

그중 유난히 눈이 슬퍼 보였던 한 친구도.

볼륨을 높일수록 가슴을 찢게 서글프던 그들의 음악을 기억해.

넌 나에게 말했지.

병실의 벤젠 냄새 속에서 성장한 사람이 아니라면 누구도 자신을 이해할 수 없을 거라고.

아름다움은 오직 강렬한 것, 생생한 힘이어야 한다고.

삶이란 게, 결코 견디는 일이 되어선 안 된다고.

여기가 아닌 다른 세계를 꿈꾸는 건 죄악이라고.

그러니까, 너에게 아름다운 건 붐비는 거리였지.

햇빛이 끓어넘치는 트램 정류장이었지.

세차게 뛰는 심장,

부풀어오르는 허파,

아직 따뜻한 입술,

그 입술을 누군가의 입술에 세차게 문지르는 거였지.

*

그 모든 뜨거움을 너는 잃었니.

너는 정말 죽었니.

생각에 잠긴 얼굴.

깊게 주름진 입가.

미소 띤 눈.

뻔한 대답을 하기 싫을 때마다 어깨를 으쓱해 보이던 습관.

네가 나를 처음으로 껴안았을 때, 그 몸짓에 어린, 간절한, 숨길 수 없는 욕망을 느꼈을 때, 소름 끼칠 만큼 명확하게 나는 깨달았던 것 같아.

인간의 몸은 슬픈 것이라는 걸. 오목한 곳, 부드러운 곳, 상처 입기 쉬운 곳으로 가득한 인간의 몸은. 팔뚝은. 겨드랑이는. 가슴은. 샅은. 누군가를 껴안도록, 껴안고 싶어지도록 태어난 그 몸은.

그 시절이 지나가기 전에 너를, 단 한 번이라도 으스러지게 마주 껴안았어야 했는데.

그것이 결코 나를 해치지 않았을 텐데.

나는 끝내 무너지지도, 죽지도 않았을 텐데.

*

이제 곧 거울에 비친 내 얼굴을 다른 사물과 구별할 수 없게 되겠지.

내가 기억하는 모든 얼굴들은 기억 속에 굳게 얼어붙겠지.

너라면 이 순간 나에게 거침없이 충고하겠지. 어깨를 으쓱해 보이며, 과장되게 콧잔등을 찡그리며 말하겠지.

그게 어쨌다는 거지? 점자를 배워. 백지에 구멍을 뚫어서 시를 써. 근사한 리트리버를 사귀는 법을 배워.

만일 네가 죽지 않았다면, 독일로 돌아가 널 다시 만날 때 난 네 얼굴을 만져야 했을까. 내 손으로 더듬어 네 이마를, 눈꺼풀을, 콧날을, 뺨과 턱의 주름들을 읽어야 했을까.

아니, 나는 그러지 못했을 거야.

시간이 흐를수록 너는 나를 욕망했으니까.

그 욕망을 견딜 수 없어서 몸부림쳤으니까.

우리 사이의 모든 걸 네 손으로 무너뜨렸으니까.

난 전속력으로. 너를 깊게 상처 입히며 도망쳤으니까.

널 원망했으니까.

네가 아닌 네가 보고 싶어 잠을 이루지 못했으니까.

네가 아닌 너만을 미치도록 그리워했으니까.

*

그 쓸쓸한 몸은 이제 죽었니.

네 몸은 가끔 나를 기억했니.

내 몸은 지금 이 순간 네 몸을 기억해.

그 짧고 고통스러웠던 포옹을.

떨리던 네 손과 따스한 얼굴을.

눈에 고인 눈물을.

15

그녀는 상체를 앞으로 기울인다.

연필을 쥔 손에 힘을 준다.

고개를 더 수그린다.

단어들이 손에 잡히지 않는다.

입술을 잃은 단어들,

이뿌리와 혀를 잃은 단어들,

목구멍과 숨을 잃은 단어들이 잡히지 않는다.

몸이 없는 헛것처럼, 형체가 만져지지 않는다.

16

ἐπὶ χιόνι ἀνὴρ κατήριπε
χιὼν ἐπὶ τῇ δειρῇ
ῥύπος ἐπὶ τῷ βλεφάρῳ
οὐ ἔστι ὁρᾶν

αὐτῷ ἀνὴρ ἐπέστη
οὐ ἔστι ἀκούειν

한 사람이 눈 속에 엎드려 있다.
목구멍에 눈들.
눈두덩에는 흙.
아무것도 보이지 않는다.

한 사람이 그 앞에 멈춰 서 있다.

아무것도 들리지 않는다.

17
어둠

방금 새가 건물 안으로 날아들어왔다. 어린애의 주먹보다 작은 박새다. 방금 들어오고도 나갈 길을 찾을 수 없는지, 다급하게 울며 콘크리트 벽에, 이층으로 올라가는 층계의 난간에 머리를 들이받는다.

막 입구로 들어서던 여자가 소리 없이 멈춰 선다. 새가 세번째로 벽에 머리를 들이받는 것을 보고 뒤돌아선다. 한쪽만 열려 있던 유리 현관문을 다른 쪽까지 활짝 연다. 혀와 목구멍보다 깊은 곳에서 말한다.

밖으로 나가야지.

새를 밖으로 몰아주려고, 여자는 가방으로 벽을 툭툭 친다. 새는 그것을 위협으로 받아들인 게 분명하다. 지하로 내려가는 층계의 어둠 속으로 순식간에 날아 내려가더니, 난간 바로 아래 숨어 꼼짝도 하지 않는다.

거기 숨으면 안 돼.

밖으로 나가야지.

그녀가 두 걸음 물러서자 경계를 늦춘 듯 삐이삐이, 가냘픈 소리가 들린다. 다시 한 걸음 다가서자 소리가 뚝 멈춘다. 그녀는 열려 있는 출입문 밖을 내다본다. 줄기가 희끗한 여름 나무들이 저녁빛에 잠겨가고 있다. 안개등을 켠 택시가 유리문 앞까지 와서 멈춘다.

무늬 없는 흰 면셔츠에 진회색 면바지 차림의 남자가 택시에서 내린다. 어두운 계단 턱에 발이 걸려 넘어지지 않기 위해, 택시에서 내리자마자 손전등을 켠다. 불 켜진 건물 내부에 들어서자 손전등을 끄고, 묵직한 가방을 고쳐메고 그녀에게 다가선다. 망설이다 낮은 목소리로 묻는다.

……뭘 보고 계세요?

여자가 내려다보고 있던 층계 난간 밑의 검은 생명체를 향해 남자는 상체를 기울인다. 어둠 속에서 그것이 조금 움직인다. 그는 손전등을 켜서 비춰본다. 쥐일까. 새끼 고양이일까. 형체를 알아볼 수 없다.

여자의 긴장한 숨소리를 남자는 분명하게 듣는다. 여자에게서 무슨 소리를 들은 것은 이번이 처음이라는 것을 깨닫는다. 여자는 머리칼을 질끈 뒤로 묶었다. 귀밑으로 흘러내린 잔머리가 깊은 들숨과 날숨에 맞춰 흔들린다. 제대로 보고 싶다고 남자는 문득 생각한다. 조명이 충분히 밝지 않기 때문에, 손전등을 여자의 얼굴에 비추지 않는 한 표정을 볼 수 없다.

다시 수화로 말해야 하는 건가, 그가 생각했을 때 여자의 숨소리가 멀어진다. 검은 반소매 블라우스와 검은 바지가, 희끗한 얼굴과 목덜미와 팔이 멀어진다. 굽이 낮은 구두 소리가 또박또박 문장부호를 찍듯 석조 계단을 울린다. 삼층 복도까지 쉬지 않고 이어지는 그 소리에 귀기울이며 남자는 잠자코 서 있다. 말없이, 끝없이 멀어지는 그 발소리가 그의 감정의 어떤 부분을 자극하는가를, 비슷하게 착잡한 그 감정을 언제 경험했던가를 생각한다.

뒤따라 올라가려고 남자가 걸음을 옮긴 순간 삐이삐이, 소리가 들린다. 그는 우뚝 멈춰 선다. 계단 아래를 내려다보자, 죽은듯 검게 엎드려 있던 물체가 두 계단씩, 세 계단씩 지하에서 뛰어올라오고 있다. 그가 손전등을 비추자 다시 죽은 듯 몸을 웅크린다. 그 것이 새라는 것을 그는 그제야 짐작해낸다.

……나와야지. 거기 있으면 안 돼.

그의 목소리가 어두운 낭하에 부딪혀 울린다. 그는 고개를 돌려 현관 밖의 나무들을 본다. 빠르게 저녁빛이 깊어져, 나무들의 윤곽이 거의 검게 보인다.

망설이다가 그는 가방을 열고 두툼한 책 한 권을 꺼낸다. 그것을 말아서 한 손에 쥐고, 다른 한 손으로 손전등을 비추며 신중하게 계단을 내려간다. 그는 세 계단 이상 내려가지 않을 생각이다. 새는 아직 꼼짝도 하지 않고 있다. 말아쥔 책으로 새가 있는 쪽을 툭툭 치기 위해 그가 몸을 수그린 순간, 삐이삐이, 날카로운 소리와 함께 새가 푸드덕 날아오른다. 얼굴로 달려드는 새를 피하려던 그의 발이 계단을 헛디딘다. 손전등을 놓친다. 새는 벽에, 난간에 세차게 제 머리를 부딪친다. 다시 그에게 달려든다. 안경이 떨어진다. 귀 뒤쪽에서 퍼덕이는 소리에 그는 팔로 얼굴을 감싸며 휘청댄다. 두 번, 세 번 안경알이 밟히며 깨어진다. 그의 구둣발에 차인 안경이 계단 아래로 굴러떨어진다. 새는 온 힘으로 날개를 펄럭이며 유리문을 향해 돌진한다. 콘크리트 벽에, 양철 우편함에 머리를 부딪친다.

캄캄한 층계에 그는 앉아 있다. 모든 것이 검게 뭉개어져 있다. 떨리는 손으로 층계를 더듬어 안경을 찾는다. 거리를 가늠할 수 없는 저 깊은 곳, 부옇게 번져 있는 빛무리 속에 손전등이 있다.

……누구 없어요?

목소리가 잠겨 잘 나오지 않는다.

거기 누구 없어요?

그는 손목시계를 바싹 눈앞으로 끌어당겨 연두색 야광 바늘을 들여다본다. 잘 볼 수 없다. 아마 여덟시 십오분경. 칠월 마지막 주, 여름휴가의 피크를 앞둔 목요일이다. 금요일 수업은 휴강됐고, 아카데미 사무실을 지키는 아르바이트생은 강의실 문만 열어두고 일찍 고향에 내려간다고 했다. 직장인인 중년의 사내는 오늘 결석할 것이라고 미리 알렸다. 그렇다면 삼층 강의실에는 그 여자와 대학원생, 철학과 학생뿐일 것이다. 그 여자는 그를 도울 수 없는 사람이다. 나머지 두 사람은 이런저런 잡담을 나누며 삼십 분쯤 참을성 있게 선생을 기다릴 수 있는 성격의 사람들이다.

그는 두 손으로 층계를 더듬기 시작한다. 한 계단을 다 더듬으면 앉은 채로 다음 계단으로 내려간다. 다행히 멀리 떨어지지 않은 곳에서 가방이 만져진다. 앞지퍼를 열고 더듬더듬 뒤져가다가, 휴대폰을 두고 왔다는 사실을 깨닫는다. 한 달 만에 독일에서 반송된 편지 한 통을 오후에 받았고, 그것을 책상에 올려둔 채 잠깐 생각에 잠겼을 뿐인데 집을 나설 시간을 놓쳤다. 급히 면도만 한 뒤 집을 나오던 경황중에 휴대폰을 챙긴 기억은 없다.

가방을 다시 떨어뜨리지 않도록 어깨에 대각선으로 둘러멘 뒤 그는 다시 층계를 더듬는다. 흙과 먼지, 정체를 알 수 없는 작고 딱딱한 조각들이 만져질 뿐이다. 간혹 날카로운 금속조각이 하나둘 만져지면 그 주변을 세심히 더듬어보지만, 그것이 안경 유리인지는 확실하지 않다.

깊은 바다 아래 넓게 번져 있는 것 같은 빛의 중심을 향해 그는 두 손과 엉덩이를 짚어 내려간다. 일단 저 손전등부터 손에 쥐어야 한다. 계단들을 차례로 손바닥으로 쓸어가던 그가 신음을 뱉는다. 안경이다. 완전히 깨어졌다. 오른쪽 손끝에서 피가 흘러나오는 날카롭고 따뜻한 감각에 그는 아랫입술의 안쪽을 문다. 테가 휘어지고 양쪽 렌즈가 부서진 안경을, 다치지 않은 왼손으로 더듬어 살살이 느낀다.

얼마나 시간이 흘렀을까.

누구의 기척도 들리지 않는다.

진작 현관 밖으로 날아간 것인지, 기어이 머리를 부딪치고 죽은 것인지 새도 잠잠하다.

이렇게 조용한 저녁에 두 남학생이 대화를 나누고 있다면, 특히 대학원생의 낭랑하고 큰 목소리는 희미하게나마 그의 귀에 들리지 않을까.

만약 그들이 오늘 오지 않았다면, 삼층의 강의실에 있는 사람은 그 여자뿐일 것이다.

텅 빈 강의실에 앉아 침묵하고 있을 그 여자를 떠올린 순간 그는 눈을 질끈 감는다. 멀리 번져 있던 빛이 사라졌을 뿐, 눈을 떴을 때와 거의 다르지 않은 어둠이 그의 눈꺼풀 안에서 일렁거린다.

그 여자에게 도움을 청할 수는 없다.

그 여자는 소리를 듣지 못한다.

마침내 그는 눈을 뜬다. 번져 있는 빛을 향해 더 내려가기 위해 다시 왼손으로 층계를 더듬는다. 위층 복도에서부터 울리는 구두 소리를 그 순간 듣는다.

깨어진 안경 조각들을 다시 손으로 짚지 않으려 애쓰며, 그는 두 손과 두 무릎으로 더듬더듬 위쪽으로 올라가기 시작한다. 분명하다. 아까 들었던 여자의 구두 소리다. 그는 철로 된 난간을 주먹으로 두드린다. 무거운 가방으로 연거푸 친다. 듣지 못하는 사람이라 해도, 이 진동은 느낄 수 있을지 모른다.

도와주세요.

소용없다고 생각하면서도 그는 소리친다. 마침내 구두 소리가 지하 계단을 향해 내려오기 시작한다.

어둠 속의 어둠, 움직이는 어둠을 그는 알아보지 못한다. 가까운 곳에서 발소리가 멈췄다는 것을, 사람의 숨소리가 어렴풋이 들린다는 것을, 그 사람이 움직이는 기척이 다가오고 있다는 것을 느낄 수 있을 뿐이다. 그는 눈을 부릅뜨고 소리나는 쪽을 올려다본다.

내 말을 들을 수 있나요?

위에 다른 사람은 없나요?

안경이 깨졌어요. 나는 시력이 아주 나쁩니다.

누구든 불러주겠어요?

택시를 잡아야 해요, 안경점이 문을 닫기 전에.

내 말을 들을 수 있어요?

연한 사과향의 목욕비누 냄새가 코끝으로 끼쳐온다. 차갑고 날렵한 두 손이 그의 두 겨드랑이에 끼워진다. 손들이 일으키는 대로 그는 일어선다. 보이지 않는 바닥을 단단히 두 발로 디디려 애쓴다. 보이지 않는 사람의 팔에 의지해 그는 한 발 한 발 계단을 오른다. 그가 발을 헛디딜 때마다, 그의 몸을 붙든 팔에 힘이 실린다.

어둠의 명도가 달라진다. 계단이 끝났다는 것을, 불 켜진 현관이 가까워지고 있다는 것을 이제 알아볼 수 있다. 희끄무레하고 검은 것들의 윤곽이 보인다. 우편함으로 짐작되는 회색과 흰색의 벽면, 아마도 현관문 바깥일 압도적인 어둠이 보인다.

여자의 한 팔이 그의 등을, 다른 한 손이 그의 팔뚝을 받치고 있다. 습기 찬 바람이 느껴진다. 활짝 열린 유리문 앞에 그들이 서 있는 것이다. 여자의 희끄무레한 얼굴과 팔이 어렴풋이 짐작된다. 그는 피 흐르는 손을 함부로 셔츠에 닦는다. 여태 움켜쥐고 있었던, 부서지고 뒤틀린 안경이 발 아래로 떨어진다. 설마, 아래쪽에 계속 생겨나는 붉은 반점들은 그의 피일까. 그는 허리를 구부려 안경을 집으려 한다. 손에 잡히지 않는다. 바싹 마른 입술을 혀끝으로 적시며 그는 여자를 향해 말한다.

가방 안에 지갑이 있어요. 택시비는 충분해요. 번화가로 가면 안경점을 찾을 수 있을 거예요. 안경을 맞춰야 해요.

18

보도에 움푹 파인 데가 나타날 때마다 그녀는 그의 팔을 잡아당겨 신호한다. 한 발을 허공으로 떼었다가 디딜 때마다 그가 불안해한다는 것을 느낄 수 있다. 마침내 어두운 골목을 빠져나온 뒤, 이차선 도로의 횡단보도 앞에 서서 그녀는 사방을 둘러본다.

약국을 찾아야 한다. 건너편 차도변의 약국은 셔터가 내려져 있다. 택시가 잘 다니지 않는 한산한 길이다. 출퇴근 시간이 지나면 마을버스의 배차 간격은 길어진다. 자신의 아이가 갑자기 아플 때마다 그랬던 것처럼 그녀는 냉정하고 빠르게 일의 순서를 정한다. 그의 오른손은 상처가 깊고, 흙과 먼지로 더러워져 있다. 피가 덜 흐르도록 그녀의 손수건으로 손목을 묶어두었는데, 이미 반나마 손수건이 피에 젖었다. 상처에 작은 유리 조각들이 박혀 있을지 몰라 직접 지혈할 수도, 제대로 피를 닦을 수도 없었다.

그녀는 그의 옆얼굴을 본다. 흔들리는 그의 눈길이 가닿아 있는 아스팔트의 어둠을 본다. 안경을 끼지 않은 그의 얼굴은 낯설어 보인다. 짐작보다 큰 눈. 공포와 당혹감을 숨기려 애쓰는 표정 때문일 것이다.

그녀는 다치지 않은 그의 왼손을 끌어다 잡는다. 숨을 들이쉬고, 떨리는 검지손가락 끝으로 그의 손바닥에 또박또박 쓴다.

먼저

병원으로

가요.

19
어둠 속의 대화

책상 위에 있는 갓등을 켜주시겠어요?

천장의 형광등 대신 식탁 위의 백열등을 켜야 해요.

너무 밝으면 오히려 잘 보기 어려워요.

그녀는 구두를 벗고 방안으로 들어간다. 검소하게 꾸며진 원룸
이다. 옹이가 많은 삼나무로 짠 책상과 석 자짜리 책장 옆으로, 짙
은 청색 매트리스 커버에 싸인 철제 싱글침대가 놓여 있다. 싱크
대 선반 위로는 수수한 머그잔들과 밥주발과 작은 접시들이 차곡
차곡 엎어져 있다. 호리호리하고 키 작은 독신자용 냉장고가 그
옆에 서 있다.

대여섯 권의 책이 서로서로 귀퉁이를 겹쳐가며 펼쳐져 있는 책

상까지 그녀는 걸어들어간다. 확대경 옆에 놓인 연한 갈색 갓등을 켠다. 그녀가 현관으로 돌아오는 사이, 그가 손을 뻗어 벽을 더듬는다. 조금 전에 그녀가 켜놓은 형광등 스위치를 내린다. 그 아래의 스위치를 올리자 부엌의 식탁 위로 노란 백열등 불빛이 떨어진다.

이제부터는 잡아주지 않으셔도 돼요.
아, 제 가방을 여기 놓으셨군요.
괜찮습니다. 위치만 제가 알고 있으면 돼요.
다시 부딪히거나 걸려 넘어질 염려는 없어요.

그녀는 신장 옆에 두었던 그의 가방을 들어서 옮기려다 도로 내려놓는다. 밤까지 가시지 않은 습한 무더위 때문에 그녀의 검은 블라우스는 축축하다. 묶었다가 풀어 어깨까지 헝클어져 내려온 머리카락도 땀에 젖어 있다. 그의 흰 셔츠도 등 부분이 완전히 젖었다. 가슴 앞쪽으로 튄 핏자국은 이제 거무스름하게 말랐다. 붕대를 처맨 오른손은 아래로 늘어뜨려져 있다. 두 사람의 팔과 얼굴 모두 땀에 젖어 미끈거린다.

……창문 아래 있는 의자에 앉으시겠어요?
이 방에선 거기가 가장 시원한 자리예요.
아주 더울 땐 거기서 자기도 해요.

조금 웅크리면 누울 수 있을 만한 목제 긴 의자로 그녀는 걸음
을 옮긴다. 거기 걸터앉는 대신 자신의 가방을 내려놓는다. 의자
에 기대선 채로, 그가 더듬거나 넘어지지 않고 침대까지 곧장 걸
어가 걸터앉는 모습을 지켜본다. 좀전에 택시에서도 그는 저렇게
자연스럽게 길안내를 했었다. 네거리 다음, 처음 나오는 왼쪽 골
목으로 들어가주세요. 바이더웨이 바로 다음 집입니다. 택시가 멈
추자 그는 낮은 목소리로 그녀에게 물었다. 바이더웨이 다음 집
맞지요? 그녀는 대답 대신 그의 팔을 잠깐 잡았다 바로 놓았다.

  미안합니다, 집에 선풍기가 없어요.
  되도록 짐을 늘리지 않으려다보니.

  이제 이렇게 멀리 떨어져 앉고 나니 무슨 말을 더 꺼내야 할지
알 수 없어진 듯, 그는 얼마간 난처한 얼굴로 침대에 걸터앉아 있
다. 그녀가 있는 쪽을 물끄러미 건너다보다가, 붕대를 감지 않은
왼손을 들어 식탁 옆의 냉장고를 가리킨다.

  ……물 한 잔 드시겠어요?
  냉장고에 생수가 여러 병 있어요.
  아니요, 그냥 계세요.

제가 할게요.

컵에 따라드리지는 못하겠네요.

하필 오른손이 이렇게 되어서.

그가 침대에서 일어서서 냉장고 쪽으로 몸을 옮긴다. 왼손으로 냉장고 문을 열고, 맨 위 칸을 더듬어 작은 생수병 두 개를 오른쪽 겨드랑이에 끼운다. 돕기 위해 그녀는 그에게 다가가려 한다.

아니요, 편하게 계세요.

혼자 할 수 있어요.

조심스러운 걸음걸이로 그가 그녀를 향해 다가온다. 왼손으로 겨드랑이의 생수병을 빼내 그녀에게 내민다. 일어선 채로 그녀는 그것을 받아쥔다.

안경이 있으면 아이스커피를 타드릴 텐데요.

여동생이 있는데, 좀처럼 오빠를 칭찬하지 않는 친구거든요.

그런데 제가 타준 아이스커피는 맛있다고 하더라구요.

지금은 독일에 있어요.

중창단에서 노래를 하지요.

소프라노 파트에선 경력이 가장 오래됐어요.

생수 한 병씩을 손에 쥐고 그는 침대에, 그녀는 긴 의자에 걸터앉는다. 널빤지 무늬의 리놀륨이 깔린 바닥을, 그 위로 드리워진 가구들의 그림자를 그녀는 내려다본다. 미색 벽지가 발라진 천장을 향해 고개를 들자, 두 사람의 검은 그림자가 놀랍도록 커다랗게 부풀어 있다.

아까부터 창밖에서 풀벌레 소리가 들려오고 있었던 것을 그녀는 문득 깨닫는다. 그녀의 집으로 가는 고속도로 옆길에서 들리던 것과 흡사한 소리다. 빠진 것은 수천 개의 스케이트 날 같은 차들의 굉음뿐이다.

*

이상한 기분이 드네요.

아까, 병원에 있을 때는 이렇게 혼자 말해도 아무렇지도 않았는데……

가끔 제 손바닥에 대답을 써주셨기 때문인가봅니다.

그는 허공을 향해 잠깐 왼쪽 손을 내밀었다가 이내 무릎으로 거둔다. 명확하지 않은 허공에서 눈의 초점을 맞추려고, 미간이 천川 자로 깊게 패어 있다.

응급실에서, 여러 소리가 한꺼번에 들렸어요.

어떤 나이든 여자가 화상을 당한 것 같았어요.

네 살, 아니 세 살쯤 된 아이가 숨이 넘어가게 울고 있었어요.

멀리서 누군가가 계속 이상한 고함을 질렀어요.

의사가 반말로 내뱉는 소리가 들렸어요.

그러게 왜 이런 짓을 했어, 라고.

그녀는 자신이 직접 본 그 사람들을 떠올린다. 머리가 희끗한 노파가 화상을 입었다. 무릎을 찜질하던 의료기구가 갑자기 터졌다고 했다. 자지러지게 울던 세 살배기 아이는 검지손가락 한 마디가 잘려나갔다. 앳된 엄마가 가제수건에 싸가지고 온 낟알 같은 손가락 마디를 받아들고 간호사는 말했다. 얼음주머니에 싸드릴 테니 큰 병원으로 가세요. 저희 병원엔 봉합수술을 하는 선생님이 없어요. 기진한 아이를 들쳐업은 앳된 엄마는 눈에서 눈물이 나오는 줄도 모르고 세차게 고개를 끄덕였다. 알았어요, 빨리요, 빨리 준비해주세요. 그 다급한 대화가 오가는 동안, 입구 쪽 처치실에서 한 중년 여자가 위세척을 하며 울부짖고 있었다. 으어어. 으어어. 목구멍에 호스가 박혀 알아들을 수 없는 말이었다. 아직 젊은 의사가 거친 반말로 그 여자를 모욕했다. 그러게, 왜 이런 짓을 했어.

160

*

……이렇게 신세를 지게 될 줄은 몰랐습니다.

그녀는 생수병의 뚜껑을 열고 한 모금을 들이켠다. 잠시 쉬었다가 한 모금 더 들이켠다. 끊길 듯 끊어지지 않는 풀벌레들의 소리가 창문으로 새어들어오는 것을 듣는다.

어떻게 보답해야 할지 모르겠군요.

혼자서 말을 이어가기 어려운 듯 그는 자주 침묵한다.

제 눈이 이렇게 나쁘다는 걸 아카데미에선 모릅니다. 굳이 알려야 할 필요가 없어서, 누구에게도 말하지 않았습니다. 그러니까,

그가 말을 끊는다. 그녀는 캄캄한 창밖의 전신주를 내다본다. 빽빽하게 얽힌 검은 전선들이 고압의 전류를 숨긴 채 침묵을 지키고 있다. 누구에게도 알리지 말아주셨으면 합니다, 라고 그는 말하고 싶었을 것이다. 그녀에게는 의미 없는 부탁이라는 것을 곧 깨달았을 것이다.

아직까지는, 안경만 있으면 이럭저럭 지낼 수 있습니다.

……문제는 앞으로지요.

그의 침묵과 풀벌레들의 울음소리가 미묘한 엇박자를 이루고 있다고 그녀는 느낀다. 삐르륵 삐륵, 높은 현을 서툴게 켜듯 예민한 소리가 뒤늦게 그의 음성에 겹쳐진다. 다시 침묵이 불쑥 끼어들고, 이번엔 높은 현을 켜는 예민한 소리가 먼저 울린다.

*

언젠가 눈이 아주 나빠질 거란 걸 처음 알았을 때, 어머니에게 물었어요. 그땐 아주 캄캄해지는 거냐고.

……사실 그 질문은 아버지에게 해야 했지요.

시력이 나쁜 쪽은 아버지와 할아버지, 증조할아버지였으니까.

하지만 아버지는 무심한 사람이었고,

어머니는 어떤 질문에든 필요 이상 최선을 다해 대답하는 분이었지요.

그녀는 숨을 참았다가 천천히 뱉는다. 자신의 어머니의 마지막 얼굴이 떠올랐기 때문이다. 마지막 열세 시간 동안 어머니는 눈과 입을 반쯤 벌린 채 느린 숨을 쉬었다. 십여 년 전 아르헨티나로 이

민을 떠난 오빠 부부는 로스앤젤레스를 경유해 태평양을 건너오는 중이었다. 쉬지 않고 그녀는 어머니의 귀에 속삭였다. 의식을 잃은 것 같아도 청각만은 살아 있으니 뭐든 이야기를 들려주라는 호스피스의 충고 때문이었다.

어떤 종류의 이야기들을 골라야 할지는 선택의 여지가 없었다. 어린 시절 네 식구가 벌였던 여름 한낮의 물장난. 시멘트를 얇게 바른 한옥집 마당. 호스에서 투명하게 뿜어져나오던 물줄기. 재빠른 동작으로 양동이에 물을 받던 아버지와 오빠. 머리끝부터 발끝까지 홈빡 젖은 채 소리치며 뛰어다니던 일곱 살의·그녀. 갑자기 스무 살은 젊어진 듯 말괄량이 처녀처럼 깔깔 웃던, 남편과 자식들에게 물바가지를 끼얹던 엄마.

어머니의 검은 입술을 물수건으로 축이며, 자신의 마른입에 생수병을 기울이며 그녀는 계속 속삭였다. 더이상 계속할 수 없다고 생각되면 더 빠르게 속삭였다. 마침내 그녀가 침묵했을 때 그 일은 일어났다. 새 같은 무엇인가가 문득 육체를 떠났고, 그 육체는 더이상 어머니가 아니었다. 엄마, 어디로 갔어. 눈꺼풀을 감겨드릴 생각도 하지 못한 채 그녀는 멍하게 입속으로 물었다.

……그때 어머니는 대답해줬어요.

그렇지 않다고. 밝기도 하고 어둡기도 할 거라고. 단지 아주 뿌옇게 될 뿐이라고.

그게 뭔지 나는 대략 짐작할 수 있었어요.

오른쪽 눈을 감으면, 그때 이미 아주 나빴던 왼쪽 눈으로 모든 것이 뿌옇게 보였으니까.

옆에서 듣고 있던 어린 여동생이 부엌으로 달려가더군요.

불투명한 비닐봉지를 찬장에서 찾아내서는 얼른 자기 눈에 대보더군요.

으음, 이건 소파고 이건 책장이야.

저건 흰색이고 저건 주황색이야.

이렇게 걸어도 안 넘어질 수 있어.

신기해하는 여동생의 손에서 비닐봉지를 빼앗으며 어머니는 무섭게 그애를 노려봤지요.

그는 생수병을 입술에 기울인다. 달게 물을 마신다. 그의 얼굴이 부드러운 관용을 드러내고 있는 것을 그녀는 본다. 혈육들을 추억하는 것이 행복한 것이다. 어둡고 단단하던 그의 얼굴이 연해진다. 어렴풋이 밝아진다.

어머니는 무서운 분이었어요.

누구도 내 시력에 대해 놀리는 걸 용납하지 않았지요.

하지만 그때 여동생은 진심으로 다행스러웠던 거예요.

아버지의 가까운 미래와 오빠의 먼 미래가, 생각만큼 끔찍하지 않을 거라는 걸 막 깨달았던 거지요.

그걸 이해하기엔 어머니가 너무 진지했지요.

기척 없이 그녀는 그의 말에 귀기울인다. 그의 얼굴 속에 새 같
은 무엇인가가 살아 있다는 것을, 그 따스한 감각이 그녀에게 즉
각적인 고통을 일깨운다는 것을 곧 깨닫는다.

*

……듣고 있나요?

오른손에 붕대를 감고, 반쯤 마신 생수병을 왼손에 쥔 그가 문
득 불안하게 묻는다. 팔을 뻗어 침대 옆의 책상에 생수병을 내려
놓는다.

……가서야 하는 거 아닌가요?

가족들이 걱정하는 건 아닌가요?

그녀의 얼굴이 잠시 어두워진다. 어린 시절 사촌들과 했던 숨바
꼭질이 생각났기 때문이다. 집성촌이었던 아버지 고향의 작은아
버지 댁에서였다. 수건으로 그녀의 눈을 가려놓고 손윗사촌들은

숨었다. 잡힐 듯 잡히지 않는 인기척을 향해 손을 뻗으면 웃음을 참지 못해 킥킥거리는 소리가 들렸다. 그렇게 한참 허공을 더듬다 서늘한 기분이 들어 그녀는 그 자리에 멈춰 섰다. 눈을 가린 수건을 제 손으로 풀고 활짝 문이 열린 방들을 살핀 뒤, 모두 밖으로 나가버린 것을 알았다.

거기서, 듣고 있나요?

그의 얼굴에서도 빛이 꺼진다. 따스한 새가 웅크리며 숨는다. 망설이다가, 그녀는 발과 무릎을 조심스럽게 움직여 기척을 낸다. 들고 있던 생수병을 의자에 내려놓는다.

*

다음의 이야기를 꺼내기까지 그는 주저한다. 보이지 않는 그녀의 얼굴을 향해 시선을 고정시킨다.

……어머니와 여동생을 독일에 두고 서울로 올 때, 저는 편도 항공권을 끊었어요. 돌아갈 날짜를 오픈해 왕복권을 끊을까 하는 생각도 잠시 했지만, 어째서였는지 그러고 싶지 않았어요.

그는 약간 혀를 내밀어 입술을 축인다. 문장과 문장 사이에 긴 사이를 둔다. 어두운 곳에서 글을 쓸 때, 윗문장에 아랫문장을 겹쳐 쓰지 않으려고 가능한 한 넓게 간격을 두는 것처럼.

비행기는 동쪽으로, 동쪽으로…… 편서풍을 타고 날아갔지요. 창밖을 볼 때마다, 거대한 화살에 실려 날아가는 것 같았어요. 과녁이 아니라 과녁 바깥을 향해 힘껏 쏘아지는 것 같았어요.

그녀는 천천히, 조심스럽게 발을 움직여 다시 기척을 낸다.

……승객들의 절반은 독일인이고 나머지 절반은 한국인이었는데, 한 사람뿐이던 한국인 여승무원이 나에게 한국어로 묻더군요. 음료는 무엇을 드시겠습니까, 라고. 나는 웃었어요. 그러니까 그 비행기에서, 이제 나는 더이상 눈에 띄지 않는 사람이었던 거지요.

그가 생수병을 들어 입술을 적신다.

……프랑크푸르트에서 외국인으로 처음 살기 시작했을 때, 어머니는 언제나 노심초사했어요. 외국인이니까, 더구나 사람들의 눈에 띄는 동양인이니까 더욱 실수를 하지 말아야 한다는 게 어머니의 강박관념이었지요. 주말에 외출을 하면 사소한 문제로 아버

지와 실랑이를 벌이곤 했어요.

아니, 무턱대고 차를 빼서 나갔다가 출구에 카세가 없으면 어떡해요. 멀면 어때요, 이층에 카세가 있었던 건 확실하잖아요. 돌아가서 먼저 정산을 하고 가요. ……내 말 좀 들어봐요. 우린 외국인이잖아요. 돈을 안 내려고 일부러 그랬다고 생각할 거 아니에요. 아니, 그러니까 만에 하나 출구에 카세가 없다면 말이에요…… 괜찮지가 않아요. 왜 모험을 하려구 그래요?

그의 입술에 씁쓸한 미소가 떠오른다.

괜찮다니까, 걱정 말라니까, 하고 거듭 퉁명스럽게 답하는 아버지의 태도로 봐서는 어머니의 노심초사가 지나친 것처럼 느껴지기도 했지만, 지나고 보면 대체로 어머니의 말이 옳았어요. 눈에 보이지 않는 부당한 대우는 실제로 이따금 있었으니까. 나와 여동생이 다니는 학교에서도. 아버지가 상대하는 독일 기업과 관공서에서도. 인종적 시선이라고밖에 달리 부를 수 없을, 얼음처럼 선득한 혐오와 멸시가 숨겨져 있던 눈빛들을 기억해요.

그의 침묵이 길어질 때마다, 그녀는 아주 조금씩 몸을 움직여 기척을 낸다. 목제의자의 팔걸이를 뜻없이 손으로 쓸어보고, 머리를 쓸어올린다. 그러다 움직임을 멈춘다.

……어머니는 언제나 지쳐 있었어요. 아버지 대신 생계를 꾸리기 위해 마인츠로 집을 옮기고, 아시아 쪽 식재료를 파는 가게를 연 뒤에는 집에서 웃는 얼굴을 보기 어려웠지요. 어머니는 입버릇처럼 투덜거리곤 했어요.

어떻게 된 게. 이놈의 나라는 알지도 못하는 사람들하고 눈이 마주칠 때마다 웃어야 한다니. 이제 그만 안 웃고 살고 싶다. 그냥 내 마음 가는 대로 살고 싶어. 집에서라도 나는 안 웃으련다. 내가 안 웃어도 화난 거 아니니까 오해 마라.

그녀가 아주 조금 몸을 움직일 때, 천장에 비친 그녀의 그림자는 훨씬 크게 움직인다. 그녀의 얼굴과 손이 아주 약간만 떨려도 그림자는 춤을 추듯 술렁인다.

사춘기 때, 저에게도 가장 어려웠던 게 미소였어요. 쾌활하고 자신 있는 태도를 연기해야 한다는 게, 언제든 웃고 인사할 준비를 하고 있어야 한다는 게 저에게는 힘들었어요. 때로는 웃고 인사하는 일이 무슨 노동처럼 느껴지기도 했어요. 사람들의 형식적인 미소를 단 한 순간도 견뎌낼 수 없을 것 같은 날도 있었어요. 그럴 땐 무술에 능한 동양의 불량배로 보일 것을 감수하며 모자를 깊이 눌러쓰고, 호주머니에 두 주먹을 찔러넣고, 내가 지을 수 있는 가장 무뚝뚝한 표정으로 걷곤 했어요.

천장 가득 부풀어오른 두 사람의 그림자가 갑자기 더이상 움직이지 않는다. 소리 없이, 검은 경계선을 굳게 지킨 채 떨어져 있다.

……마침내 비행기가 인천공항에 도착하고, 오랫동안 익혀 이젠 내 것이나 다름없어진 미소를 머금은 채 비행기를 빠져나왔지요. 누군가와 몸이 가까워질 때마다 실례합니다, 라고 독일어로 말하고 싶었어요. 누군가와 눈이 마주치면 미소를 짓고 싶었어요. 입국장을 빠져나온 순간 깨달았어요. 가족이며 친구들을 마중 나온 한국 사람들의 사이를, 어깨로 헤치며 나아가면서…… 이제야 내가 누구의 눈에도 띄지 않게 되었다는 사실을. 이제 모르는 사람에겐 웃거나 인사하지 않는 문화 속으로 무사히 돌아왔다는 걸.
알 수 없었어요. 그 사실이 왜 그때, 그토록 뼈저린 고독감을 나에게 안겨주었는지.

*

창밖에서 들리는 풀벌레 소리가 이 방의 정적을 바늘처럼 찌른다고 그녀는 느낀다. 수틀에 끼운 천처럼 팽팽한 정적에, 수없이 작은 구멍을 뚫는다.

그림자들은 여전히 미동도 하지 않는다. 그녀는 숨소리도 내지 않는다. 그의 얼굴은 얼어붙은 듯 창백하다.

*

⋯⋯그러고 보니 독일로 간 첫해 겨울에, 아버지를 뺀 세 식구가 기차를 타고 단출하게 이탈리아로 여행을 떠났던 생각이 나네요.

그의 독백이 조금씩 빨라진다. 어둠 속에서 급하게 쓰는 바람에 망쳐버린 글처럼. 한 줄 위에 또 한 줄이, 잉크 위에 잉크가, 기억 위에 기억이 덧입혀진다.

아무것도 잘 기억나지 않아요. 이탈리아의 다른 어떤 것도. 미술품이며 성당, 음식 같은 것도. 단지 거기, 카타콤베 묘지만은 잊을 수 없어요.

*

⋯⋯그곳은 죽은 자들의 도시더군요.
통로가 끝날 때마다 세 갈래 갈림길이 나타났어요.
길을 잃어 굶어죽은 관광객도 있었다는 말이 실감났어요.

석실들의 벽면은 모두 크고 작은 서랍 모양의 무덤들이었는데, 현지 여행사의 한국인 여자 가이드가 묻더군요.

여러분, 왜 관 속에 유골이 없을까요?

목소리가 큰 여동생이 대답했어요.

박물관에 가져다놓은 거 아니에요?

가이드는 틀렸다고 하더군요.

……누군가가 훔쳐갔나요?

다른 관광객이 묻자 가이드는 다시 고개를 저었어요.

다아 여기 있습니다, 라고 가이드는 마치 자부심을 느끼는 듯 말했어요.

여러분 눈앞에, 관 속에 보이는 흙을 분석하면 칼슘과 인 성분이 많이 나온다고 합니다.

수천 년이 흐르면, 사람의 뼈가 삭아서 이런 흙이 되는 겁니다.

그녀는 창밖으로 얼굴을 돌린다. 어둠 속의 전선들은 여전히 난마처럼 얽혀 있다. 고압의 전류 속으로 목소리들을, 영상들을, 수없이 깜박이는 활자들을 흘려보내며 태연히 정적에 잠겨 있다.

……토할 것 같았어요.

내가 보고 있는 흙이 무서워서.

그 흙이 내 몸에 묻을 것만 같아서.

하지만 도망칠 수 없었어요.

너무 어두웠어요.

모조리 똑같아 보이는 세 갈래 갈림길이 끝없이 펼쳐져 있었어요.

토할 것 같아.

혀와 목구멍보다 깊은 곳에서 그녀는 중얼거린다.

수개월 전 그녀는 한 시간에서 두 시간 간격으로 여러 날 동안 토한 적이 있었다. 재판에 패해 아이를 잃은 직후였다. 일주일 만에 아이를 집으로 데려왔을 때, 아이가 좋아하는 오므라이스를 가까스로 만들어준 뒤 그녀는 저녁 내내 양배추만 먹었다. 믹서기에 갈아 먹고, 냄비에 쪄서 먹었다. 그것 말고는 속이 견뎌낼 수 있는 것이 없었다.

그러다 엄마 토끼 되겠다, 아이가 말했다. 온몸이 초록색 되겠어. 그녀는 아이와 함께 웃고는 다시 화장실에 들어가 토했다. 위산으로 시어진 입속을 헹구고 나와 아이에게 장난스레 물었다. 그런데 왜 토끼는 초록색이 되지 않는다니? 풀만 먹는데. 아이가 대답했다. 그거야, 토끼는 당근도 먹으니까. 구역질을 참으며 그녀는 웃었다.

……이렇게 혼자서 오래 말하고 있으니까, 이상하게 그때 생각이 나네요.

수천 구의 육체들이 뼈까지 깨끗이 삭아버린 거대한 무덤 속에, 그토록 따뜻한 몸을 가진 우리가 모여 있었다는 게.

잉크 위에 잉크가, 기억 위에 기억이, 핏자국 위에 핏자국이 덧씌워진다. 담담함 위에 담담함이, 미소 위에 미소가 짓눌러진다.

……피곤하군요.

그가 잠시 침묵한다.

지금 잠들면 며칠 동안이라도 깨지 않을 것 같아요.

이를 악문 채 그가 무엇인가를 더듬고 있다. 더듬은 자리를 다시 더듬고 있다. 그녀가 침묵의 얼음을 더듬을 때 그렇게 하듯이.
한 겹의 얼음이 녹으면 세 갈래 길이 있을 것이다. 다시 한 겹의
얼음 아래 세 갈래 길이 있고, 다시 더 두꺼운 얼음 아래로 갈라지
는 길이…… 그렇게 끝없이 갈라지고 있을 것이다.

……꼭 한 번, 실제로 며칠 동안 깨어나지 않은 적이 있었어요.
누가 얼굴을 나무토막으로 내리쳤지요.
괴한은 아니었어요.
잘 아는 사람이었어요.
안경이 깨지면서 상처가 났지요.
그 흉터가 아직 남아 있어요.

그의 눈가에서 입가로 이어지는 희끗한 선에 그녀의 시선이 닿
는다. 밤이 깊을 만큼 깊어, 끊어질 듯 끊기지 않던 풀벌레 소리가
막 끊어지려 한다는 것을 그녀는 깨닫는다. 캄캄한 집들이 더위를
못 이겨 열어놓은 무수한 창들, 촘촘하게 짜인 무수한 방충망들을
귀신처럼 펄럭이며 넘나드는 것은 저 검은 어둠뿐이다.

의식을 완전히 잃었다가 깨어보니 병원이었어요.
삼 인실이었는데, 마침 옆 침대들은 비어 있었어요.
어둑한 창밖을 보며 생각했지요.

이제부터 환해지는 걸까. 아니면 밤이 되는 걸까.

*

그 순간, 불쑥 오래된 한 단어의 기억이 절반쯤 잘린 채 떠올라 그녀는 그것을 붙들려 한다. 오래전에는 해가 진 직후와 해가 뜨기 직전의 어스름을 호ᴴ……로 시작되는 한자어로 불렀다고 했다. 멀리서 오는 사람을 알아볼 수 없어, 큰 소리로 불러 누구인지 물어야 한다는 뜻의 단어다. 개와 늑대의 시간이란 서양식 표현과 비슷한 연원을 가진, 호……로 시작되는, 끝끝내 완전해지지 않는 그 단어가 목구멍보다 깊은 곳에서 뒤척인다.

그때 마침 병실로 들어오던 여동생과 어머니가 나를 보고 탄성을 질렀어요.
동생이 뛰어나가 간호사를 불렀어요.
하루 일에 지친 인턴이 헝클어진 머리로 나에게 경과를 설명하더군요.
어둑어둑하던 푸른빛은 그때쯤 완전히 어두워져 있었어요.

그녀가 어렸을 때, 긴 낮잠 끝에 일어나 문을 향해 무릎걸음으로 기어갔던 적이 있었다. 컴컴한 한식 부엌으로 통하는 문이었다. 계단을 엉덩이로 짚어가며 부엌 바닥으로 내려가자, 어머니가 석유곤로 앞에 쪼그려앉아 서리콩을 졸이고 있는 모습이 보였다. 어렴풋한 혼돈 속에서 그녀는 물었다. 엄마, 지금은 내일이야? 어머니는 웃음을 터뜨렸다. 옛날식 부엌의 구석구석에 스며든 어둠은 밤의 것이었다. 새벽의 것보다 단단하고 깊은 것, 훨씬 오래 계속될 어둠이었다. 그녀 역시 무심결에 그렇게 느꼈기 때문에 '내일'이냐고 물은 것이었다.

내가 사흘 동안 의식불명이었다고 의사는 말하더군요.
외상이 심하지 않아서 아무도 이유를 몰랐다고.

그의 얼굴에 묘하게 서글프고 희미한 미소가 어린다.

……꿈도 없이 그렇게 깊이 잔 건 그때가 처음이자 마지막이었어요.

마른 널빤지에 물이 번지듯 조용히, 얼굴 전체에 미소가 퍼진다.

*

시간이 더 흐르면……

그의 목소리가 더 잦아든다.

내가 볼 수 있는 건 오직 꿈에서뿐이겠지요.

어느 순간부터 그는 누구에게 말하고 있었는지 잊은 것 같다. 이 자리에 없는 누군가에게 말하고 있는 것 같다.

*

……장미.

수박을 반으로 가르면 활짝 꽃처럼 펼쳐지는 붉은 속.

연등회 날 밤.

눈송이들.

옛 여자의 얼굴.

그때는 꿈에서 깨어나 눈을 뜨는 것이 아니라,

꿈에서 깨어나 세계가 감기는 거겠지요.

피로를 느끼며, 그녀는 눈을 길게 감았다 뜬다. 지금 자신이 이
곳에 있다는 사실이 실감되지 않는다. 다시 눈을 감자, 의식이 훌
쩍 생시로부터 밀려나가려 한다. 이제 눈을 뜨면 그녀의 집 거실
천장이 시야에 가득찰지도 모른다. 그녀는 언제나처럼 거실 소파
에 웅크려 누워 잠들어 있었던 것인지도 모른다.

여러 시간 전, 아무도 없는 강의실에서 수업이 시작되기를 기
다리던 삼십여 분 동안에도 그녀는 비슷한 혼란을 느꼈다. 언제나
먼저 와서 학생들을 기다리던 희랍어 강사는 어째서인지 강의실
로 들어오지 않았다. 기둥 뒤의 자리를 좋아하던 중년의 사내도,
어두운 벽에 기대 잇사이로 날선 단어들을 밀어내던 거구의 대학
원생도, 그녀를 향해 호기심 가득한 눈을 깜박이곤 하던 여드름투
성이 철학과 학생도 오지 않았다.

흑판도, 교단도, 책상들도 모두 텅 비어 있었다. 두 대의 선풍
기는 서로를 외면하듯 비스듬히 반대쪽 벽을 향한 채 정지해 있
었다. 학생들이 생생하게 서 있거나 앉아 있었던, 이야기를 나누
고 각자 휴대폰으로 누군가와 통화를 하던 빈자리들이 이상한 통
각을 띠고 그녀의 눈으로 파고들었다. 그녀는 질끈 눈을 감아보았
다. 그녀의 시간과 다른 모든 사람들의 시간이 어긋난 것 같았다.

암석들의 단층처럼 날카롭게 어긋나, 다시는 그녀의 시간이 그들의 시간과 겹쳐질 수 없을 것 같았다. 아득하게 들려오는 차량들의 엔진 소리에 우두커니 귀를 기울이던 한순간, 그녀는 교재와 공책과 헝겊필통을 도로 가방에 밀어넣었다. 정적에 잠긴 강의실에 불을 켜둔 채, 유난히 크게 울리는 구두 소리를 내며 어두운 복도로 걸어나갔다.

*

……내 말, 거기서 듣고 있나요?

습기로 축축해진 스피커에서 나오는 것처럼 그의 음성이 변형되어 들린다.

저 음성이 희랍어 강사의 음성인가, 눈을 감은 채 그녀는 의심한다. 수개월 동안 그 적막한 강의실에서 들어온 그의 음성이 맞나. 저렇게 연약하게 떨리는 음성이었나.

*

가끔 이상하게 느껴지지 않나요.

우리 몸에 눈꺼풀과 입술이 있다는 건.

그것들이 때로 밖에서 닫히거나,
안에서부터 단단히 걸어잠길 수 있다는 건.

*

　무거운 눈꺼풀을 가까스로 치켜올리며, 그녀는 설핏 꿈에 잠기듯 해가 저물던 옛집 앞의 골목을 떠올린다. 젊은 어머니와 함께 가까운 외가에 가려고 나서던 참이었다. 시장에 들러서 귤을 좀 사가자. 어머니가 말하는 소리가 들렸다. 코트의 지퍼를 혼자 잠그지 못해 쩔쩔매던 어린 그녀는 그 순간 문득 눈앞에 떠오르는 주황색 감귤들을 보았다. 그것이 진짜 귤이 아니라는 사실에, 정말로 보는 것이 아닌데도 그토록 또렷하게 보인다는 사실에 놀랐다. 얼른 생각을 바꿔 나무를 떠올려도 마찬가지였다. 마치 마술 같았다. 그녀의 눈이 보는 풍경은 오직 저무는 골목과 한없이 길게 펼쳐진 콘크리트 담장뿐이었는데, 그녀는 분명히 나무를 보고 있었다. 깨우친 지 얼마 되지 않은 문자의 형상들이 거기 겹쳐졌다. 나무. 소리내어 발음하며 그녀는 혼자 웃었다. 나무. 나무.

*

……내가 하는 말들이, 이상하게 들리나요?

그녀는 눈을 뜨고 그의 얼굴을 본다. 옛날의 흉터와, 아까 함부로 손으로 문지르는 바람에 새로 생긴 먼지 얼룩을 본다. 다시 눈을 감는다. 방금 본 그의 소년 같은 얼굴이 고스란히, 어린 시절의 마술처럼 떠오르는 것을 본다.

실례가 되지 않는다면, 묻고 싶은 게 있어요. 정말, 오해하시지 않는다면……

그의 목소리가 낮아진다.

그러니까, 당신은 처음부터…… 처음부터 말을 하지 않았나요?

*

천장에는 무늬 없는 미색 도배지가 발라져 있고, 책장에 꽂힌 책들은 꼼짝도 하지 않는다. 풀벌레 소리는 멎었다. 어둑한 방의 정적에 생채기를 내는 것은 아주 멀리서 들리는 자동차들의 엔진 소리들뿐이다. 열린 창으로 바람이 들어오고 있다. 젖은 수건처럼 축축한 바람이다. 땀이 식어 끈적끈적한 자신의 얼굴을 차가운 수건으로 씻고 싶다고 그녀는 생각한다. 그의 얼굴에 새로 생긴 얼룩을 쓱쓱 닦아내고 싶다.

⋯⋯당신은, 무슨 일을 하는 사람인가요?

*

허공을 더듬는 그의 눈길과 긴장한 입술을, 밤이 깊어 연하고 푸릇한 수염이 돋기 시작한 턱과 뺨 언저리를 그녀는 뚫어지게 바라본다. 그 얼굴을 이루는 선과 점들 속에 해독해야 할 부호나 상형문자 같은 것이 숨겨져 있는 것처럼. 그 얼굴을 간결한 필선으로 옮겨 그리는 것만으로 몇 마디 조용한 말이 드러날 거라고 믿는 것처럼.

고등학교 이학년이 되던 이른봄, 그녀는 '상형문자'라는 제목으로 몇 편의 시를 쓴 적이 있었다. 수수한 유머가 배어나오기를 바라며 그녀는 썼다. 알파벳 소문자 a는 머리와 어깨를 앞으로 수그린 고단한 사람. 한자 光은 땅 아래로 뿌리를 뻗어가며, 땅 위로는 빛을 향해 피어오르는 관목. 우우우, 외치는 소리는 창틀 위에 나란히 맺힌 물방울들이 일제히 굴러떨어지는 형태. 속눈썹 아래로 번지다 흐르는 눈물들의 움직임. 누구에게도 보이지 못한 밝고 조용하고 순진한 시들이었다.

하지만 시간이 흐른 뒤 그녀가 쓴 시들은 그런 것들이 아니었다. 차츰 그녀의 말들은 끊길 듯 말 듯 떨리거나, 끝내 토막토막 끊어지거나, 한움큼 떨어져나온 살점처럼 뭉개어지며 썩어갔다.

*

……희랍어는 왜 배우는 건가요?

방심한 채 그녀는 자신의 왼쪽 손목을 내려다본다. 땀이 차서 눅눅해진 흑자주색 머리끈 아래, 오래전의 흉터도 눅눅하게 젖어 있다. 기억하지 않을 것이다. 기억해야 한다면, 반드시 기억해야 한다면, 어떤 감정도 느끼지 않을 것이다.

마침내 어떤 감정도 없이, 먼 친분이 있을 뿐인 타인을 기억하듯 그녀는 그날의 자신을 기억한다. *미쳤군.* 막 의식을 차린 그녀에게 어둠 속의 사람이 내뱉었다. *미친 여자한테 그동안 아이를 맡기고 있었어.* 세 치의 혀와 목구멍에서 나오는 말들, 헐거운 말들, 미끄러지며 긋고 찌르는 말들, 쇳냄새가 나는 말들이 그녀의 입속에 가득찼다. 조각난 면도날처럼 우수수 뱉어지기 전에, 막 뱉으려 하는 자신을 먼저 찔렀다.

*

……그날, 희랍어로 공책에 쓴 건 뭐였나요?

마모된 거대한 톱니의 일부를 만지듯 그녀는 자신의 입술을 쓸어본다. 오래전에 퇴화된 기관을 기억하듯, 말들이 떨며 솟아오르던 경로를 머릿속으로 더듬는다.

자신이 말을 잃은 것이 어떤 특정한 경험 때문이 아니라는 것을 그녀는 알고 있다.

셀 수 없는 혀와 펜들로 수천 년 동안 너덜너덜해진 언어. 그녀 자신의 혀와 펜으로 평생 동안 너덜너덜하게 만든 언어. 하나의 문장을 시작하려 할 때마다 늙은 심장이 느껴졌다. 누덕누덕 기워진, 바싹 마른, 무표정한 심장. 그럴수록 더 힘껏 단어들을 움켜쥐었다. 한순간 손아귀가 헐거워졌다. 무딘 파편들이 발등에 떨어졌다. 팽팽하게 맞물려 돌던 톱니바퀴가 멈췄다. 끈덕지게 마모된 한 자리가 살점처럼, 숟가락으로 떠낸 두부처럼 움푹 떨어져나갔다.

*

화해할 수 없었다.

화해할 수 없는 것들이 모든 곳에 있었다.

환한 봄날, 공원 벤치에 겹겹이 덮인 신문지 아래 발견된 노숙자의 시체 속에. 늦은 밤의 지하철, 끈끈한 땀에 젖은 어깨들을 겹치고 각기 다른 곳을 보는 사람들의 흐릿한 눈 속에. 폭우가 퍼붓는 간선도로, 끝없이 붉은 미등을 켠 차들의 행렬 속에. 수천 개의 스케이트 날들로 할퀴어진 하루하루 속에. 그토록 쉽게 부스러지는 육체들 속에. 그 모든 걸 잊기 위해 주고받는, 뚝뚝 끊어지는 어리석은 농담들 속에. 그 어떤 것도 잊지 않기 위해 꾹꾹 눌러적는 말들, 그 속에서 어느새 부풀어오른 거품들의 악취 속에.

어느 이른 새벽이거나 늦은 밤, 혼자 오래 있거나 몸이 아픈 뒤에, 믿을 수 없을 만큼 깨끗하고 고요한 말이 문득 방언처럼 흘러나오기도 했지만, 그것이 화해의 증거라고는 믿을 수 없었다.

*

독한 취기 같은 피로가 그녀의 의식을 둔하게 만든다.

그의 목소리가 마치 꿈인 것처럼, 아주 먼 곳에서부터 토막토막 끊긴 채 울려온다.

……당신을 이해할 수 있을 것 같은 순간이 있어요.

더이상 아무것도 말하고 싶지 않은 순간이 있어요.

그녀는 그의 얼굴을 응시하려 애쓴다. 초점 없는 그의 눈을 또렷이 마주보려 애쓴다.

어두운 초록색 흑판에 백묵으로 문장을 쓸 때 나는 공포를 느껴요.

방금 내가 쓴 글씨지만, 십 센티미터 이상 눈에서 떨어지면 보이지 않아요.

암기한 대로 소리내어 읽을 때 공포를 느껴요.

태연하게 내 혀와 이와 목구멍으로 발음된 모든 음운들에 공포를 느껴요.

내 목소리가 퍼져나가는 공간의 침묵에 공포를 느껴요.

한번 퍼져나가고 나면 돌이킬 수 없는 단어들, 나보다 많은 걸 알고 있는 단어들에 공포를 느껴요.

*

지금 들려오는 말이 누구의 것인지 알 수 없다고 그녀는 생각한다. 지독한 피로 속에서, 지독하게 어둡고 고요한 이 방에서, 모든 것이 헛것이라고 그녀는 느낀다. 어떤 말도 그녀는 듣지 못했다. 어떤 타인의 내부도 들여다보지 않았다.

안개 속을 나아가는 것 같을 때가 있어요.
그 도시의 겨울에 종종 찾아오던, 새벽에 호수에서 시가지로 밀려온 안개가 저녁까지 걷히지 않던 날처럼. 벽에 그려진 프레스코화들이 안개에 덮여 흔적도 보이지 않는 회색 건물들 사이를, 축축한 석벽에 바싹 몸을 붙이고 천천히 걸어야 하던 밤처럼. 아무도 자전거를 타지 않던 밤, 사람의 자취 없이 무거운 발소리들만 들려오던 밤, 아무리 더 나아가도 싸늘한 집에 다다를 수 없을 것 같던 밤처럼.

*

아무리 시간이 흘렀어도, 그녀가 결코 알아낼 수 없는 것이 있다.

그날, 그 뜨거운 아스팔트에 납작하게 달라붙어 있던 백구는 왜 그녀를 물었던 걸까?

그것이 그에겐 마지막 순간이었는데.

왜 그토록 세게, 온 힘을 다해 그녀의 살을 물어뜯었을까.

왜 그토록 어리석게, 그녀는 끝까지 그를 껴안으려고 했을까.

*

……내 말이 들리나요?

그녀는 그의 말을 똑똑히 듣고 있다. 그것이 얼마나 힘든 일인지 그는 모른다. 그녀는 그를 똑똑히 보고 있다. 그것 역시 얼마나 힘든 일인지 그는 모른다. 책상에서 비스듬히 비치는 갓등의 빛을 받아 절반 가까이 그늘진 그의 얼굴을, 그녀는 지금 온 힘을 다해 건너다보고 있다.

……거기서, 듣고 있나요?

그가 몸을 일으키는 것을 그녀는 본다. 드문드문 튄 핏자국이 이제 흑갈색으로 굳은 흰 셔츠를 입은 그가, 신중하게 발을 내디

더 그녀를 향해 다가오는 것을 본다. 그가 그녀보다 더 지쳐 있는 것을, 한 걸음 한 걸음 비틀거리지 않기 위해 애쓰고 있는 것을 본다.

*

……미안해요.
이렇게 혼자 오래 말해본 건 처음입니다.

피로를 가까스로 얼굴 뒤쪽으로 밀어놓고 그가 말한다. 허리를 수그리고, 왼손을 그녀 쪽으로 내민다. 안경을 쓰지 않은 그의 눈을 그녀는 들여다본다. 어둠과 빛을 구별할 수 있는 눈, 그녀의 얼굴 윤곽을 분명히 보고 있는 눈이다.

여기 대답을 써주겠어요?

더이상 허공을 더듬지 않는 눈, 오래 혼자서 말한 사람의 눈, 단 한 번도 대답을 듣지 못한 사람의 눈을 그녀는 본다.

지금, 택시를 부르겠어요?

그녀는 혀끝으로 아랫입술을 축인다. 입술을 떼었다가 힘껏 다문다. 그가 내민 손을 그녀의 왼손으로 받친다. 주저하는 오른손의 검지손가락으로 그의 손바닥 위에 쓴다.

*

아니요.

가늘게 떨리는 획과 점들이 두 사람의 살갗을 동시에 그었다가 사라진다. 소리가 없고 보이지 않는다. 입술도 눈도 없다. 떨림도, 따뜻함도 곧 사라진다. 어떤 흔적도 남기지 않는다.

첫 버스를

타고 갈게요.

20
흑점

　세찬 빗소리에 그는 눈을 뜬다. 어둡다. 창문이 열려 있다. 비가 더 들이치기 전에 창문을 닫아야 한다. 무심코 안경을 찾으려고 침대 옆의 책상을 더듬다가 그는 간밤의 일을 기억해낸다. 아직 욱신거리는 오른손의 통각을 느낀다.

　그는 맨발로 침대에서 내려와 선다. 두 팔로 허공을 더듬으며 창 쪽으로, 차가운 비와 바람이 들어오는 쪽으로 나아간다. 어두운 것과 더 어두운 것을 구별하려 그는 애쓴다. 두 팔을 옆으로, 앞으로 뻗는다. 벽은 아직 멀리 있다. 라디에이터도, 창 아래 긴 의자도 아직 멀리 있다. 마침내 그의 얼굴과 팔이 습기를 느낀다. 길게 뻗어나간 손을 물방울의 입자들이 건드린다. 더듬더듬 그는 창틀의 알루미늄 손잡이를 찾아낸다. 소리내어 창문을 닫는다. 손바닥이, 손등이 흥건하게 젖는다. 세차게 쏟아지던 빗소리가 성큼 한 걸음 물러선다.

여자가 긴 의자에 누워 있지 않다는 것을 알아채는 데에는 긴 시간이 걸리지 않는다. 뒤척이는 움직임, 따스한 숨의 기척 따위 는 없다. *첫 버스가 다닐 시간인가.* 그는 소리내어 중얼거린다. 그 자신의 목소리가 마치 타인의 것처럼 건조하게 들린다.

그는 긴 의자에 걸터앉는다. 두 손으로 의자를 더듬어, 여자가 홑이불과 담요를 한켠에 개켜놓고 간 것을 안다. 간밤에 그가 서 랍장에서 꺼내준 것들이다. 개켜진 이불 위로 그는 눕는다. 어렴 풋한 땀냄새가, 어린애들이 쓰는 목욕비누 같은 사과향이 맡아진 다. 그는 두 손을 허공으로 들어올린다. 희끗한 것은 오른손의 붕 대, 덜 희끗한 것은 왼손이다. 왼쪽 손바닥을 간지럽히며 지나가 던 따스한 획과 점들을, 살갗이 먼저 기억한다.

가늘게 떨며 망설이는 손. 손톱이 지나치게 바투 깎여, 그의 살 을 조금도 아프게 하지 않던 손가락. 서서히 드러나는 음절. 침이 없는 압정 같은 마침표. 서서히 밝아지는 한마디 말.

당신은 아마 짐작하지 못했을 테지만, 이따금 나는 당신과 긴 대화를 나누는 상상을 했는데.

내가 말을 건네면 당신이 귀기울여 듣고, 당신이 말을 건네면 내가 귀기울여 듣는 상상을 했는데.

텅 빈 강의실에서 희랍어 수업의 시작을 기다리며 함께 있을 때, 그렇게 실제로 당신과 대화하고 있는 것처럼 느껴질 때가 있었는데.

하지만 고개를 들어보면 당신은 절반, 아니 삼분지 이쯤, 아니, 그보다 더 부서져버린 사람처럼, 무엇인가로부터 가까스로 살아남은 벙어리 사물처럼, 무슨 잔해처럼 거기 있었는데. 그런 당신이 무서워지기도 했는데. 그 무서움을 이기고 당신에게 다가가 가까운 의자에 걸터앉았을 때, 당신도 문득 몸을 일으켜 꼭 그만큼 다가와 앉을 것 같기도 했는데.

그렇게 무서운 당신의 침묵이 생각나는 밤이 있었는데. 빛이 가득 고여 일렁이는 것 같았던 R의 것과는 전혀 다른 침묵. 얼음 밑에서 두드리다 굳어버린 손 같은 침묵. 피투성이 몸 위로 쌓인 눈더미 같은 침묵. 어느 순간 그게 진짜 죽음으로 변해버릴까봐 두려웠는데. 정말 딱딱해져버릴까봐, 정말 싸늘해져버릴까봐 불안했는데.

어둠을 향해 그는 퍼뜩 눈을 떠본다. 아무것도 볼 수 없다. 복종하듯 다시 눈을 감고 눈꺼풀 속의 어둠을 본다. 그 어둠의 속으로 거역할 수 없이 밀려드는 새벽잠에 몸을 맡긴다. 귓속으로 파고드는 빗소리를 듣는다.

눈이 하늘에서 내려오는 침묵이라면, 비는 하늘에서 떨어지는 끝없이 긴 문장들인지도 모른다.

단어들이 보도블록에, 콘크리트 건물의 옥상에, 검은 웅덩이에 떨어진다. 튀어오른다.

검은 빗방울에 싸인 모국어 문자들.
둥글거나 반듯한 획들, 짧게 머무른 점들.
몸을 구부린 쉼표와 물음표.

잠 속으로 떨어지는 순간 찾아든, 위태하게 부서지는 꿈속에서 그는 두 사람을 본다. 늙은 남자와 젊은 여자다. 노쇠 때문에 낮게 떨리는 목소리로 백발의 남자가 묻는다. 용서를 구하듯 두 손을 가슴 앞에 모으고.

……말해봐, 이 냄새는 뭐지?

젊은 여자가 묘사하기 시작한다. 생생함과 열의와 정확성을 담아 매우 빠르게. 소름 끼칠 만큼 대담한 반말로.

참나무숲이야. 뿌리들이 흙 위로 관절처럼 불쑥불쑥 튀어나와 있어. 그걸 친친 동여감은 담쟁이가 있어.

그게 어떻게 생겼지?

줄기들, 비틀린 가지들…… 우릴 향해 달려들 것 같아. 우리 몸뚱이를 단박에 친친 휘감고 패대기칠 것 같아, 그런데 저건.

……그런데? 그런데 지금은 뭐가 보이지?

늙은 남자의 목소리가 차츰 떨린다.

그렇게 오래 침묵하지 마. 추하고 무서운 것들을 나에게 숨기지 마. 무슨 일이야? 지금 무슨 일이 일어났어?

그의 목소리가 빨라진다. 더 떨리며 높아진다.

말해봐. 당신의 입술로, 혀로, 목구멍으로…… 지금 말해. 어디 있어? 손을 쥐, 제발 소리를 내.

날카롭게 가슴을 도려내는 고통이 느껴진다. 그녀의 손이 잡히지 않는다. 그 여자, 그 여자의 손이 없다. 어린애처럼 그는 운다. 퍼뜩 눈을 뜬 순간, 현실 속에서는 꿈에서만큼 울지 않았다는 사실을 깨닫는다. 약간의 따뜻한 눈물이 뺨에 흘러 있을 뿐이다. 어떤 위안도 없이 그는 다시 잠 속으로 빨려들어간다.

이번에는 꿈이 아니라 기억이다.

덮쳐오던 검은 새.

암흑에 잠겨 있던 계단.

그 끝에 번져 있던 손전등의 불빛.

다가오던 그 여자의 희끗한 얼굴.

소스라치며 기억에서 깨어난다.

다른 꿈속으로 들어간다.

이번엔 갑자기 잘 볼 수 있다.

수십 길 차가운 지하에 모여 있는 낯선 사람들.

입에서 뿜어져나오는 더운 김.

저마다 시체처럼, 희극배우들처럼 얼굴에 칠한 새하얀 회분.

또다른 꿈이 도둑처럼 겹쳐 들어온다.

어둑어둑한 무대.

공연을 기다리는 객석의 사람들.

점점 밝아지는 대신 더 진해지는 어둠.

이상하고 긴 정적.

영원히 시작되지 않는 공연.

다시 빗소리.

옛 여자의 검은 얼굴.

차가운 빗방울.

우산에,

가무잡잡한 이마에,

흥건히 젖은 손등에. 거기 부풀어오른 파르스름한 정맥에.

처음 듣는 명석하고 아름다운 목소리의 독일어가 귓속으로 파고든다.

내가 말했지. 언젠가 너 자신이 성립 불가능한 오류가 되어버리고 말 거라고.

새파란 실타래에 싸인 낯익은 방.

이제 읽어야 할 환한 구멍들로 이루어진 수십 장의 편지.

그의 곁에 서늘하게 누운,

사과향이 나는 모호한 사람의 윤곽.

떨고 있는.

손바닥에.

마침표.

따스한.

검은 모래.

아니, 단단한 열매.

얼어붙은 흙 속에

파

묻어

놓은.

쉼표,

휘어진

속눈썹,

가느다란

숨소리,

속에

깜깜한

칼집

속에

빛나는

칼,

오래

숨을 참으며

기다리는.

소스라치며 그는 눈을 뜬다. 일어나 앉는다. 자신이 깨어난 것이 현관 밖의 인기척 때문이었다는 것을 가까스로 깨닫는다.

잠기지 않은 현관문이 천천히 열린다. 그쪽이 약간 밝아진다. 문이 닫히는 소리와 함께 다시 어두워진다. 누군가가 신을 벗는 기척이 들린다. 비가 세차게 내리고 있지만 아까보다는 창이 밝아져, 사람의 어두운 윤곽을 짐작으로 더듬을 수 있다. 검은 형체가 다가오는 것을 보며 그는 두 눈을 치뜬다. 붕대를 감지 않은 왼손으로 세차게 마른세수를 한다. 가까워진 머리카락에서 번져오는 선명한 비누 냄새를 맡는다. 갑자기 추워진 듯 그의 몸이 떨린다. 검은 형체에서 흰 것이 뻗어나온다. 그의 왼손을 잡아 펼친다. 다른 흰 것이 천천히 뻗어나와 그의 손바닥에 쓴다.

안경점이
문을 열
시간이에요.

촉감을 따라 그는 문장을 읽는다.

혹시
처방전을
가지고 있어요?

그는 고개를 끄덕인다.

비가 와서,
내가
혼자
다녀오는 게
좋겠어요.

그는 더 기다린다. 더 많은 말을 기다린다. 그녀의 얼굴에서, 몸에서 배어나오는 차가운 습기를 느낀다.

처방전이
어디 있어요?

왼손을 그녀의 손에서 조심스럽게 빼내며 그는 몸을 일으킨다. 책상으로 다가가려는 것이었는데, 문득, 그럴 수밖에 없는 듯, 어둑한 공기 속에 떠오른 그녀의 희끗한 얼굴을 향해 다가선다. 견딜 수 없이 떨리는 왼팔을 들어, 처음으로 그녀의 어깨를 안는다.

투명한 테이프로 입이 틀어막힌 사람처럼 그녀의 입술이 굳어 있는 것을 그는 모른다. 간밤에 이 방에서도, 첫 버스를 타고 집으로 돌아가서도 그녀가 잠들지 못한 것을 모른다. 뜨거운 물과 아이의 거품비누로 오랫동안 샤워를 한 뒤, 식탁 앞에 앉아 희랍어 공책을 펼친 것을 모른다. 얼음 아래 수십 갈래 길을 더듬듯 죽은 희랍어 문자들을 적고, 견딜 수 없이 생생한 모국어 문장들을 끈질기게 이어 적은 것을 모른다.

어둠을 향해 두 눈을 뜬 채 그는 아직 그녀의 어깨를 안고 있다. 틀려서는 안 되는 무게를 재는 것 같다고 느낀다. 틀려버리고 말 것 같다고 느낀다. 그것이 정말로 두렵다고 느낀다.

그녀가 이곳에 오기 직전에 어디 있었는지 그는 모른다. 색색의 우산들로 붐비는 방학식 날의 학교 앞에서 기다리다가 마침내 버즈라이트이어가 그려진 우산을, 그 아래 보이는 아이의 반바지를, 무릎에 박힌 팥알만한 갈색 점을 알아본 것을 모른다. *오늘 왜 왔어. 내일이 만나는 날이잖아.* 겁내는 듯 작게 말하는 아이의 얼굴을 뚫어지게 내려다본 것을 모른다. 그 얼굴에 흘러내린 빗방울을 손바닥으로 닦아준 것을 모른다. 아이의 이름을 부르기 위해, 준비한 말을 하기 위해 필사적으로 입술을 열었던 것을 모른다. *멀리 안 가도 돼. 아무데도 안 가고 엄마랑 있어도 돼. 같이 도망가도 돼. 어떻게든 헤쳐나갈 수 있어,* 라고 말하기 위해.

그녀의 셔츠가 비와 땀에 젖어 있다. 붕대를 감은 오른손을 허공에 둔 채, 그는 그녀의 등을 끌어안은 왼팔에 조금 더 힘을 준다. 아래층에서 누군가 세게 문을 닫으며 복도로 나오는 소리가 들린다.

침묵하는 그녀의 우산에 빗줄기들이 소리치며 떨어졌던 것을 그는 모른다. 운동화 속의 맨발들이 흠뻑 젖었던 것을 모른다. *갑자기 찾아오지 말라고 했잖아. 길에서 헤어지면 기분이 더 이상하다고 했잖아.* 그녀가 안으려고, 팔을 붙들려고, 손을 잡으려고 하자 물고기처럼 재빨리 빠져나간, 지느러미처럼 부드러운 살갗을 모른다. 빗물이 고여 생긴 검은 웅덩이들을, 그 위로 날카로운 대침처럼 꽂히던 빗발을 모른다.

닫힌 창틀 사이로 빗소리가 파고든다. 거리의 모든 도로를, 건물들을 움푹 파이게 하고 금가게 하려는 듯 세찬 소리다. 누군가 신발을 끌며 층계를 내려가고 있다. 다시 어디선가 문이 거칠게 닫힌다.

심장과 심장을 맞댄 채, 여전히 그는 그녀를 모른다. 오래전 아이였을 때, 자신이 이 세계에 존재해도 되는지 알 수 없어 어스름이 내리는 마당을 내다보았던 것을 모른다. 바늘처럼 맨몸을 찌르던 말들의 갑옷을 모른다. 그녀의 눈에 그의 눈이 비쳐 있고, 그 비친 눈에 그녀의 눈이, 그 눈에 다시 그의 눈이…… 그렇게 끝없이 비치고 있는 것을 모른다. 그것이 두려워, 이미 핏발이 맺힌 그녀의 입술이 굳게 악물려 있는 것을 모른다.

그녀의 얼굴에서 가장 부드러운 곳을 찾기 위해 그는 눈을 감고 뺨으로 더듬는다. 선득한 입술에 그의 뺨이 닿는다. 오래전 요아힘의 방에서 보았던 태양의 사진이 그의 감은 눈꺼풀 속으로 타오른다. 타오르는 거대한 불꽃의 표면에서 흑점들이 움직인다. 폭발하며 이동하는 섭씨 수천 도의 검은 점들. 그것들을 가까이에서 본다면, 아무리 두꺼운 필름조각으로 가린다 해도 홍채가 타버릴 것이다.

  눈을 뜨지 않은 채 그는 입맞춘다. 축축한 귀밑머리에, 눈썹에. 먼 곳에서 들리는 희미한 대답처럼, 그녀의 차가운 손끝이 그의 눈썹을 스쳤다 사라진다. 그의 차디찬 귓바퀴에, 눈가에서 입가로 이어지는 흉터에 닿았다 사라진다. 소리 없이, 먼 곳에서 흑점들이 폭발한다. 맞닿은 심장들, 맞닿은 입술들이 영원히 어긋난다.

21
심해의 숲

그때 우리는 바다 아래의 숲에 나란히 누워 있었어요.

빛도 소리도 그곳에는 없었지요.

당신이 보이지 않았어요.

나 자신도 보이지 않았어요.

당신은 소리를 내지 않았지요.

나도 소리를 내지 않았어요.

마침내 당신이 아주 작은 소리를 낼 때까지,

입술 사이로

둥글고 가냘픈 물거품이 새어나올 때까지

우리는 그곳에 누워 있었어요.

당신은 간절했지요.

무섭게 고요했지요.

어두웠지요,

밤이 저문 다음 찾아오는 더 깊은 밤처럼.

수압 때문에 모든 생물들의 몸이 납작해진 심해처럼.

한순간 당신의 검지손가락이 내 어깨의 살갗 위를 움직이며 썼지요.

숲, 숲이라고.

난 다음의 말을 기다렸어요.

다음의 말이 없다는 것을 알고, 눈을 뜨고 어둠을 들여다보았어요.

어둠 속에 희끗하게 번진 당신의 몸을 보았어요.

그때 우리는 아주 가까이 있었지요.

아주 가까이 누워 서로를 끌어안고 있었지요.

빗소리가 멈추지 않았지요.

무엇인가가 우리 내부에서 깨어졌지요.

빛도 목소리도 없는 그곳에서,

수압을 견디지 못해 산산조각난 산호들 사이에서

우리 몸은 이제 막 떠오르려 하고 있었지요.

그대로 떠오르고 싶지 않아서

당신의 목에 팔을 감았어요.

당신의 어깨를 더듬어 입맞추었어요.

내가 더 입맞출 수 없도록,

당신은 내 얼굴을 껴안으며 작은 소리를 냈지요.

처음으로,

거품처럼 가냘프게. 둥글게.

나는 숨을 멈췄어요.

당신은 계속 숨을 쉬고 있었어요.

계속 당신의 숨소리가 들렸어요.

그때부터 우리는 서서히 떠올랐지요.

먼저 수면의 빛에 어렴풋이 닿고,

그다음부터는 뭍으로 거세게 쓸려갔어요.

두려웠어요.

두렵지 않았어요.

울음을 터뜨리고 싶었어요.

울음을 터뜨리고 싶지 않았어요.

내 몸에서 완전히 떨어져나가기 전에,

당신은 나에게 천천히 입맞추었지요.

이마에.

눈썹에.

두 눈꺼풀에.

마치 시간이 나에게 입맞추는 것 같았어요.

입술과 입술이 만날 때마다 막막한 어둠이 고였어요.

영원히 흔적을 지우는 눈처럼 정적이 쌓였어요.

무릎까지, 허리까지, 얼굴까지 묵묵히 차올랐어요.

0

나는 두 손을 가슴 앞에 모은다.

혀끝으로 아랫입술을 축인다.

가슴 앞에 모은 두 손이 조용히, 빠르게 뒤치럭거린다.

두 눈꺼풀이 떨린다, 곤충들이 세차게 맞비비는 겹날개처럼.

금세 다시 말라버린 입술을 연다.

끈질기게, 더 깊게 숨을 들이마셨다 내쉰다.

마침내 첫 음절을 발음하는 순간, 힘주어 눈을 감았다 뜬다.

눈을 뜨면 모든 것이 사라져 있을 것을 각오하듯이.

2부

단편소설

회복하는 인간

당신은 직경 일 센티미터 남짓한 구멍들을 보고 있다.

당신의 부어오른 양쪽 복숭아뼈 아래, 정강이에서부터 내려온 인대가 발등으로 막 꺾어지는 자리에 그 구멍들은 뚫려 있다. 왼쪽의 구멍 안으로 보이는 회백색 물질을 가리키며 의사가 말한다.

왜 화상을 입자마자 바로 처치를 안 한 거죠? 오른쪽은 괜찮은데, 여기 왼쪽 피부조직은 좀 심각합니다.

삼십대 후반의 의사는 고등학생처럼 머리를 바싹 치켜 깎았다. 흰색 진료 가운은 토요일 오후라선지 풀기 없이 늘어져 있다.

마취하고 도려내는 수술을 해야겠지만, 그전에 조금 두고 보는 게 좋겠습니다. 늦었지만 지금이라도 환경을 잘 만들어주면 조직이 회복될 가능성도 있으니까요.

수술이라는 말에 약간 겁을 먹고 당신은 묻는다.

그럼, 수술을 해야 할지 말지를 언제 알 수 있나요?

앞으로 삼 일 동안⋯⋯

의사는 달력에 눈길을 준다.

항생제 드시고 레이저치료 받으면서 지켜보기로 하지요.

의사의 군청색 만년필이 차트 위를 어지럽게 달리는 것을 당신은 물끄러미 바라본다. 당신에 대한 의사의 태도는 담담하고 차갑다. 도대체, 닷새 전에 화상을 입고도 아무런 조치도 취하지 않다가 세균 감염이 되어 찾아온 환자를 이해하지 못하는 눈치다.

드레싱을 한 부위들이 그대로 노출된 채 당신은 절름절름 진료실을 나온다. 바지를 무릎까지 접어올리고, 노트북컴퓨터가 담긴 가방을 어깨에 메고, 한 손에는 우산을 들고, 엉거주춤 구두 두 짝을 발끝에만 걸친 당신을 수납계의 간호사가 호명한다. 상처에 구두가 닿지 않도록 주의하며 당신은 창구로 걸어간다. 레이저치료비와 습윤테이프의 비용은 보험이 적용되지 않는다는 설명을 듣는다. 계산을 마치고 처방전을 받아든 뒤, 계속해서 구두 두 짝을 발끝으로만 끌고 걷는 묘기 끝에 통로 끝의 레이저치료실 앞에 다다른다.

저, 드레싱을 다시 해주셔야 하지 않을까요?

방금 우산을 든 사람들 사이를 통과해온 당신이 묻는다. 앳된 간호사는 별일 아니라는 듯 대답한다.

의사 선생님이 드레싱 해주셨잖아요? 레이저도 소독하는 거니까 걱정 마세요.

당신은 진료용 침대 위에 두 발을 올려놓는다. 탁상용 삼파장 스탠드를 열 배쯤으로 확대해놓은 듯한 모습의 레이저치료기가 그물 같은 붉은 광선을 쏘기 시작한다. 광선은 당신의 두 발뿐 아니라 침대의 하얀 시트까지 꽤 넓은 면적을 쉴새없이 방사형으로 훑어낸다.

눈 나빠지니까 들여다보지 마세요.

나무라며 나가는 간호사의 말을 아랑곳하지 않은 채 당신은 왼쪽 복사뼈 아래의 구멍을 들여다본다. 회백색으로 화농된 조직 위로 꿈틀거리는, 붉은 핏줄들 같은 광선의 움직임에서 눈을 떼지 못한다.

*

늦가을 토요일 오후의 인파가 병원 앞 네거리에 술렁이고 있다. 오전에 내렸던 비는 완전히 그쳤다. 짧은 모직 치마에 레깅스 차림의 젊은 여자들, 농구공과 콜라캔을 들고 교복 셔츠 소매를 걷어올린 고교생들이 당신의 몸을 바싹 스쳐지나간다. 그들의 몸에서 진한 향수와 땀 냄새가 풍긴다. 화장품 샘플이 가득 담긴 플라스틱 바구니를 들고 형식적으로 눈웃음치는 아르바이트생을 피하

려고 당신은 미리 고개를 수그린다. 공사중인 지하도로 걸어내려
간다. 휴대폰을 할인 판매하는 지하 매장을 지나친다. 끝나지, 않
을 것 같은 계단들을 밟아 올라간다.

당신은 자꾸 잊어버린다. 방금 전까지 당신이 어디 있었는지,
무슨 치료를 받았는지, 지금은 어디를 향해 걷고 있는 건지 잊는
다. 지하도 출구를 빠져나오자 당신은 걸음을 멈춘다. 활짝 문이
열린 전자제품 매장에서 쏟아져나오는 음악의 비트, 쉬지 않고 아
스팔트를 뚫어대는 기계들의 먹먹한 소음에 넋을 빼앗긴다. 문득
정신을 차리고, 처방받은 항생제가 노트북 가방 앞주머니에 잘 들
어 있는지 손끝으로 더듬어 확인한다.

당신은 이미 잊었다. 자신이 얼마나 재치 있는 농담을 좋아하는
사람이었는지, 나름으로 옷차림에 신경을 쓰는 사람이었는지 잊
었다. 작은 키 때문에 늘 굽이 있는 단화를 신고, 자유로운 밝은
색 옷을 걸치고, 흰색과 노랑색 계열의 스카프를 두르고, 눈꼬리
가 살짝 처진 눈엔 언제나 어렴풋한 장난기가 어려 있던 것을.

목을 덮는 검은 스웨터에 검은 모직재킷, 검은 면바지에 검은
단화를 신은 당신의 키는 초등학교 고학년생처럼 왜소해 보인다.
화장은커녕 입술에 립글로스도 바르지 않아, 서른을 훌쩍 넘긴 나
이가 고스란히 드러나 보인다.

*

　당신이 두 발목에 화상을 입은 것은 닷새 전, 왼쪽 발목을 접질린 다음날이었다. 침을 맞을 만큼 심하게 삔 것은 아니었지만 당신은 동네의 한의원을 찾아갔다. 맵시 있는 개량 한복 치마를 입은 오십대 중반의 한의사에게 말했다.

　예전에 오른쪽 발목을 접질리곤 대수롭잖게 여겼더니 아직까지도 좋지 않아서요. 이번에 삔 왼쪽은 미리 확실히 치료하려구요.

　한의사는 당신을 침대에 눕도록 했고, 왼쪽과 오른쪽 발목에 모두 침을 꽂아주었다.

　눈 밑에 다크서클이 왜 그렇게 진하지요?

　당신은 덤덤하게 대답했다.

　피곤해서요.

　어쩌다 발목을 삐었나요?

　산에 갔다가……

　한의사는 침을 꽂은 자리에 붉은 적열등을 쬐어주고는 간호사를 불렀다.

　간호사가 뜸을 뜰 거예요. 쌀알만큼 쑥을 뭉쳐서 이 자리에 뜨면, 만성이 된 통증까지 나아집니다.

　한의사는 플러스펜을 꺼내들고는, 당신의 양쪽 복사뼈 아래의 인대에 굵은 점을 찍어 뜸자리를 표시했다.

직접구라서 뜨거워요. 그래도 잠깐이니까. 괜찮겠지요?

별다른 의심 없이 당신은 네, 라고 대답했다.

살갗이 탈 때까지 불붙은 쑥을 얹어두는 뜸을 직접구라고 부른다는 것을 당신은 그날 처음 알았다. 참으려고 했지만 당신은 비명을 질렀다. 상냥한 형리刑吏 같은 간호사는 괜찮아요, 금방 끝나요, 하고 당신을 달랬다. 왼쪽 발목까지 살갗이 타는 동안 당신은 계속 소리를 냈고, 자신의 목구멍에서 나오는 소리가 당신의 언니의 그것과 똑같이 닮아 있다는 사실을 문득 깨달았다. 무심코 수도꼭지를 덜 잠근 것처럼 소리 없이, 끝없이 흐르는 당신의 눈물에 간호사는 당황했다. 당신이 더듬더듬 양말을 신고, 구두를 꿰어 신고, 카드로 진료비를 계산하고 한의원을 나와 엘리베이터를 향해 걸어갈 때까지도 눈물은 멈추지 않았다.

*

한의원에 다녀온 다음날부터 당신은 일에 몰두했다. 예정에 없이 나흘을 쉰 뒤였으므로 일은 몹시 밀려 있었다. 당신은 비몽사몽간에 이를 닦았고, 오 분 만에 급하게 샤워를 했고, 머리를 말릴 틈도 없이 기획회의에 늦지 않기 위해 버스정류장으로 달려갔다. 언제 메인보드가 날아가버릴지 모를 이 킬로그램짜리 낡은 노트북을 양어깨에 둘러메고 도서관과 카페를 전전하며 라디오 대본을 썼다. 눈이 떠지지 않을 때마다 커피를 마셨고, 뜨겁게 달아오른 휴대폰을 붙들고 게스트를 섭외했고, 녹음 시간 내내 스튜디오의 컴퓨터 앞을 떠나지 않으며 방송을 챙겼다. 그러는 사이 왼쪽 발목의 뜸자리에서 수포가 부풀고, 양말 속에서 수포가 터지고, 그 자리가 세균에 감염돼 빨갛게 부푸는 것을 알아채지 못했다. 상처가 욱신거릴 때면 발목을 삔 자리가 그렇겠거니 생각했다. 토요일 아침 녹음실에서 아픔을 참지 못하고 발등까지 양말을 내려 보았을 때에야 당신은 사태가 심각하다는 사실을 깨달았다. 흘긋 상처를 본 다혈질의 피디는 당신에게 자초지종을 물었고, 벌어진 입을 다물지 못했다.

정작가! 원, 알 만한 사람이 이렇게 무식해? 아무리 작은 화상도 제때 치료 안 하면 무섭다는 거 몰라요? 손 자르고 발 자르는 게 남의 일 같아요?

*

이제 당신은 버스정류장의 투명한 아크릴벽에 기대서 있다. 아크릴벽에 색색의 활자로 코팅된 인근 성형외과의 광고문을 무심코 읽는다. *사랑하는사람이면실반지도좋으세요?오!캐럿다이아가부럽진않으세요?새로운인생의시작!그랜드성형외과.* 얼른 이해되지 않아 천천히 다시 읽은 뒤, 각각 두 개씩인 물음표와 느낌표들을 들여다보다 고개를 든다.

몇 번이었더라.

단순한 기억을 되살리려고 당신은 미간을 찌푸린다. 여기서 몇 번 버스를 타야 집으로 가더라.

막상 버스가 나타나면 그 낯익은 번호를 곧 알아볼 수 있을 것이라고 당신은 믿고 있다. 그러나 제각기 다른 번호의 버스들이 여남은 대 정차했다 떠나가는 것을 당신은 다만 지켜본다. 이런 일은 처음이다. 모든 번호들이 낯설다. 모든 숫자들이 힘을 합해 당신을 밀어내고 있다. 그제야 당신은 깨닫는다. 지금 부모님의 집으로 가는 게 옳으리라는 마음의 부담 때문에, 당신의 원룸으로 데려다줄 버스 번호를 기억할 수 없는 거라는 사실을.

당신은 알고 있다. 이 주말에 당신은 부모님을 위로하러 가야 한다. 당신이 그들을 애써 위로하지 않는다 해도, 남은 자식이 함께 있다는 사실만으로 그들은 위로받을 것이다.

그러나 지금 당신은 그렇게 하지 않으려고 한다.

혼자 있고 싶어한다.

*

　당신의 언니가 투병하던 마지막 삼 개월 동안 당신은 그녀를 거의 만나지 못했다. 그녀가 당신을 만나기를 원하지 않았기 때문이다. 물론 그것은 당신과 그녀가 이미 오래전부터 소원한 사이였기 때문이었다. 하나뿐인 친자매였음에도, 당신은 그녀의 병세에 대한 모든 소식을 어머니로부터만 전해들었다.

　당신의 언니는 눈에 띄게 후리후리한 키에 뚜렷한 이목구비를 가졌다. 사람들은 평범한 외모의 당신이 언니에게 열등감을 가지고 성장했을 거라고 짐작했지만 그건 사실이 아니었다. 열등감을 가졌던 쪽은 당신의 언니였다.

　당신이 이해할 수 없었던 점은, 그녀가 질투한 것들이 어김없이 당신의 결점들이었다는 사실이었다. 당신이 고지식하고 고집이 센 것을, 그래서 신통찮은 전공을 택한 것을, 서른을 넘기도록 제대로 된 연애 한번 해보지 못한 것을, 부모와—특히 아버지와—관계가 좋지 않아 경제적 도움을 거의 받지 못한 것을, 그래저래 그 나이 먹도록 원룸 월세를 내며 불안정하게 살고 있는 것을 그녀는 질투했다. 그녀 자신은 견실한 사업체를 가진 여덟 살 연상의 잘생긴 형부와 결혼했고, 거실에서 강이 내려다보이는 아파트에서 살았고, 먼 나라의 왕실에서나 사용할 법한 식기들을 장식장에 진열해두었지만, 마치 냄새가 싫은 음식을 꺼리듯 자신의 인생을 멀리하는 것처럼 보였다.

*

언젠가 당신은 스스로에게 물은 적이 있었다.
어디서부터 무엇이 잘못되었는지.
당신과 언니, 둘 가운데 누가 더 차가운 사람이었는지.

당신이 대학 1학년, 당신의 언니는 졸업반이었을 때였다. 종강
한 직후였으니 십이월 둘째 주나 셋째 주 월요일이었다. 나랑 같
이 어디 좀 가, 라고 아침에 그녀가 말했을 때 당신은 물었다.
어딜?
병원에.
어디가 아프냐고 당신이 묻자 그녀는 말했다. 그냥 따라만 와.
금방이라도 눈발이 쏟아질 것 같은 오전이었다. 그녀가 소파수
술을 마치고 나올 때까지 당신은 대기실에 앉아 두 주먹을 움켜쥐
고 있었다. 수술실에서 나온 그녀를 당신이 멈칫멈칫 부축하려고
하자 그녀는 짜증을 냈다. 병원을 나와 당신이 택시를 잡자, 그녀
는 뒷좌석으로 들어가며 말했다.
나 좀 누울게. 넌 앞에 앉아.
막 눈발이 쏟아질 것 같던 하늘은 아직 한 점의 눈송이도 뱉어

228

내지 않았다. 크리스마스가 가까운 거리는 붐볐다. 끝없이 붉은 미등을 켠 차들이 숨죽인 채 좌회전 신호를 기다리고 있었다. 당신은 앞좌석에서 여전히 두 주먹을 쥐고 있었고, 이따금 뒷좌석에 웅크려 누운 언니를 돌아보았고, 감기에 걸린 것처럼 목구멍이 따가웠다.

당신의 언니는 당신에게 아무것도 당부할 필요가 없었다. 당신이 그 비밀을 언제까지나, 부모는 물론 누구에게도 발설하지 않고 끝까지 짊어질 유일한 사람이라는 것을 알고 있었기 때문이다. 그럴 수 있을 만큼 온 힘을 다해 그녀를 사랑하고 있다는 것을 잘 알았기 때문이다. 그것을 알면서도 당신의 언니는 그날 이후 당신을 더이상 사랑하지 않았다. 당신과 말을 섞으려 하지 않았고, 눈조차 제대로 맞추려 하지 않았다. 그후 수년간 당신은 그녀의 마음을 다시 얻기 위해 애썼지만, 어떤 노력도 부질없다는 사실을 깨달은 한순간 그녀에게서 돌아섰다.

*

그녀의 눈은 맑고 깊었다. 목이 길고 쇄골이 가냘팠다. 손톱과 발톱은 사철 곱게 손질되었고, 여름날이면 샌들의 가죽끈 사이로 드러난 작은 발이 아련했다. 당신이 대학에 합격했을 때 그녀는 당신을 괜찮은 레스토랑에 데려갔다. 나이프와 포크 쓰는 법을 알려주고는 조그만 하트 모양의 18k 펜던트를 선물했다. 이렇게 줄이 짧은 목걸이는 꼭 금이어야 해, 라고 그녀는 진지하게 충고했다. 은이나 구리 같은 건 안 돼. 스스로 값을 떨어뜨리는 거야.

활짝 웃으며 그녀는 말을 이었다.

우리집 여자들은 눈꺼풀이 얇아서 쌍꺼풀 수술은 안 해도 돼. 그런데 너는 앞트임 정도는 하는 게 좋겠다. 훨씬 눈매가 시원해질 것 같아.

레스토랑을 나온 당신은 그녀가 이끄는 대로 알 만한 브랜드의 상점들을 순례했지만, 끝내 그녀가 권하는 옷을 사지 않아 그녀를 서운하게 만들었다. 비스듬히 세워져 다리가 유난히 길어 보이는 전신 거울 속에서, 그녀가 선물한 조그만 펜던트가 당신의 목 위로 반짝였다. 당신은 계속해서 고개를 흔들며 아니야, 라고 말했다. 이런 건 내 취향이 아니라니까.

그해가 지나가기 전에, 당신은 늦은 밤 그녀의 방에서 물었다. 난 정말 모르겠어, 사람들이 어떻게 통념 속에서만 살아갈 수 있는지, 그런 삶을 어떻게 견딜 수 있는지. 당신에게 등을 돌린 채 화장을 지우고 있던 그녀의 얼굴이 거울 속에서 얼핏 어두워졌다. 거울을 통해 당신의 눈을 마주보며 그녀는 대꾸했다. 그렇게 생각하니, 하지만 그럴 수 있어서 다행이라고 생각하는 사람들도 있지 않을까, 통념 뒤에 숨을 수 있어서.

그때 당신은 그녀를 이해한다고 느꼈다. 여러 겹 얇고 흰 커튼 속의 형상을 짐작하듯 어렴풋하게. 그녀는 아무것도 모르는 여자애가 아니었다. 다만 가장 안전한 곳, 거북과 달팽이들의 고요한 껍데기 집, 사과 속의 깊고 단단한 씨방 같은 장소를 원하는 것뿐이었다.

*

그녀가 아이를 갖기 위해 십 년 가까이 쏟아부은 노력들을 당신은 어머니로부터 낱낱이 들어 알고 있었다. 한방병원에서 지은 고가의 탕약들. 배꼽 아래에 흉이 생길 때까지 받았다는 쑥뜸 치료. 불임 시술을 위한 검사들. 초조하게 시술 날짜를 기다리던 시간. 잔혹하게 반복된 계류유산.

가족 모임에 당신이 나타나면 그녀의 얼굴이 어두워진다는 것을 아는 사람은 당신뿐이었다. 활짝 미소를 지은 채로, 당신은 당신의 언니를 사랑하지 않으려 애썼다. 낯선 여자를 바라보듯 그녀를 보려 애썼다. 그녀가 웃을 때면 장난꾸러기처럼 찡그려지는 콧잔등을 다정하게 바라보지 않으려 애썼다. 유년 시절을 함께 보낸 혈육을 향해서만 느낄 수 있는, 이루 말할 수 없는 친숙한 감정을 당신의 내부에서 깨우지 않기 위해 애썼다. 당신의 마음을 최대한 차갑게, 더 단단하게 얼리기 위해 애썼다.

*

당신은 졸기 시작한다.

마침내 기억해낸 친숙한 번호의 버스에 올라, 맨 뒷좌석의 창가 자리에 앉은 직후부터다.

가장 막히는 구간을 따라 마을버스가 당신의 방을 향해 흘러가는 동안, 정거장을 알리는 안내 방송과 요란한 지역 광고 멘트가 수차례 커다랗게 흘러나오는 동안, 당신은 부끄러운 줄도 모르고 존다. 옆 사람의 어깨에, 창문에 고개를 꺾어 기댄다. 자세 때문에 목이 끊어질 듯 아프다. 차라리 깨어버리면 좋으련만, 눈을 뜨려 할 때마다 인정사정없이 눈꺼풀이 밀려내려온다. 마침내 입가에 침까지 흘리며 당신은 존다. 으음, 음, 노파처럼 앓는 소리를 낸다. 수차례 커다란 소리를 내며 창문에 이마를 부딪친다. 당신은 손을 들어 입가를 닦아낸다. 무디디무딘 눈꺼풀을 치뜬다. 다시 눈꺼풀이 밀려내려온다.

*

그녀는 삼십칠 킬로그램까지 몸무게가 줄었고, 의식을 잃기 직전까지 고통을 호소했다. 아파, 아파, 라고 아이처럼 가느다랗게 비명을 질렀다. 아빠, 나 좀 살려줘, 라고 그녀가 애원하자 무뚝뚝

한 아버지의 턱이 덜덜 떨렸다. 덩치 큰 형부는 뒤돌아서서 울었다. 어머니는 그녀의 손을 감싸쥔 채 아가, 아가, 라고 속삭였다. 당신은 자책을 멈추지 못했다. 당신의 존재가 그녀의 마지막 순간을 망치고 있다는 생각을 멈추지 못했다. 언니, 라고 마침내 떨리는 입술을 열고 말하려 했을 때는 이미 모든 것이 끝난 뒤였다.

*

내릴 곳을 훌쩍 지나친 것을 알고, 졸다 깬 당신은 허겁지겁 가방을 둘러메고 하차 벨을 누른다. 처음 보는 낯선 거리에 내려서자마자 사방을 두리번거린다. 아크릴벽에 붙은 버스 노선도를 뚫어지게 들여다보고는, 세 정거장만 거슬러 걸으면 된다는 사실에 안도한다.

차량도 행인도 많지 않은 거리를 따라 걸음을 옮기는 동안 차츰 몸에서 잠이 가신다. 당신이 내렸어야 할 정거장에 다다랐을 때쯤에는 눈이 완전히 또렷해져 있다. 그래도 아직 졸음이 남아, 무딘 얼굴에 닿는 공기가 어딘지 폭신하게 느껴진다.

마침내 당신의 방이 있는 원룸 건물 앞에 이르렀을 때 당신은 멈춰 선다. 건물 뒷마당에 세워놓은 당신의 자전거를 본다. 어깨를 짓누르는 이 킬로그램짜리 노트북컴퓨터를 짊어진 채, 발목의 상처들이 욱신거리는 것을 참으며 당신은 잠자코 서 있다.

당신이 지금 당신의 자전거를 보고 있는 것은, 그것이 당신에게 기쁨을 주었던 물건이기 때문이다. 그것을 타는 일 말고는 어쩌면 어떤 일도 진심으로 사랑하지 않았기 때문이다. 오직 자전거를 탈 때에만, 당신의 삶이 실은 돌이킬 수 없는 실패일지 모른다는 생각이 들지 않았다. 이 세상의 모든 화려한 행복이 매 순간 당신을 따돌리고 있는지 모른다는 느낌도 조용히 떨쳐졌다.

그 기쁨을 기억하게 될까봐 당신은 두려워하고 있다. 언덕길을 미끄러져 내려가던 아찔한 속력을, 하천 옆으로 난 자전거도로를 힘차게 달리던 감각을 기억해낼까봐 당신은 두렵다.

마침내 당신은 자전거를 외면한다. 이층에 있는 당신의 방으로 데려다줄 석조계단을 하나씩 밟아 오른다. 열쇠로 문을 열고 어둑한 실내로 들어간다. 노트북이 든 가방을 현관에 내려놓는다. 구두를 벗지 않은 채 차가운 장판 바닥에 걸터앉고는, 그대로 길게 몸을 눕힌다.

당신의 언니는 자신을 태우지 말고 땅에 묻어달라고 형부에게 말했다고 했다. 그것이 얼마나 그녀다운 유언인지 당신은 알고 있었다. 어린 시절, 죽었던 사람이 관 속에서 되살아나는 허술한 리얼리티 드라마를 텔레비전으로 보며 그녀는 당신에게 소곤소곤 말한 적이 있었다. 세상에, 얼마나 다행이니? 화장해버렸음 저 사람 어쩔 뻔했니?

심장이 좋지 않은 당신의 아버지는 영결식만 치른 뒤 고모 내외와 함께 먼저 귀가했고, 형부의 부축을 받고 묏자리까지 올라온 어머니는 하관이 끝날 때까지 수차례 흙바닥에 주저앉았다. 어머니를 부축해 내려오다가 당신은 호되게 발목을 삐었고, 신음을 삼켰고, 그따위의 일을 아무도 알아채지 못하게 했다.

*

　일주일.
　바닥에 누운 채로 당신은 소리내어 중얼거린다.
　이제 일주일이 지났을 뿐이다.
　당신의 구두 속에서 회백색 구멍들이 욱신거린다. 불을 넣지 않은 장판이 당신의 등과 어깨에 얼음처럼 차갑다.

*

　그러니까, 이제 일주일이 지났을 뿐이다.
　이틀 뒤 두번째로, 이틀이 더 지나 세번째로 다시 당신이 의사에게 그 상처들을 보여주리라는 것을 당신은 지금 모른다. 하루만 더 지켜보죠, 라고 의사가 말하리라는 것을 모른다.
　인대, 근육, 신경이 다 모여 있는 곳이라서, 가능하면 수술을 하지 않는 게 좋습니다.

당신이 다시 구두를 앞코로만 끌고 걷는 묘기를 해 수납을 하리라는 것을, 오후 여섯시가 지나 야간 진료비가 추가되리라는 것을 당신은 모른다. 붉은 거미줄 같은 레이저광선이 훑고 지나가는 왼쪽 발목의 구멍을 다시 들여다보리라는 것을 모른다. 죽어 있는 회백색의 피부조직을 보며, 드레싱을 할 때 왼쪽은 아팠지만 오른쪽은 오히려 아프지 않았던 걸 기억하리라는 것을 모른다. 아마 신경이 죽어버린 모양이지, 생각하리라는 것을 모른다. 수술을 하면 이 죽은 부분을 도려내는 거겠지. 가장자리 생살에서 피가 흐르겠지.

그따위, 라고 생각하며 당신이 마른 눈을 깜박이리라는 것을 모른다.

*

……더 추워지기 전에,

그 어떤 앞일도 알지 못한 채 당신은 차가운 바닥에 누워 생각한다.

그전에 꼭 한 번 자전거를 탄다면 죄일까?

당신은 천천히 몸을 일으켜 앉는다. 구두를 벗고는 때묻은 흰 운동화를 신장에서 꺼내, 느슨하게 끈을 풀어 신는다. 다시 석조 계단을 밟아 내려가, 원룸 건물의 그늘진 마당으로 침착하게 걸음을 옮긴다. 낡은 차양 아래 세워진 자전거의 체인을 푼다. 지난 이태 동안 부지런히 타온 자전거다. 비가 퍼붓는 여름날에도 타고 나가곤 했기 때문에, 그때그때 마른 수건으로 닦아주고 비닐을 씌워두었는데도 구석구석 녹슨 데가 있다. 당신은 오른발로 툭툭 쳐서 받침대를 올린 뒤, 자전거를 끌고 골목으로 나간다.

당신은 안장에 몸을 싣는다. 페달에 오른발을 얹는다. 왼발 끝으로 땅을 구른다. 비탈진 골목길을 미끄러져가기 시작한다. 골목의 끝과 일차선 도로가 만나는 곳에 주유소가 있다. 갑자기 튀어나올지 모를 차량을 조심하려고 당신은 속력을 줄인다. 도로변의 인도로 자전거를 몰고 간다. 신호등 앞에서 푸른 불이 켜지기를 기다렸다가, 횡단보도 건너편에 있는 천변 길을 향해 달린다. 급하게 비탈진 진입로에 이르자 페달에서 발을 떼고 미끄러져 내려간다. 잎이 다 떨어진 버드나무들이 검고 섬세한 뼈대를 드러낸 채 물가에 무리 지어 서 있다. 퇴색된 잎들이 아직 붙어 있는 활엽수들 아래를 당신은 빠르게 달린다.

속력을 낼수록 바람이 강해진다. 이 바람을 맞으려고 당신은 여름 한낮에도 이 길을 자전거로 달리곤 했다. 뙤약볕이 이글거리는 팔월의 정오, 가만히 있어도 땀이 비 오듯 흐르는 시간을 골라 이 길을 달렸다. 습기 차고 무더운 바람의 덩어리 속을 자전거로 뚫고 지나갔다. 당신은 살아 있었다. 생생하게 살아서 그 무더운 공기를 가르고 있었다. 별안간 소나기가 쏟아지면 온몸이 흠뻑 젖은 채 가장 가까운 콘크리트 다리를 향해 달렸다. 미친듯이, 아무 까닭도 없이 소리를 지르고 싶은 기쁨을 느꼈다. 그러니까 지난 팔월, 당신의 언니가 친정의 누구에게도 알리지 않은 채 형부의 차에 실려 병원을 오가고 있었을 때 당신은 그렇게 미칠 듯한 기쁨을 느꼈다.

*

이제야 살아나네요.

당신의 왼쪽 발목의 구멍 속에서, 회백색 조직 가운데 샤프심으로 찍은 것 같은 불그스름한 점 하나가 생긴 것을 보고 의사가 말하리라는 것을 당신은 모른다.

아주 진행이 더디긴 하지만, 일단 이게 살아난 걸 보니 수술은 하지 않아도 되겠습니다.

습윤테이프 안에서 끝없이 하얀 진물이 흐르고, 일주일에 두 번 레이저치료를 위해 열어보는 상처는 변함없이 샤프심으로 찍은 붉은 점 하나이리라는 것을 당신은 모른다. 한 달도 더 지나서야 그 붉은 점이 두 개가 되고, 두 달이 가까워졌을 때에야 굵은 연필로 찍은 점 정도로 커지리라는 것을 모른다.

정말 더디네요. 이렇게 더딘 것도 드문 케이스인데요.

이제 더이상 낯설지 않은 얼굴의 의사가 미간을 모으며 헛웃음을 웃으리라는 것을 모른다.

*

그 어떤 것도 모르는 채 당신은 계속 페달을 밟고 있다.

여름날 당신이 비를 피하곤 하던 다리 아래를 지난다. 당신이 감탄하며 지켜보곤 하던 물오리들을 지나친다. 목을 동그랗게 안으로 말아 부리로 제 깃털을 매만지는 그것들의 몸놀림이 보인다. 물위로 평평하게 드러난 바위에 밝은 주황색 발을 올려놓고 몸을 말리는 녀석들이 보인다. 여름보다 몸집이 커진 흰 두루미가 보인다. 지금은 물속에 있어서 보이지 않지만, 선명한 빨강색 발을 가진 놈이다. 더 페달을 밟았을 때 당신은 본다. 늙은 회색 왜가리 한 마리가 꼼짝 않고 물 가운데 서서 먼 곳을 바라보고 있다. 그토록 커다란 새가, 그토록 고요하고 느리게 존재한다는 사실에 당신은 몰래 감동하곤 했다. 자전거를 멈추고 서서 한참 동안 그것을 바라보곤 했다.

그러나 당신은 멈추지 않고 계속 달려간다. 맞은편에서 달려오는, 헬멧에 고글을 쓰고 마스크로 코와 입을 가린 자전거 레이서들을 피한다. 발목에 통증이 느껴진다. 삐었기 때문인지 화상 때문인지 분명하지 않다. 어쨌거나 더 달릴 것이라고 당신은 생각한

다. 당신이 기쁨을 두려워한 것은 불필요한 일이었다. 당신은 기
쁨을 느끼지 않는다.

*

몇 개의 흉터가 당신의 몸에 남아 있다.

아홉 살 때 동네 꼬마들과 그네에서 멀리 뛰어내리기 시합을 하
다 생긴 무릎의 흉터. 삐걱거리는 의자에 올라가 쪽창을 닫다가
의자의 나사가 빠지는 바람에 떨어져 생긴 정강이와 손등의 흉터.
중학생일 때 무작정 친구들을 초대해서는 끓는 기름에 만두를 넣
다가 집게손가락까지 담그는 바람에 생긴 화상자국.

그녀에게도 흉터가 있었다. 그녀가 눈을 가리는 술래가 되어 술
래잡기를 했을 때였다. 당신이 먼저 걸려 넘어진 의자 다리에 그
녀가 뒤따라 걸려 넘어졌다. 당신은 손끝 하나 다치지 않았는데,
키가 컸던 그녀는 화장대 모서리에 이마를 찍혔다. 마치 당신의
잘못인 듯 아버지는 몹시 화를 냈다. 부드럽고 동그란 선을 그리
며 살짝 튀어나온, 그럴 수 없이 곱고 영특한 그녀의 이마에 생긴
흉터는 당신이 보기에도 흉한 것이었다. 여러 바늘 꿰맨 자국을
가리기 위해 그녀는 그날 이후 언제나 앞머리를 풍성하게 내렸다.
그러나 바람이 불거나 할 때면 당신의 눈에만은 희끗한 자리가 보

였다.

그녀가 그 봉합 수술을 받는 동안 어린 당신은 눈이 빨개지도록 울었다. 아버지와 어머니가 모두 수술실에 함께 들어갔기 때문에 당신은 복도 의자에 혼자 앉아 있었고, 그래서 더욱 무서웠던 것이다. 마침내 수술실에서 걸어나온 그녀는 울먹이는 당신을 위로하려고 했다. 커다란 멸균 가제와 반창고를 우스꽝스럽게 이마에 붙인 채 머뭇머뭇 반복해 말했다. 괜찮아. 진짜 금방 낫는대. 시간만 지나면 낫는대. 누구나 다 낫는대.

*

당신은 모른다.

목이 말라서 눈을 뜬 차가운 새벽, 기억할 수 없는 꿈 때문에 흠뻑 젖은 눈두덩을 세면대 위의 거울 속으로 들여다보리라는 것을 모른다. 얼굴에 찬물을 끼얹는 당신의 손이 거푸 떨리리라는 것을 모른다. 한 번도 입 밖으로 뱉어보지 않은 말들이 뜨거운 꼬챙이처럼 목구멍을 찌르리라는 것을 모른다. 나도 앞이 보이지 않아. 항상 앞이 보이지 않았어. 버텼을 뿐이야. 잠시라도 애쓰고 있지 않으면 불안하니까. 그저 애써서 버텼을 뿐이야.

*

    먼 화요일 오후의 레이저치료실에서, 간호사가 습윤테이프를 뗀 순간 처음으로 선홍색 피가 흥건히 흘러내리리라는 것을 당신은 모른다. 처음으로 그 자리가 쓰라리게 느껴지리라는 것을 모른다. 그날 이후 놀랍도록 빠르게 진물이 줄어가리라는 것을 모른다.

*

    외출을 거의 하지 않아 무릎 관절염이 악화된 어머니를 활달하게 설득하고 돌아온 일요일 저녁, 날개를 편 것처럼 천천히 골목에 내리는 눈을 더 보지 않기 위해 당신이 커튼으로 창을 가리리라는 것을 모른다. 칠흑같이 어두워진 방 가운데 당신이 웅크리고 앉아 맞을 밤을 모른다. 어디만큼 왔나, 당당 멀었다. 눈을 감은 채 언니의 손을 잡고 외갓집에 가던 캄캄한 골목을, 그 목소리를 기억하지 않기 위해 밤새 헤드폰을 쓴 채 토막잠을 청하리라는 것을 모른다.

    오래전 당신이 첫 월급을 타서 선물했던 스카프를 그녀가 포장도 뜯지 않은 채 말없이 돌려주었던 순간을, 당신이 끈덕지게 되돌려 기억하게 되리라는 것을 모른다. 당신이 그녀에게서 영원히 돌아서리라 결심했던 순간. 그녀의 표정 없는 눈 속에 무엇이 들어 있는지 결코 읽을 수 없었던 그 순간. 그때 당신은 어떻게 했어야 했을까. 당신 역시 무섭도록 차가운 사람이라는 사실을 놀라며 발견하는 대신 무엇을, 어떤 다른 방법을 찾아냈어야 했을까. 끈적지고 뜨거운 그 질문들을 악물고 새벽까지 뒤척이리라는 것을 모른다.

*

그 모든 것을 아직 알지 못한 채 지금 당신은 갈대밭 가장자리에 누워 있다. 자전거는 천변의 바위 위로 나동그라져 세차게 헛바퀴가 돌고 있다. 허공에서 떨어지는 순간 당신은 본능적으로 머리를 감싸쥐었다. 손과 팔꿈치의 피부가 벗겨진 게 분명하다. 땅에 부딪힌 어깨와 골반이 뻐근하게 아파온다.

이따위, 라고 중얼거리며 당신은 축축한 흙 위에 누워 있다. 회백색 구멍 속의 상처 따위는 이제 느껴지지 않는다. 흙이 들어간 오른쪽 눈이 쓰라리다. 이 모든 통각들이 너무 허약하다고, 당신은 수차례 두 눈을 깜박이며 생각한다. 지금 당신이 겪는 어떤 것으로부터도 회복되지 않게 해달라고, 차가운 흙이 더 차가워져 얼굴과 온몸이 딱딱하게 얼어붙게 해달라고, 제발 다시 이곳에서 몸을 일으키지 않게 해달라고, 당신은 누구를 향한 것도 아닌 기도를 입속으로 중얼거리고, 또 중얼거린다.

파란 돌

1

오랜만에 당신을 불러봅니다.

거긴 지낼 만한가요. 나는 여전히 여기서 잘 지내고 있어요. 서른일곱 살이 되었고, 웃을 때면 눈가에 잔주름이 파이기 시작하고, 가르마 오른쪽으로 흰머리가 꽤 났습니다. 아마 머리가 빨리 희어지려나봐요.

한 살 한 살 내가 나이들어갈 모습, 조금씩 늙어갈 모습이 궁금하다고 언젠가 당신이 말했었지요. 뭐, 아직까지는 젊다고 할 수 있습니다. 집 앞의 작은 초등학교 운동장을 한 번도 안 쉬고 일곱 바퀴씩 달릴 수 있고, 하룻밤쯤은 파랗게 동이 틀 때까지 일해도 괜찮습니다.

그렇게 잘 지내고 있습니다. 적적할 때 나무를 세어보는 버릇, 쑥스러울 때 손으로 이마를 가리는 버릇도 여전합니다.

당신도 그렇게 잘 지내고 있나요.

2

밤의 나무들은 의연합니다. 잎사귀들은 검어져 제빛을 감췄고, 단단한 밑동은 뭔가 완강한 어조의 말들을 껍질 속에 숨기고 있는 듯합니다. 오늘은 쉬기로 하고, 오후 내내 베란다 앞에 놓인 딱딱한 의자에 앉아 벌서듯 저 나무들을 바라봤습니다.

그러니까 저 나무들이었습니다. 아니, 바로 저 나무들은 아니었지만 이른봄의 저 연둣빛이었습니다. 아이를 낳고 아팠던 여자가 산월이 돌아오면 다시 그 자리가 아픈 것처럼, 저 나무들이 다시 두려워 시선을 뗄 수 없었습니다. 바라보는 것 말고 할 수 있는 일이 없었습니다.

열일곱 살이 되던 겨울, 내가 처음 먹으로 그려보았던 나무 기억하나요. 나무가 너를 닮았구나, 라고 당신이 말하던 것을 나는 기억합니다. 네가 그리는 모든 게 실은 네 자화상이야, 하고 당신은 덧붙여 말했지요. 그날 오후 내내 당신의 서가를 뒤져 나무 그림들을 봤습니다. 실레가 그린 어리고 섬약한 나무들을 발견했을 때 당신의 말을 어렴풋이 이해했습니다. 모든 그림이 자화상이라면, 나무 그림은 인간이 그릴 수 있는 가장 고요한 자화상일 거란 생각도 얼핏 했습니다.

당신은 나무나 새, 사람을 그리지 않았지요. 폭발하거나 새로 태어나는 별 같던 그 형상들이 아마 당신의 얼굴이었나봅니다. 검은 먹을 입힌 이합 한지 가운데에 원반 모양의 두툼한 종이죽 덩어리를 붙여놓고, 당신은 커다란 정원용 스프레이로 그 위에 흠뻑 물을 뿌렸지요. 삼투압 현상으로 흰 물길들이 둥글게 먹을 밀고 번져나갔습니다. 한 뼘 번져나가는 데 일주일이 걸렸으니, 한 작품이 완성되려면 적게 잡아도 사십 일이 걸렸지요. 물길이 다 번져간 자리가 불꽃의 가장자리처럼 보이는 것이 신기해서, 나는 한 시간이고 두 시간이고 당신의 완성된 그림 앞을 떠날 줄 몰랐습니다. 그러니까, 당신의 얼굴 앞을요. 나가서 조금 걸을까, 하고 당신이 물으면 그제야 정신이 들었습니다.

당신과 함께 걸을 때면 나는 늘 조마조마했습니다. 당신이 못이나 압정을 밟을까봐. 풀에 베일까봐. 골목에서 아이들이 차는 공에 맞아 멍이 들까봐. 당신의 피는 좀처럼 응고되지 않아서 코피만 흘려도 수혈을 받아야 한다고 했지요. 마치 땅이 다칠 것을 염려하는 듯 부드럽다고 생각했던 당신의 걸음걸이가, 어렸을 때부터 모든 것을 조심하며 살아왔기 때문에 생긴 습관들 중 하나라는 것을 그때쯤 나는 알고 있었습니다.

이거 봐, 정말 봄이구나.

당신이 길고 흰 손가락들을 뻗어올렸을 때, 결코 당신을 다치게
할 수 없을 만큼 여린 연둣빛 잎새를 보고 몰래 안도했던 것을 기
억합니다.

그러니까 그 나무들입니다. 갓난아이처럼 연한 잎을 막 돋워낸
저 나무들이 두렵다니, 당신도 이해하지 못하겠지요. 일 년 전이
었다면 나도 이해하지 못했을 겁니다.

3

얼마 전 신문에서 이런 행동 유형에 대한 기사를 읽은 적이 있
습니다.

옛친구에게 갑자기 연락한다, 옛 은사를 찾는다, 성직자를 만난
다, 갑자기 성격이 밝아진 것처럼 보인다.

자살을 앞둔 사람들의 공통적인 행동들이니 주의깊게 관찰하라
는 설명이 붙어 있었습니다. 그것들 모두가 일 년 전 이맘때 내가
한 일들이라는 것을 깨닫고 나는 조금 막막해졌습니다. 기사와 한
가지 다른 점은, 자살을 앞둔 시점이 아니라 시도한 그날 오전부
터 한 일들이었다는 것입니다.

십여 년 전부터 연도별로 보관하고 있던 수첩들을 모두 꺼내 책상에 쌓아놓고 나는 전화를 걸기 시작했었습니다. 일로만 만나 별다른 교감이 없었던 사람들을 제외하고 초등학교 동창부터 예전의 이웃까지, 좋은 기억으로 남아 있는 사람과 뭔가 미진하게 할 말이 남은 사람들 모두에게 전화했습니다. 전화번호가 바뀌어 통화가 되지 않는 경우에는 알 만한 곳들에 수소문해 알아내기도 했습니다.

통화 내용은 그저 안부 인사였습니다. 간혹 화들짝 반가워하며 만나자고 하는 사람이 있으면 약속을 잡고 달력에 적어넣었습니다. 한 사람과의 통화가 끝나면 바로 전화기의 후크를 누르고 다음 사람의 전화번호 아래 손톱으로 줄을 긋는 내 동작에는 오래전 미술잡지사에서 일할 무렵 급히 필자를 찾아 청탁전화들을 돌리던 때와 같은 기민함이, 그리고 아마도 약간의 광기가 배어 있었던 것 같습니다.

창문으로는 오전의 햇살이 들어왔고, 책상에는 새벽에 둘둘 타래 지어 셔츠 앞주머니에 넣고 뒷산에 올랐던 각진 노끈이 놓여 있었습니다. 쓸데없이 경찰을 수고롭게 하고 싶지 않아 함께 넣었던 주민등록증도 나란히 놓여 있었습니다. 수화기 너머에서 다소 어리둥절해하는 상대에게 안부를 묻는 내 목소리가 평화로운 것을, 웃음이 밝고 쾌활한 것을 나는 들었습니다.

오십여 통의 전화를 모두 끝내고 나자 네 시간이 훌쩍 지나 있었습니다. 대체 그건 무엇을 위한 행동이었을까요. 필사적으로 사람들과 연결되고 싶었던 걸까요. 좋은 추억들을 되살리고 싶었던 걸까요. 그렇게 해서라도 그즈음의 일들을 겪지 않은 예전의 나를 불러내려 했던 걸까요. 받아들이기도, 지우기도 어려운 상황과 기억을 그런 식으로 희석시키려 했던 걸까요.

어찌됐든 그후의 한 달은 예기치 않았던 약속들로 채워졌습니다. 그들과의 만남은 대체로 즐거웠고, 심각한 이야기는 거의 오가지 않았습니다. 예외가 있다면 꼭 한 번, 대학 시절의 은사를 찾아뵈었을 때 던진 질문이었습니다.

……선생님은, 종교가 필요할 때가 없으세요?

글쎄, 종교적인 것과 종교는 다른 것이지. 그런데 왜, 요즘 관심이 있어?

그냥…… 인간적인 한계를 느껴서요.

지나가듯 선생님은 말했습니다.

싸워서 이겨야지, 그래야 그림이 되지.

그날 지하철역까지 선생님이 나를 배웅 나온 것이 본래 다정한 성품 때문이었는지, 부끄럽게도 나는 확신할 수 없었습니다.

4

그 일이 있은 지 두 달 뒤 이곳으로 이사했으니 아직 일 년이 채 되지 않았습니다. 그리 조용한 아파트는 아닙니다. 복도 첫 집이어서 발소리, 크게 부르는 소리들이 밤까지 골목길처럼 부산합니다. 아침이면 멀리 경춘선 지나가는 소리, 철길 건널목에서 울리는 새된 경종 소리, 급히 뛰어 출근하는 소리들이 겹쳐서 들려옵니다. 어쩐지 그 소리들이 싫지 않은 것은 나이를 먹었다는 증거일까요. 내 몸에서 죽어 있던 뭔가가 꿈틀거리고, 심장이 다시 살아나 뛰는 것 같은 느낌입니다.

하지만 지금처럼 새벽 세시를 넘어가면 모든 것이 고요합니다. 키 큰 나무들 너머로 늘어선 고층 아파트들은 어둠에 잠겨 있습니다. 칸칸마다 죽은 듯 잠든 사람들을 가득 채운, 철근과 콘크리트로 지은 거대한 납골당 같기도 합니다.

가끔 당신의 집이 떠오릅니다. 당신의 손윗누이와 조카가 함께 살던, 집이란 이런 거란 생각을 하게 하던 그 아담한 집이요. 넓지 않은 마당에 감나무와 목련나무, 대추나무가 심겨 있고, 봄여름이면 모란이며 봉숭아가 피었던 걸 기억합니다. 단층집이었지만 출구가 따로 난 반지하방이 있었고, 그곳이 당신의 작업실이었지요. 당신의 조카의 친구로 그 집을 드나들다가 처음 당신을 보았던 생각이 납니다. 당신은 감나무 아래 서서 하늘을 올려다보느라 우리가 다가간 것도 알지 못했지요.

뭘 봐, 외삼촌?

친구가 물었을 때 당신은 청년처럼 활짝 웃었습니다. 낡은 흰 티셔츠 여기저기에 먹물이 얼룩져 있는 게 보였습니다.

그냥, 하늘.

나는 고개를 뒤로 꺾고 하늘을 보았습니다. 바람이 별로 없는 날이었는데, 높은 곳의 기상은 이곳과는 다른 모양이었습니다. 뭉클뭉클한 흰 구름이 무척이나 빠르게 흘러가고 있었습니다. 당신은 친구에게 물었습니다.

고구마 삶아놓은 거 먹을래?

나는 친구를 따라 처음으로 작업실에 들어갔습니다. 당신은 조금 이상했습니다. 도무지 남자 같지 않았으니까요. 마치 이모처럼 접시에 고구마를 내오고 물을 갖다주고는, 온화한 미소를 띠고 친구와 나의 말에 귀를 기울였습니다. 전체적으로 말랐다 뿐 특별히 못생겼다고 할 것은 없는 생김새였는데, 낯선 남자와 함께 있으면 의식될 법한 조금의 설렘이나 긴장도 느껴지지 않았습니다.

이거, 다 아저씨가 그린 거예요?

내가 물었을 때 당신은 대답했습니다.

물이 그린 거지. 난 잘 흘러가게 터주고 막아주고 한 것밖에 없어. 식물 키우는 거랑 비슷한 거야.

나는 성운의 불길처럼 하얗게 타오르는 당신의 그림 가까이로

가 섰습니다. 당신은 삼투압과 모세관현상의 원리를 간단히 설명해주고는, 콩알만한 종이죽 뭉치에 물을 흠뻑 적셔 그림에 붙이면 그 부분의 밀도가 높아져 그쪽으로는 더이상 물이 흐르지 않는다고 했습니다. 닥나무 껍질로 만든 한지에는 모세혈관들 같은 무수한 섬유질의 길들이 있는데, 그 길들을 따라 퍼져가는 먹의 모양을 그렇게 해서 잡아준다는 것이었습니다. 가끔은 당신의 몸에서 피가 흘러나와 종이의 핏줄들을 타고 흐르는 것같이 느껴진다고도 했지요.

일 밀리미터 두께도 안 되는 한지가 마치 끝없는 깊이를 가진 듯 물과 먹이 흐르는 공간이 된다니, 어쩐지 나에게는 아득하게 느껴졌습니다. 내가 당신의 그림을 너무 좋아했기 때문에 친구는 조금 놀란 것 같았습니다.

……또 와서 그림 봐도 돼요?

어렵게 내가 물었을 때 당신은 선선히 말했습니다.

조용히 와서 그림만 보고 가면 괜찮아. 말은 붙이지 말고.

부모님은 종일 가게에 나가 계셨으므로 내 행동은 비교적 자유로운 편이었습니다. 같은 동네였으니, 일주일에 한 번쯤 친구와 함께 학교에서 돌아와 당신의 집을 찾곤 했습니다. 작업실의 침묵이 답답하다며 친구는 자신의 방에 있으려 했고, 나는 약속대로 입을 다문 채 작업실 구석에 앉아 있었습니다. 조심스럽게 서가를 뒤져 화집을 보기도 하고, 당신의 그림을 보기도 하고, 작업에 몰두한 당신을 보기도 했습니다. 사실 당신의 작업이란 바닥의 담요 위에 펼쳐진, 검게 먹을 입힌 이합 한지를 내려다보는 일이 대부분이었지만요. 워낙 물길이 번져가는 속도가 느려, 날씨가 습할 때면 일주일 만에 보아도 아무런 변화가 느껴지지 않을 정도였습니다. 그래도 당신은 유심히 그림을 들여다보고, 먹이 말라 물의 흐름이 멈추지 않도록 세심하게 정원용 스프레이를 뿌려주고, 종이죽 덩어리를 붙여 모양을 만들었습니다. 습도가 중요했기 때문에 작업실은 대체로 눅눅했고, 창문을 이중으로 달아 늘 형광등이 밝혀져 있었습니다. 공기 가득 배어 있던 먹냄새가 아직도 맡아지는 듯합니다.

내가 먼저 침묵을 깰 수는 없었지만 당신은 가끔 나에게 이런저런 말을 붙였습니다. 조용하고 짧은 대화가 오가고 나면 당신은 다시 작업을 했고 나는 화집이나 그림을 보았습니다. 당신이 작업에 열중해 있는 듯싶으면 나는 인사 없이 집으로 돌아가기도 했습니다. 내가 계속 그곳에 드나들 수 있었던 건, 아마도 침묵하겠다는 처음의 약속을 잘 지켰기 때문이겠지요.

어쨌든 그 드문드문한 대화를 통해 당신에 대해 꽤 많은 것을 알게 되었습니다. 당신은 서른일곱 살이었고—지금의 나와 동갑이지요—, 첫 개인전은 아마도 이 년쯤 뒤에 치를 예정이고, 결혼한 적은 없고, 무엇엔가 부딪히지 않아도 살갗에 푸르스름한 피멍이 들곤 했습니다. 위출혈은 생명에까지 지장을 줄 수 있으므로 늘 부드러운 음식만 적당히 먹었고, 술담배는 전혀 하지 않았습니다. 어떤 경우에도 충분히 수면을 취했고, 수영이나 자동차 운전은 하지 않았지요. 그렇게 몸에 밴 한결같은 조심스러움으로 당신은 모든 사람들을 대하는 듯했습니다.

그림을 그리고 싶은 마음이 있다면, 왜 바로 시작하지 않는 거지?

퍽 자존심이 강한 편이던 내가 당신에게 가정 형편을 털어놓을 수 있었던 건, 당신이 그토록 신중하고 섬세한 사람이었기 때문입니다. 당신은 아무렇지도 않은 듯, 예의 청년 같은 웃음을 지으며 말했습니다.

그럼, 여기서 시작해봐. 정리만 잘하고 가면 돼.

내가 살던 집에서 당신의 집으로 이어지는 골목은 나무 그늘에 덮여 늘 어두웠던 기억이 납니다. 소방도로가 나지 않아, 사람 둘이 어깨를 나란히 하고 걷기에도 비좁은 길이었습니다. 오른쪽으로는 작은 절집이 있고, 점점 넓어지는 골목을 따라 계속 올라가면 버려진 땅이 나왔습니다. 수유리가 아직 시골 같던 시절이지요. 길도 없이 풀이 무성한 언덕을 넘으면 밭 사이로 작은 개울이 흘렀습니다. 친조카인 듯 당신을 삼촌이라고 부르며 때로는 친구와 셋이서, 때로는 당신과 둘이 함께 걸었던 길을 기억합니다. 얼굴을 태우던 여름 햇빛을, 매미가 고함쳐대던 무성한 나무 그늘을 기억합니다.

5

여자였으면 좋겠다고, 때로는 자신이 여자인지도 모른다는 생각이 든다고 당신은 나에게 말한 적이 있지요. 퍽 진지한 어조여서 나도 진지하게 물었습니다.

남자를 사랑해본 적 있어요?

싱크대에서 스프레이 통에 물을 채우던 당신의 얼굴에 웃음이 어렸습니다. 찬 물방울이 얼굴에 튀자 조금 얼굴을 찌푸리며 당신은 대답했습니다.

몇몇을 제외하곤, 남자랑은 친구도 잘 안 돼.

웃음 띤 얼굴로 수도꼭지를 잠그고는, 당신은 조금은 진지해진 표정으로 말을 이었습니다.

여자가 월경을 한다는 것, 피를 흘리며 아이를 낳는다는 걸 생각하면 경이로워. 그러니까, 생명은 언제나 핏속에서 시작되는 모양이지.

초등학교 3학년 때 코피가 멈추지 않아 처음 응급실에 실려 간 이후, 평생토록 피는 당신에게 특별한 강박관념이었지요. 그때 문득 나는 당신의 병과 당신을 어디까지 분리할 수 있을까 하는 생각을 했었습니다. 당신의 성격, 당신의 말투, 당신의 걸음걸이…… 그러니까 당신의 모든 것은 당신의 병과 이어져 있었습니다. 만일 당신이 아프지 않았다면, 하고 상상하면 혼란스러웠습니다. 아픈 당신을 지워버린 뒤에 남는 당신의 정수, 그 위로 지층처럼 겹겹이 쌓여왔을 또다른 당신의 모습들은 내가 알던 당신과 얼마나 같고, 얼마나 달랐을까요.

몇 해 전 아이를 낳았을 때, 생명은 핏속에서 시작되는 모양이라던 당신의 말을 다시 떠올렸습니다. 그 말이 맞았습니다. 오십일 가까이 그치지 않는 피를 가랑이로 흘리고서 나는 엄마가 되었습니다. 당신이라면 아마 부러워했겠지요. 봄볕에 얼굴이 가무잡잡하게 그을린, 또래보다 키가 큰 편이고 유난히 목소리가 짜랑짜랑한 여섯 살 난 아들은 지금 안방에서 담요를 감고 잠들어 있습니다. 키에 비해 마르고 잔병치레를 하는 편이어서 일 년 넘게 소아천식 치료를 받고 있어요.

밤과 낮들이 뒤엉켜 날짜도 확실하지 않은 지난해 그날, 파르스름한 새벽이 점점 밝아지며 나무들이 연둣빛을 되찾는 찰나, 나는 노끈을 말아 쥔 채 산비탈에 서 있었습니다. 잎사귀들의 색채가 그토록 명징하게 느껴질 수 있다는 것을 그 순간 처음 알았습니다. 여린 연둣빛이, 푸르러진 초록빛이, 수없는 겹의 그 색채들이 눈동자를 찌르는 것 같았습니다. 내 몸 구석구석을 멍들이며 시큰시큰하게 부딪쳐오는 것 같았습니다.

아이가 깨면 약을 줘야 한다는 생각이 퍼뜩 머리를 스친 건 그때였습니다. 갑자기 꿈에서 깨어난 듯 나는 돌아서서 아파트 쪽으로 걷기 시작했습니다. 한 걸음 디딜 때마다 땅과 머리가 심장 뛰

듯 함께 흔들리며 울렸습니다.

　일층 현관에 이르렀을 때, 돌아올 것이 아니었기 때문에 출입카드를 가져오지 않았다는 것을 깨달았습니다. 현관 앞의 차가운 바닥에 쪼그려앉아 나는 기다렸습니다. 무엇을 기다리는지 알 수 없었고, 방금 무엇을 저지르려고 했었는지도 알 수 없었습니다. 옷이 얇아 곧 몸이 떨려오기 시작했습니다. 얼마의 시간이 지났을까, 부삽을 들고 나오던 경비 아저씨가 나를 보고는 놀라며 문을 열어주었습니다.

　고요한 엘리베이터를 타고 올라 오층에 내렸습니다. 잠그지 않고 나온 현관문을 당겨 열자 그 사람이 소파에 앉아 있는 모습이 보였습니다. 그 사람, 칠 년여의 시간을 함께 살았던 남자. 세 시간 전에 내 목을 조르다 말고 안방에 들어가 잠들었던 사람.

　다시 현관문을 열고 나가야 하나, 생각할 때 아이가 깨서 기침하는 소리가 들렸습니다. 나는 신을 벗고 안방으로 들어가 아이를 안았습니다.

　엄마 어디 갔었어?

　울먹이며 아이가 물었습니다.

　어디 안 갔어.

　어디 갔었잖아, 다 알아.

　아이의 기침이 깊어지기 시작했습니다. 기침이 수그러들 때까지, 나는 아이의 경련하는 몸을 껴안고 손바닥으로 등을 문질렀습니다.

왜 그 순간 선명하게 떠올랐던 걸까요. 작업실 바닥에 엎드려 있었다는, 오직 상상 속에서만 보았던 당신의 뒷모습이. 긴 듯하던 머리칼과 좁은 어깨, 늘 먹 자국이 번져 있던 낡은 면바지가.

당신의 뒤통수에 피가 고여 있었다고, 오천이 채 되지 않는 혈소판 수치 때문에 피를 뽑아내는 시술도 받지 못했다고, 사흘 만에 학교에 나타난 친구는 입술을 물었었습니다.

그래서, 라고 나는 친구에게 물었습니다. 정말로 알지 못했기 때문이었습니다.

그래서 어떻게 됐어?

너 바보야? 뒤통수에 피가 고여 있었대. 작은 우유팩 하나만큼 고여 있었다구. 내가 저녁 먹으라고 부르러 갔을 때 이미……

친구의 충혈된 눈에서 눈물이 흘러내리는 것을 나는 멍하게 지켜보았습니다.

6

어쩌면 그랬는지도 모르겠습니다. 광기어린 손놀림으로 전화번호들을 누르던 그 오전, 내가 정말 듣고 싶었던 것은 당신의 목소리였는지도.

내 이름을 부를 때 당신의 목소리는 언제나 낮고 부드러웠지요. 실은, 일부러 못 들은 척해 두 번 부르게 한 적도 여러 번이었습니다. 그 목소리에 처음 가슴이 두근거린 게 언제인지 잘 기억나지 않습니다. 처음 당신을 사랑하게 된 것이 언제인지도 구별할 수 없습니다. 언젠가부터 당신의 얼굴이 내 눈앞 어딘가에 어렴풋한 그림자처럼 자리했습니다. 아침에 눈을 뜨는 순간 이미 모든 사물 위로 아련히 어려 있고, 놀라 눈을 감으면 어두운 눈꺼풀 위로 더욱 선명해졌습니다. 그 느낌이 강한 슬픔과 닮아 있는 이유를 알 수 없었습니다.

처음 겪는 일이라 나는 당황했던 것 같습니다. 더이상 견딜 수 없을 만큼 그 느낌이 강렬해진 늦봄, 나는 당분간 당신의 작업실에 가지 않기로 했습니다. 당신 앞에서 떨리는 손, 둘 데 없는 눈길, 시시로 달아오르는 뺨, 무엇보다 당신의 옆얼굴을 볼 때마다 날카로운 꼬챙이 같은 것에 꿰인 듯 가슴이 찔리는 통증을 견디기 어려웠습니다.

그러나 막상 당신에게 가지 않자, 깊기만 하던 가슴의 통증이 마치 넓게 도려내어진 듯 슴벅거려 더욱 견디기 어려웠습니다. 한 달 만에 다시 당신을 찾았을 때 나는 얼마간 체념한 채 당신의 얼굴을 똑바로 올려다보았습니다. 내 어둡고 고통스러운 시선을 들키는 한이 있더라도 확인하고 싶었기 때문이었습니다. 이 사람이 그토록 내 마음을 괴롭혔던 그 사람인지, 할 수 있다면 나를 단번에 실망시킬 구석을 찾아내 그 이상한 고통을 통째로 들어내고 싶었습니다.

그때 당신이 나에게 물었습니다.

어디가, 아팠니?

나도 모르게 떨리는 손이 가슴으로 올라왔습니다. 가슴뼈 사이 오목한 곳, 어떤 장기도 없는, 그렇게 아파보기 전에는 그런 장소가 몸에 있는지조차 몰랐던 곳이었습니다. 당신은 잠시 우두커니 서 있다가 손을 뻗어 내 손을 가볍게 쥐었습니다. 담담하게, 무언가를 위로하듯이.

격렬한 비참함과 환희가 동시에 치밀어올라왔습니다. 그 혼란한 순간 내가 희미하게 깨달은 것은, 그 모든 고통이 아마도 당신을 통해서만 달래어질 수 있으리라는 것이었습니다.

그후 한동안은 다른 방식의 평화가 찾아왔습니다. 마음의 격동과 괴로움은 여전했지만 처음처럼 어둡지는 않았습니다. 무엇보다 당신이 아무렇지도 않게 대해주어서, 나도 아무렇지도 않은 듯 당신을 대할 수 있었습니다. 희망의 싹들은 어디에나 있었습니다. 내가 그림을 그리다 말고 고개를 들었을 때 나를 지켜보던 당신의 눈과 마주치거나, 새로 산 먹을 나에게 건네는 당신의 손이 조금 떨리는 것처럼 보이거나, 시험이나 어쩔 수 없는 이유로 오랜만에 당신을 찾았을 때 당신의 얼굴이 수척해진 것처럼 보이거나…… 그러나 그 모든 싹들은 너무나 흔연스러운 당신의 태도 속에 녹아

들어가, 단순히 잘못 보거나 잘못 느낀 거라는 생각으로 이어지곤 했습니다.

그러던 어느 날, 지루한 장마가 열흘 가까이 이어지던 초여름 오후였습니다. 나는 이듬해 지원하기로 마음먹은 대학에 재직중인 화가의 화집을 펼치고 인물화 한 점을 모사해본 뒤 싱크대에서 붓을 씻고 있었습니다.

감자 쪄 먹을까?

반쯤 번져나간 흰 불꽃의 형상을 내려다보며 멀찌감치 서 있던 당신이 물었습니다. 나는 건성으로 고개를 끄덕였습니다.

위에 가서 네가 가져올래?

나는 고개를 저었습니다.

그럼 그냥 안 먹을래요.

두 사람의 입에서 동시에 웃음이 터져나왔습니다.

언제 우산 쓰고, 언제 감자 가져다가……

내 말에 당신이 운을 맞췄습니다.

언제 씻어서, 언제 물 붓고……

나는 붓을 걸어놓고 선선히 말했습니다.

알았어요. 감자 가져오는 것까지만 할게요.

당신은 싱크대로 걸어와서 양은냄비를 꺼내주었습니다.

몇 개나?

글쎄, 넌 출출하지 않니?

나는 냄비를 받아들며 다시 웃었습니다. 그 웃음이 가신 것은, 갑자기 당신의 손이 내 이마에 얹혔기 때문이었습니다.

잠깐 머릿속에서 불이 꺼진 것 같았습니다. 모든 소리가 멈춘 것 같기도 했습니다. 나는 어떻게 해야 할지 몰랐습니다. 당신도 어떻게 해야 할지 모르는 것 같았습니다.

……이마가, 영특하게 생겨서.

당신이 말을 더듬는 것은 처음 보았습니다.

감자 가져올게요.

내가 막 돌아서려는 순간 당신은 내 어깨를 안았습니다. 어깨를 안고도 당신의 몸은 내 몸에 닿지 않았습니다. 금방이라도 부서질 물건을 만지는 듯, 당신의 팔에는 얇은 손바닥만큼의 무게도 실려 있지 않았습니다.

7

밤의 나무들은 여전히 검고 묵묵합니다.

얼마 안 있어 검푸른 새벽빛이 내리기 시작하면, 두렵도록 비밀스러운 저 내부가 소리 없이 열리며 나무들의 형상과 하나가 되겠지요. 그 짧은 시간을 건너 아침이 오겠지요. 어떤 비밀 따위도 애초에 없었다는 듯 태연히 서 있는 나무들이 남겠지요. 언젠가, 그 경계에 귀신처럼 서 있는 새벽 나무를 그리고 싶습니다.

이제 나는 예전에 당신에게 보여준 그림들처럼 보이는 대로의 형상을 그리지 않습니다. 그래도 내가 그릴 나무를 당신이 본다면, 나무가 너를 닮았구나, 하고 말할 거라는 생각이 듭니다. 하지만 당장 그것을 그릴 수는 없으리란 걸 알고 있습니다. 아직은 일 년을 돌아왔을 뿐이니까요.

각진 노끈을 서랍에서 꺼내 버린 지 얼마 되지 않았습니다. 진작 몇 번이고 버리려 했지만 만질 수 없어서 그 자리에 두었던 거였습니다. 일 년 가까이, 그건 내 방에 숨어 있는 사람 같았습니다. 내 모든 걸 알고 있는, 사실은 잔인한 사람. 처음 그것을 적당한 길이로 끊으며 생각했던 기억이 납니다. 모서리가 각이 져서, 살에 파고들 때 아프겠구나.

노끈은 물론이고, 비슷한 형태의 긴 끈들을 아직 견디기 어렵습니다. 선물을 포장하는 리본이나 줄자 같은 것을 어쩌다 아이가 가지고 노는 걸 보면 소스라치며 뺏어 높은 선반에 올려놓아버립니다.

왜 그래, 리본체조 하는 거란 말이야.

엄마는 리본이 무서워서 그래.

되도록 밝게 내가 대답하면 아이는 깔깔 웃습니다.

호랑이가 제일 무서운 사람도 있고, 악어가 제일 무서운 사람도 있지. 엄마는 끈이 제일 무서워.

아이는 의기양양하게 나를 타이르듯 말합니다.

호랑이가 무섭지, 끈이 뭐가 무섭다고 그래…… 나는 하나도 안 무서운데.

그래도 끈의 기억은 괜찮습니다. 잠든 지 채 십 분이 되기 전에 목줄기에 느껴지는 손의 감촉, 따뜻한 첫 열기와 악력의 기억에 비하면 말입니다.

일 년을 돌아와 이만큼 희미해졌다면, 십 분씩의 선잠이 간신히 삼십 분씩으로 늘어왔다면, 기억을 등지고 나아가야 할 길은 얼마나 멀까요. 얼마만큼, 무엇을 넘어갈 수 있을까요. 넘어갈 수 있기는 한 걸까요.

그렇게 몸서리치며 깨고 나면 아이의 이불을 덮어주고, 덩어리져 스멀거리는 어둠의 틈과 마디들을 헤아리며 잠을 청합니다. 그러다 가끔은 당신을 생각하기도 합니다. 문밖으로 빗소리가 추적추적 들려오던 그 오후, 두려워하는 두 입술이 만나던 순간을, 두 사람 모두 입술을 벌리지도 못한 채, 서로의 부드러움이 떠날 것이 두려워 뛰는 심장들을 맞붙이고 있었지요. 처음이자 마지막이 된 그 입맞춤 이후, 나는 어떤 남자에게서도 더이상의 기쁨을 얻지 못했습니다. 어떤 흥분과도, 무아경의 희열과도 바꿀 수 없을 겁니다. 나이만 먹은 소년이었던 당신의 겁먹은 손이 숨죽이며 내 뺨에 머물렀던 순간을.

마침내 두 사람의 입술이 떨어지고, 우리는 손을 잡고 비스듬히 벽에 기대앉았습니다.

……아파서 힘들었던 적은 없어요? 화나지 않았어요? 하고 싶은 일도 많았을 텐데.

작은 피멍이 든 당신의 손등을 내 뺨에 가만히 쓸며 나는 물었습니다.

아니.

당신은 가볍게 웃었지요.

차라리 죽는 게 낫겠다고 생각한 적은 있지만.

당신의 장난스러운 얼굴을 향해 함께 웃어줘야 하는 건지 나는 잘 알 수 없었습니다.

너만한 나이였어. 스테로이드 제제로 이 년 넘게 치료해도 듣지 않고, 부작용으로 온몸은 씨름선수처럼 부풀어올랐지. 그렇게 육중한 몸으로 상처를 내지 않으려고 절절매며 목숨을 부지하고 있다는 게……

말을 아끼려는 듯 당신은 다시 웃었습니다.

그런 생각을 하던 어느 날 밤 꿈을 꿨어. 꿈에 보니 난 이미 죽어 있더라구. 얼마나 홀가분했는지 몰라. 햇볕을 받으면서 경중경중 개울가를 걸어갔지. 개울을 들여다봤더니 바닥이 투명하게 보일 만큼 물이 맑은데, 돌들이 보이더라구. 눈동자처럼 말갛게 씻긴, 동그란 조약돌들이었어. 정말 예뻤지. 그중에서도 파란빛 도는 돌이 가장 마음에 들어서 주우려고 손을 뻗었어.

당신은 반짝거리는 눈으로 벽에 걸린 당신의 그림을 바라보았

습니다. 검은 우주 공간에서 방금 폭발했거나 새로 태어난 것 같
은 별의 형상을. 그러니까, 당신의 얼굴을.

그때 갑자기 안 거야. 그걸 주우려면 살아야 한다는 걸. 다시 살
아나야 한다는 걸.

빗소리가 추적추적 귀에 감기고, 여전히 당신은 섬약한 손을 나
에게 맡긴 채 당신의 그림 너머 어딘가를 바라보고 있었습니다.
내가 용감하게 당신의 입술에 다시 내 입술을 포개었을 때, 당신
은 내 등을 껴안고 잠시 떨었지요. 그리곤 가만히 내 몸을 밀어냈
습니다.

……여기까지.

당신은 상기된 얼굴로 말했습니다. 내 뺨을 쓸어내리는 당신의
먹 묻은 손에 나는 한번 더 입맞추었습니다.

어서어서 커.

당신이 웃으며 건넨 말에 우리는 함께 오래 웃었지요. 웃음 끝
에 당신은 쾌활하게 말했습니다.

궁금해, 네가 어떻게 나이를 먹어갈지. 늙어가는 모습은 어떨지.

8

조금씩 무엇인가 몸속에서 깨어나는 것을 느낍니다. 하루하루,

한 달 한 달, 한 계절 한 계절의 시간들이 차츰 나를 변화시키는 것을 느낍니다.

지난해 여름 이곳으로 이사한 뒤 처음으로 운동장을 달렸을 때는 한 바퀴도 다 뛰지 못했습니다. 허파와 심장이 모두 터져버릴 것 같아서요. 아이가 있을 때는 아이와 함께, 아이가 어린이집에 갔을 때는 혼자서 하루에 반 바퀴씩 늘려갔습니다. 다섯 바퀴를 쉬지 않고 뛰고 난 오후, 운동장을 빙 둘러 심어진 나무들을 세어보았습니다. 키 큰 자작나무들이 모두 스물두 그루였어요. 다 세고 나서 하늘을 올려다보니 뭉클뭉클한 흰 구름들이 빠르게 흘러가고 있었습니다.

당신의 그림들에 제목이 있느냐고 내가 물었을 때 당신은 하늘이라고 대답했지요. 두 번째로 입원했던 열두 살 때, 너무 심심해 종일토록 하늘을 올려다보다가 그곳이 얼마나 가슴 뛰는 공간인지 알게 되었다고 했습니다. 평생토록 여행다운 여행 한번 해본 적 없지만, 하루에도 수없이 꿈틀거리며 변하는 형상과 색채들이 경이롭다고 당신은 말했습니다. 그렇게 하늘을 보던 어느 순간, 영원과 무한 같은 것을 생각이나 느낌이 아닌 몸으로 알게 되었다고도 했습니다. 그것들이 뭔지 잘 모르겠다고 내가 말하자 당신은 심상하게 대답했지요.

그건 정말 아무렇지도 않은 거야.

그리고는 정말 아무렇지도 않은 듯, 눈가에 가득 잔주름을 만들며 웃었지요.

먹빛 하늘이 서서히 밝아집니다.

이렇게 푸른빛이 실핏줄처럼 어둠의 틈으로 스며들 때면, 내 몸
속의 피도 다르게 흐르는 것처럼 느껴집니다. 내 의지, 내 기억,
아니, 나라는 것이 아무렇지도 않은 듯 지워집니다. 한차례 파도
가 밀려나간 사이 잠깐 드러난 부드러운 모래펄처럼, 우리가 여기
머무는 시간은 짧은 순간이라는 느낌이 들기도 합니다. 그럴 때면
문득 당신의 그림이 보고 싶어집니다.

어쩌면 시간이란 흐르는 게 아닌지도 모른다는 생각도 그때 함
께 찾아옵니다. 그러니까, 그 시간으로 돌아가면 그 시간의 당신
과 내가 빗소리를 듣고 있다구요. 당신은 어디로도 간 게 아니라
구요. 사라지지도, 떠나지도 않았다구요. 언젠가부터, 당신과 동
갑인 남자를 만날 때마다 세월이 변화시켰을 당신의 얼굴을 막막
하게 그려보던 버릇을 버린 것은 그 때문입니다.

그러니 당신에게 물어도 되겠지요.

거긴 지낼 만한가요. 빗소리는 여전히 들을 만한가요. 영원히
가져오지 못하게 된 감자 생각은 잊었나요. 오래전 꾸었다는 꿈속
의 당신, 부풀어오른 팔로 파란 돌을 건지고 있나요. 물의 감촉이
느껴지나요. 햇빛이 느껴지나요. 살아 있다는 게 느껴지나요.

나도 여기서 느끼고 있어요.

3부

시

어느 늦은 저녁 나는

어느
늦은 저녁 나는
흰 공기에 담긴 밥에서
김이 피어올라오는 것을 보고 있었다
그때 알았다
무엇인가 영원히 지나가버렸다고
지금도 영원히
지나가버리고 있다고

밥을 먹어야지

나는 밥을 먹었다

새벽에 들은 노래

봄빛과

번지는 어둠

틈으로

반쯤 죽은 넋

얼비쳐

나는 입술을 다문다

봄은 봄

숨은 숨

넋은 넋

나는 입술을 다문다

어디까지 번져가는 거야?

어디까지 스며드는 거야?

기다려봐야지

틈이 닫히면 입술을 열어야지

혀가 녹으면

입술을 열어야지

다시는

이제 다시는

심장이라는 사물

지워진 단어를 들여다본다

희미하게 남은 선의 일부
ㄱ
또는 ㄴ이 구부러진 데
지워지기 전에 이미
비어 있던 사이들

그런 곳에 나는 들어가고 싶어진다
어깨를 안으로 말고
허리를 접고
무릎을 구부리고 힘껏 발목을 오므려서

희미해지려는 마음은
그러나 무엇도 희미하게 만들지 않고

덜 지워진 칼은
길게 내 입술을 가르고

더 캄캄한 데를 찾아
동그랗게 뒷걸음질치는 나의 혀는

마크 로스코와 나
—2월의 죽음

미리 밝혀둘 것도 없이
마크 로스코와 나는 아무 관계가 없다

그는 1903년 9월 25일에 태어나
1970년 2월 25일에 죽었고
나는 1970년 11월 27일에 태어나
아직 살아 있다
그의 죽음과 내 출생 사이에 그어진
9개월여의 시간을
다만
가끔 생각한다

작업실에 딸린 부엌에서
그가 양쪽 손목을 칼로 긋던 새벽
의 며칠 안팎에
나의 부모는 몸을 섞었고
얼마 지나지 않아
한 점 생명이

따뜻한 자궁에 맺혔을 것이다
늦겨울 뉴욕의 묘지에서
그의 몸이 아직 썩지 않았을 때

신기한 일이 아니라
쓸쓸한 일

나는 아직 심장도 뛰지 않는
점 하나로
언어를 모르고
빛도 모르고
눈물도 모르며
연붉은 자궁 속에
맺혀 있었을 것이다

죽음과 생명 사이,
벌어진 틈 같은 2월이
버티고

버텨 마침내 아물어갈 무렵

반 녹아 더 차가운 흙 속
그의 손이 아직 썩지 않았을 때

해부극장 2

나에게
혀와 입술이 있다.

그걸 견디기 어려울 때가 있다.

견딜 수 없다, 내가

안녕,
이라고 말하고
어떻게 생각하세요,
라고 말하고
정말이에요,
라고 대답할 때

구불구불 휘어진 혀가
내 입천장에
매끄러운 이의 뒷면에
닿을 때

닿았다 떨어질 때

*

그러니까 내 말은,

안녕.

어떻게 생각하세요.

진심이야.

후회하고 있어.

이제는 아무것도 믿고 있지 않아.

나에게
심장이 있다,
통증을 모르는
차가운 머리카락과 손톱들이 있다.

그걸 견디기 어려울 때가 있다

나에게 붉은 것이 있다, 라고
견디며 말한다
일 초마다 오므렸다 활짝 펼쳐지는 것,
일 초마다 한 주먹씩 더운 피를 뿜어내는 것이 있다

수년 전 접질렸던 발목에

새로 염증이 생겨
걸음마다 조용히 불탈 때가 있다

그보다 오래전
교통사고로 다친 무릎이
마룻장처럼 삐걱일 때가 있다

그보다 더 오래전 으스러졌던 손목이
손가락 관절들이
다정하게
고통에 찬 말을 걸어온다

                              *

그러나 늦은 봄 어느 오후
검푸른 뢴트겐 사진에 담긴 나는
그리 키가 크지 않은 해골

살갗이 없으니
물론 여위었고
역삼각형의 골반 안쪽은 텅 비어 있다
엉치뼈 위의 디스크 하나가
초승달처럼 곱게, 조금 닳아 있다

썩지 않을,
영원히 멈춰 있는
섬세한 잔뼈들

뻥 뚫린 비강과 동공이
곰곰이 내 얼굴을 마주본다
혀도 입술도 없이
어떤 붉은 것, 더운 것도 없이

*

몸속에 맑게 고였던 것들이

뙤약볕에 마르는 날이 간다
끈적끈적한 것
비통한 것까지
함께 바싹 말라 가벼워지는 날

겨우 따뜻한 내 육체를
메스로 가른다 해도
꿈틀거리는 무엇도 들여다볼 수 없을

다만 해가 있는 쪽을 향해 눈을 잠그고
주황색 허공에
생명, 생명이라고 써야 하는 날

혀가 없는 말이어서
지워지지도 않을 그 말을

4부

산문

종이 피아노

어렸을 때 내가 살던 집에서 유일하게 풍족했던 것은 책이었다. 집안 곳곳에 마치 물이 넘친 듯 쌓이고 꽂히고 널려 있던 책들 속에서 목적 없이 아무거나 골라 읽으며 긴 오후들을 보내곤 했다.

형편이 어려웠으므로 우리 형제는 비교적 철이 일찍 들었던 것 같다. 반찬 투정을 한다거나, 군것질을 하기 위해 용돈을 달라고 떼를 쓴다거나, 무슨 상표의 운동화를 신고 싶다며 조르는 일은 상상하지 못했다. 흔히 성장소설이나 영화에 나오는 것처럼 그런 문제들로 힘들어한 적도 없었다. 지금도 나는 외모에 신경을 많이 안 쓰는 편이고, 대체로 눈에 안 보이는 것들에 끌려 보통 중요하다고 생각되는 것들을 깜빡깜빡 놓치곤 하는데(그러다 가끔 치명적인 결과를 부르기도 하고), 아마도 그런 성향 덕분에 그 나이쯤 예민하기 쉬운 옷차림이나 도시락 반찬 따위에 상처받지 않는 시간을 보냈던 게 아닌가 싶다. 시시로 나를 딴 세상으로 보내주던, 지천으로 널린 책들도 중요한 몫을 했을 것이다.

하지만 나에게도 꼭 한 번 부모님께 무엇인가를 요구해본 적이 있었다. 바로 피아노를 배우게 해달라는 것이었다.

나는 노래를 좋아했다. 평소엔 목소리가 작은 편이었는데 노래할 땐 커졌다. 음악시간을 좋아했고 리코더 불기를 좋아했다. 계이름을 욀 필요 없이, 들은 대로 불어지고 계이름도 자연스레 떠올랐다. 피아노를 배우고 싶다는 갈망은 한 해 한 해 눈덩이 불어나듯 커져서, 서울로 막 이사온 5학년 때는 더이상 견디기가 어려웠다. 같은 동네에 살아서 함께 하교하던 친구가 피아노학원에 다녔는데, 그 아이가 그토록 지겨워하며 어떻게든 레슨을 빠지려 하는 것을 이해할 수 없었다. 나는 몇 차례 그 아이의 피아노학원에 따라가 조그만 방의 구석에 앉아 있곤 했다. 그때의 기분은……어지러웠다. 친구가 건반을 두드리는 서툰 소리 위로 도처의 방들에서 울려오던 그 선명한 음들.

마침내 피아노학원에 보내달라고 어머니에게 말했을 때 어머니는 대답하지 않았다. 그날부터 나는 며칠 동안 어머니 뒤를 따라다녔다. 마당에서 빨래를 널고 계시면 그 옆에 쪼그려앉아 있고, 빈 빨래 바구니를 들고 집으로 들어가시면 그림자처럼 뒤따라가 부엌에 서 있었다. 여름방학이었는데, 아직도 그 마당의 침묵,

어머니가 굳은 얼굴로 빨래를 털어 널던 모습, 자꾸만 내 종아리로 기어오르던 커다란 개미들이 생각난다. 별다른 고집 없이 자라던 둘째가 한 번도 안 하던 시위를 하니 부모님은 조금 당황하셨던 것 같다. 곤혹스러운 며칠이 지난 뒤, 마침내 어머니는 꽥 소리를 지르셨다.

안 된다니까! 우리 형편에.

그날부터 시위를 그만두고 방에 틀어박혔다. 가슴이 까맣게 탄다는 느낌을 그때 처음 알았다. 밥도 맛이 없고 모든 게 시들했다. 그런 모습을 보면서도 피아노를 못 가르쳐주신 걸 보면 그때 부모님의 형편이 어렵긴 어려웠던 모양이다.

얼마 뒤 나는 문방구에 가서 십원을 주고 종이 건반을 샀다. 책상에 네 귀퉁이를 압정으로 붙여놓고, 학교에서 간단히 배운 대로 노래를 연주했다. 물론 아무 소리도 들리지 않았지만 고개를 까닥거리며 신나게 쳤다. 시위를 하거나 부모님의 마음을 아프게 하려는 생각은 전혀 없는, 그저 아이다운 낙천성이었을 뿐인데, 시간이 많이 흐른 뒤 어머니에게서 들었다. 내가 종이 건반을 두드리는 모습을 보던 때가 그 시절에서 가장 힘든 순간이었다고.

중학교 2학년 가을쯤부터 집안 형편이 조금 풀렸던 모양이다. 마루에 소파가 들어왔고, 아저씨 몇이 와서 낡은 싱크대를 떼어내고는 흰 나무문이 달린 깨끗한 싱크대를 설치하고 갔다. 중학교

3학년에 올라가기 전, 봄방학이 시작됐을 때 부모님이 안방으로 나를 불렀다. 엉거주춤 앉는 나에게 아버지가 말씀하셨다. 피아노를 배우라고.

삼사 년 전이었다면 뛸 듯이 기뻐했겠지만 나는 좀 어리둥절했다. 숨도 쉬지 못할 만큼 어지럽게 피아노에 매혹됐던 시기는 홀연히 지나가버렸고, 혼자서 끄적이던 일기나 시에 몰두해 있던 때였다. 사실, 연합고사를 앞둔 중학교 3학년 때 피아노를 시작하는 아이는 없었다. 대부분 초등학교를 졸업하며 피아노학원도 졸업이었고, 계속한다면 그쪽으로 진로를 생각하는 아이들뿐이었다.

괜찮다고 나는 말했다. 별로 배우고 싶지 않다고. 시간도 없을 것 같다고.

그때 어머니가 우셨다. 내가 뙤약볕 속에 쪼그려앉아 어머니의 얼굴만 바라보고 있을 때는 그토록 냉정하게 입을 꾹 다물고 있던 어머니가. 아버지가 말씀하셨다.

네가 배우기 싫어도, 엄마 아빠를 위해서라도 일 년만 다녀줘라. 안 그러면 한이 돼서.

이번에는 어머니가 눈물을 닦으며 말씀하셨다. 내 책상에 일 년도 넘게 붙어 있었던 종이 건반에 대해서. 그걸 볼 때마다 까맣게 타들어갔던 마음에 대해서.

나는 그만 멋쩍어져서 알겠다고 대답하고는 그 숙연한 방을 어서 빠져나갈 생각만 하고 있는데, 아버지가 이어 말씀하셨다.

배워보고 재미있으면, 대학 들어가면 피아노도 사주마.

아휴, 우리집에 피아노 놓을 데가 어디 있다구요.

점입가경이라니…… 나는 울 수도 웃을 수도 없는 마음이 되어, 실없이 웃으며 그렇게 말했던 기억이 난다.

(2007)

저녁 여섯시, 검고 긴 바늘

일곱 살에 학교에 들어갔으니 중학교 3학년 때 나는 열다섯 살이었다. 그해는 이런 것들로 요약된다. 중학교에 들어간 뒤 처음 생긴 단짝 친구 영나. 영나와 나를 포함해 강미, 미희까지 네 명이 그룹이 되어 방과후에 찾았던 소프트아이스크림 가게. 영나가 만화광이었기 때문에 뒤늦게 읽게 된 순정만화들. 교실 창밖에 서 있던, 수종을 모르던 활엽수. 비가 오는 날이면 더 진해진 초록빛으로 반짝이던 잎사귀들. 까닭 없이 오랫동안 들여다보게 되곤 하던 윤동주의 사진. 일기장에 베껴써보았던 시 「병원」.

그리고, 저녁 여섯시의 피아노학원.

집에서 한 정거장 거리의 피아노학원은 자그마했다. 피아노는 모두 세 대였는데, 나는 『바이엘』부터 시작했으므로 사람들이 왔다갔다하는 현관 쪽 피아노를 쳤다—입시 준비를 하는 학생들은 방음시설이 된 안쪽 방들을 썼다. 평일에는 여섯시에서 일곱시까지 한 시간씩 쳤고 토요일에는 청음 등의 이론 강의가 있었다.

선생님은 두 분이었는데 모녀간이었다. 늘 푸들을 가슴에 안고 있던, 다소 차가운 인상의 호리호리한 중년 여인이 어머니였고, 정반대로 화사하고 정열적으로 보이는 외모의 작곡과 대학원생이 딸이었다. 레슨방식도 성격과 비슷해서, 어머니는 귀찮은 듯한 말투로 "여기서부터 여기까지 열 번 쳐" 하고는 개를 안고 어디론가 사라지는 반면 딸은 이 세상 모든 것이 아름다움과 경이로움으로 가득차 있다는 듯 활짝 웃는 얼굴로 세심한 부분까지 주의를 기울였다. 다른 학원은 쉬는 날인 토요일에 딸이 자청해서 하는 이론 수업도 그런 열정으로부터 나온 것이었다.

시큰둥하게 시작했지만, 시간이 지날수록 나는 피아노가 좋아졌다. 지루하다는 『바이엘』도 즐거웠다. 11월까지 9개월 동안 『체르니 30번』까지 쳤는데, 나이 탓에 비교적 진도가 빨랐던 셈이다.

학원의 현관에 막 들어서면 커다란 벽시계가 보였는데 내가 도착하는 시각은 늘 여섯시 오 분 전이었다. "참, 항상 정확해." 푸들 선생님은 특유의 초연한 말씨로 감탄하곤 했다. 실은 앞의 사람이 조금 일찍 끝내고 일어서면 오 분이라도 더 할 수 있으니까, 난 그게 좋았던 거였다.

딸 선생님은 정해진 요일들에만 레슨을 했는데 그날만 오는 학생들도 있었다. 내 학년은 없고 중학교 1학년과 2학년 아이들이 었는데, 나중에는 친해져서 이따금 학원 안채의 작은방에서 노닥거리기도 했다. 가끔 보이는 아저씨가 푸들 선생님의 남편이긴 하지만 딸 선생님의 아버지는 아니라는 말도 그애들로부터 들었다. "진짜야, 아저씨라고 부르더라니까……" 한 아이가 속삭였다.

나는 딸 선생님을 좋아했다. 그때 유행이 원피스 허리에 두꺼운 천벨트를 묶는 것이었는데, 볼 때마다 다른 강렬한 색의 원피스에 보색의 띠를 묶은 선생님의 얼굴은 젊음과 아름다움으로 반짝반짝 빛났다. 피아노를 시작하고 6개월쯤 지났을 때 선생님은 나에게 말했다.

강이한텐 피아노가 잘 맞는 것 같은데…… 연주자가 되기엔 너무 늦게 시작했고, 작곡을 해보면 어때? 나도 작곡 공부하는데, 너만 할 때 시작한 친구들도 많아.

그 또래의 아이들에게 이런 식으로 던지는 선생님의 한마디가 얼마나 위력적인지, 겪어본 사람은 알 것이다. 며칠 뒤 나는 문방구에서 오선 노트를 샀다. 떠오르는 대로 음표들을 그리고, 흥얼거리며 시간을 보냈다. 뿌듯한 마음으로 동생에게 들려줬더니 "좋긴 한데, 어디선가 들어본 것 같아"라는 대답이 돌아왔다.

나는 고민에 빠졌다. 결코, 어디에서도 들어본 적 없는 곡을 쓰고 싶어졌기 때문이었다.

오선 노트 두 페이지 가득 음표를 그려놓고 흥얼거리다가 나는 피아노학원으로 갔다. 마침 딸 선생님이 나와 있었다. 망설이다가 나는 선생님께 노트를 보여주었다.

그냥, 한번 해봤는데, 이렇게 해도 되는 건지……

선생님은 잠깐 사이 악보를 훑어보더니 느닷없이 탄성을 질렀다.

굉장한데…… 이런 불협화음은 무척 세련된 거야. 보통 네 나이 땐 이 느낌을 알기 어려운데.

선생님의 눈이 둥그레져서 신통하다는 듯 내 얼굴을 뜯어보는 통에 나는 갑자기 어디로든 숨고 싶어졌다. 나는 어디서 들은 것 같다는 말이 싫어서 조금 낯설게 하려는 마음으로 순전히 우연히 해본 거고, 이렇게 해도 곡이 되는 건지 물어보려고 한 것뿐인데, 갑자기 흥분하시니 마치 거짓말하다 들킨 것처럼 얼굴이 달아오르는 것이었다. 칭찬이 힘이 된다지만 과하면 오히려 용기를 꺾을 수도 있다는 것을 그때 처음 알았다.

선생님은 악보를 보면대에 올리고는 내 곡을 연주하기 시작했다. 선율뿐이었던 곡은 풍부한 화성과 함께 내가 전혀 모르는 곡이 되어버렸다. 잘 모르는 내가 듣기에도 그 곡의 인상은 화려했고 현대적이었다. 하지만 그게 무슨 상관이란 말인가. 이건 내 곡이 아닌걸. 나는 저런 음악을 작곡한 게 아닌걸. 나는 그만 선생님이 연주한 그 곡에 압도돼버린 거였다. 저렇게 연주하게 되기까지 내가 넘어야 할 고개들을 생각하는 것만으로 아득했다.

그뒤로도 하루도 쉬지 않고 여섯시 오 분 전에 피아노학원에 도착했고 한 시간씩 피아노를 쳤지만, 나는 더이상 곡을 쓰지 않았다. 선생님이 서글서글한 눈빛으로 "또 곡 쓴 것 없니?"라고 물으면 잘못이라도 들킨 듯 가슴이 덜컥 내려앉았다.

연합고사가 코앞으로 다가오고 있던 11월의 어느 날, 일곱시가 되어 피아노를 다 치고 일어나자 푸들 선생님이 말했다.

이달만 하고 학원을 정리할 거야. 계속하려면 다른 데를 알아봐야겠구나.

언제나처럼 새침한 말투였다. 나중에 2학년 아이로부터, 푸들 선생님의 남편이 선생님의 모든 돈을 가지고—피아노학원의 보증금까지—사라졌다는 이야기를 들었다. 딸 선생님이 개인레슨으로 바빠져서 통 안 보이는 것도 그 때문이라고 했다. 지금 돌이켜보면, 끝까지 변함없었던 푸들 선생님의 초연하고 새침한 분위기는 어쩐지 애잔하게 느껴진다.

그달을 채우고 학원을 그만둔 지 얼마 안 있어 정말로 피아노학원은 사라졌다. 그 자리에 어떤 가게가 들어섰던지는 기억나지 않는다. 아마 철물점이나 도배집이었을 것이다. 학교까지 걸어가려면 늘 그 앞을 지나야 했는데, 그때마다 일부러 도로 쪽을 보았던 기억이 난다.

그리고 얼마 지나지 않아 어머니가 갑자기 큰 수술을 받으셨다. 평소에 감기 한번 안 앓던 분이라 식구들 모두 놀랐다. 각자 해야 할 일들이 늘어났고, 어리던 마음들은 두 뼘씩은 커져야 했다. 한참 사춘기였으니, 조금 키운 마음도 바윗돌처럼 무거워 다리가 후들거렸다. 보름 만에 퇴원하신 뒤에도 어머니의 얼굴은 겨울 내내 해쓱했다. 김장독의 김치는 너무 차가웠고, 쌀에선 일어도 일어도 조그맣고 까만 바구미들이 나왔다. 그러는 동안 피아노 생각을 한 적 있었던가? 아쉽고 그리운 적도 있었던가? 기억나지 않는다.

이제는 꽤 많은 시간이 지나갔다.

그뒤로 피아노를 쳐보지 못했다. 워낙 짧은 기간에, 어중간하게 배웠기 때문일까? 이제 악보를 대략 읽긴 해도 친다는 건 불가능하고, 낮은음자리 도가 어디인지 피아노 건반에서 짚을 수조차 없다.

그 아름답던 선생님이 조금 더 객관적으로 내 곡에 대해 말해주었더라면, 푸들 선생님이 그렇게 아저씨에게 배반당하지 않았더라면, 그후 다른 피아노학원을 알아볼 만큼 내 마음에 여유가 있었더라면, 내 삶은 조금은 다른 길로 갔을까. 아마 아닐 거라고 생각한다. 내 음악적 재능이란 설령 있었다 해도 미미하고 시시한 것이었을 거라고. 결국엔 가장 가까이 있던 글쓰기를 택하고 말았을 거라고.

다만 기억한다. 내가 그토록 성실했던 저녁 여섯시, 검고 긴 바늘이 조금이라도 늦게 한 바퀴를 돌기를 바랐던 그 시간의 두근거림을. 늦었지만 고맙다. 그때 곁에 있었던 이들에게. 그 나이에는 깊이 알기 어려웠던, 숨겨진 따뜻한 마음들에게.

(2007)

아버지가 지금, 책상 앞에 앉아 계신다

1

내 오래된 사진첩을 펼쳐보면, 백일사진과 돌사진 다음으로 끼워진 흑백사진이 있다. 네 살 터울의 동생이 태어나기 전, 부모님이 오빠와 나를 데리고 소풍을 가셨던 모양이다. 사람들이 꽤 북적거리는, 소나무들이 뒷배경으로 보이는 장소에서 어린 오빠가 어머니 앞에 서 있고, 아버지는 두 돌도 채 안 되어 보이는 나를 안고 있다. 내 손에는 수소풍선의 끈이 쥐여져 있다. 아마 그곳에 종일 서서 "사진 찍으세요"라고 권하는 직업사진사가 찍어준 사진인 듯하다. 장소는 지산동 유원지쯤 되지 않을까. 그즈음 광주에서 가족 단위로 소풍을 가고, 직업사진사가 사진을 찍어주고, 풍선이나 솜사탕 따위를 팔던 곳은 그곳뿐이었으니까. 젊은 아버지는 검은 양복에 흰 와이셔츠를 입었고, 젊은 어머니는 고데기로 앞머리를 말았다.

나이를 먹기 전에는 이 사진에 대해 곰곰이 생각해보지 않았다. 집집마다 흔하게 있는 사진, 흔하게 있는 소풍으로 여기며 사진첩의 첫 장을 넘기곤 했다. 이제는 생각한다. 교통사고 후유증으로 할아버지가 일찍 돌아가시며 아버지가 부양의 의무를 맡았던, 넓지 않은 집에 늘 함께 있었던 삼촌, 고모들, 작은집 식구들은 다 어디로 갔을까. 그러니까 이날은 그들이 모두 어디론가 가고 오붓이 네 식구만 남았던 명절이나 휴일이었을까. 아버지는 이날 아침 쉬고 싶지 않았을까. 어머니는 어린 나를 옷 입히고(무척 두꺼운 스웨터를 입히셨다) 나들이 가방을 싸느라 힘들지 않았을까. 한 사람이 나를 안으면 다른 한 사람은 가방을 들고 오빠의 손을 잡는 식으로 두 분은 버스를 타고 왔겠지. 유원지 이곳저곳을 돌아다니다가 내가 가리키는 풍선을 사주었겠지. '사진 찍어요'라는 사진사의 권유에 따라 얌전히 정해진 장소에 섰겠지. 여기 봐요, 여기. 사진사가 외치는 소리에 오빠와 내가 동시에 렌즈를 바라보기까지는 몇 번의 시행착오가 있었을까.

그날, 두 분은 행복하셨을까. 돌아오는 길은 멀지 않았을까. 어린 내가 너무 무겁진 않았을까.

2

어린 시절 내가 느낀 아버지의 가장 지배적인 인상은 '피곤하시다'는 것이었다. 낮이면 국어교사로, 밤이면 글쓰는 사람으로 네다섯 시간밖에 못 자며 아버지는 꽤 오랜 시간을 버텼다. 새벽 네 시쯤부터 안방에서 타자기 소리가 들렸다(오랫동안 아버지에게는 서재가 따로 없었다). 비몽사몽간에 아득히 들려오던, 타닥, 타다다닥, 드르륵, 땡, 하는 소리들. 지금도 기억나는 것은, 그러다 아침결에 아버지가 잠깐 토막잠을 붙이는 동안 우리 형제들이 일어나 이른 아침을 먹을 때면, 어머니가 우리에게 수저 소리를 못 내게 했던 것이다. 예민한 아버지가 숟가락 소리에 깰까봐 우리는 가만히 숟가락을 상에 놓고, 쉬쉬 귓속말로 얘기하며 가만히 밥을 덜어먹었다. 그러다 누군가 실수로 큰 쇳소리를 내면 숨죽여 키득키득 웃기도 했다.

불우한 시절이라 이사를 많이도 다녔는데, 중흥동에서도, 삼각동에서도, 풍향동에서도, 서울 올라와 수유리에서도 어김없이 새벽이면 타자기 소리가 들렸다. 수유리에 이사온 지 이 년쯤 뒤 워드프로세서를 들여놓으며 처음으로 그 소리가 사라졌다. 새벽 네 시부터 여덟시까지 일하는 아버지의 습관은 하루의 예외도 없이 이어져, 낙향하신 뒤 지금까지도 계속되고 있다. 집안에 어떤 우환이 있어도, 아무리 몸이 아파도, 입원을 하거나 상가에서 밤을 새우거나 하지만 않으면 자명종 없이 일어나 책상 앞에 앉으신다.

내가 중학교에 다닐 때는 허리디스크를 앓으셨는데, 의자에 앉기 어려울 만큼 통증이 심할 때는 워드프로세서 밑에 두꺼운 책을 여러 권 깔아 높이를 맞춘 뒤 서서 일하셨다.

고백하자면 아버지를 잘 이해했던 것 같지는 않다. 왜 늘 저렇게 피곤하실까. 인생은 꼭 저렇게 힘들어야 하는 건가. 막연히 그런 의문을, 때로는 불만을, 때로는 연민을 가졌을 뿐이었다.

3

단 하루, 잠깐의 기억이 남아 있다. 여덟 살 즈음, 중흥동의 조그만 한옥에 살던 때다. 식구들 모두 마당에 나와 대청소를 하고 있었다. 햇빛이 밝은 초여름날이었다. 우리 형제들은 바가지를 들고 작은 화단에 물을 주고, 어머니는 시멘트가 얇게 발라진 마당에 양동이로 물을 부어가며 비질을 하고 있었다. 아버지는 커다란 적갈색 '다라이'에 호스로 물을 받고 있었다. 두 분이 무슨 이야긴가를 나누다 웃는가 싶더니, 어머니가 갑자기 양동이를 들고 가 아버지의 등에 물을 끼얹었다. 깜짝 놀라 소리를 지른 아버지는, 늘 지쳐 보이고 어렵기만 하던 아버지는, 화를 내는 대신 껄껄 웃으며 호스를 들고 어머니에게 물줄기를 쏘았다.

그 순간이 나에겐 일종의 개벽이었다.

아! 어른들도 장난을 하는구나!

두 어른은 숨이 넘어가게 웃으며, 차갑다고 외쳐대며 서로에게 물을 끼었었다. 어머니도 아버지도 머리끝부터 발끝까지 흠뻑 젖었다. 껄껄껄, 까르륵까르륵 웃어대는 그이들을 향해 우리는 누가 먼저랄 것 없이 달려가 소리지르며 합세했다. 서로서로 물을 뿌리고, 쫓아가고 도망가고 비명을 질러댔다. 온통 부서지고 튀어오르고 흩어지는 게 햇빛인지 웃음소린지, 눈부신 물줄기, 물방울들인지 알 수 없었다.

4

무거운 것과 가벼운 것, 어두운 것과 밝은 것, 따뜻함과 차가움, 노동과 휴식, 병과 치유, 꿈과 현실, 애정과 오해, 기대와 실망, 잠깐 마주잡는 손길, 잠깐 마주치는 눈빛들…… 속에서 우리는 나아간다. 사실 식구라고 해서 모든 것을 아는 것도 아니고, 모든 것을 이해하는 것도 아니며, 모든 기억을 공유하는 것도 아니다. 그럼에도 식구가 주는 애틋함을 말하려 할 때 가슴이 뜨거워지는 것은, 이 모든 삶의 국면들을 함께 매만지며, 상처를 공유하며 나아갔던 순간들이 있기 때문일 것이다.

이상한 것은, 나이를 먹을수록 더 따뜻한 기억들이 떠오른다는 것이다. 아홉 살 즈음, 걸을 수 없을 만큼 고열이 오른 나를 아버지가 업고 소아과로 달리던 기억. 횡단보도를 건너던 아버지의 발소리. 그 등의 온기. 고등학교 때 내가 급체했을 때, 카이로프랙틱 치료를 받으시던 기억을 떠올려 척추 마디 하나하나를 한 시간 가까이 꾹꾹 눌러주시던 밤. 방학 때면 늦잠 자고 싶어하는 우리 남매들을 억지로 깨워 뒷산 손병희 선생 묘 앞까지 데리고 가 맨손 체조를 시키시던 것이 지극한 사랑이었음을.

5

어느 순간, 갑자기 아버지의 모든 것을 이해하게 되는 순간이 자식에게 찾아온다. 그것이 자식의 운명이다. 인생은 꼭 그렇게 힘들어야 하는 건가, 하는 의문 없이. 불만도 연민도 없이. 말도 논리도 없이. 글썽거리는 눈물 따위 없이. 단 한 순간에.

오랫동안 아버지에 대한 글을 피해 도망다녔다. '귀밑머리 희어질 때쯤 쓰겠습니다'라는 말이 내가 정해둔 변명이었다. 아직 귀밑머리는 희어지지 않았지만, 가르마 오른쪽으로 희끗한 머리칼이 부쩍 눈에 들어온다. 기억들은 모두 조각조각이고, 그 조각들 하나하나에 어린 빛은 제각기 다른 말을 한다. 씌어지는 것보다 씌어지지 않는 것, 씌어질 수 없는 것이 더 진한 말이라는 것을 간신히 깨닫는 나이가 되었다.

이 글을 마쳐야 하는 지금은 아침 일곱시 십 분 전, 아버지가 아직 책상 앞에 앉아 계실 시각이다. 이곳 서울에서 남해 바닷가의 외풍 센 방까지, 쏜살같이 공간을 넘어…… 지금 아버지가 책상 앞에 앉아 계신다. 십수 년 된 회색 오리털파카를 입고, 돋보기안경을 끼고, 서리처럼 머리가 희어진 아버지가.

(2009)

기억의 바깥

1

언젠가 읽었다. 우리들 각자는 평생에 걸쳐 한 사람을 집요하게 감시하고 있다고. 그 사람의 인생을 들여다보고, 행동을 지시하고, 그 사람의 감정을 느끼며 울고 웃는다고. 그 사람이란 바로 우리 자신이며, 대부분의 시간 동안 자신이 감시자이자 감시당하는 자라는 사실을 알아차리지 못한다고.

때로 과거를 골똘히 돌아보려 할 때(자전적인 산문을 써야 하는 지금처럼), 그와 비슷한 느낌이 찾아올 때가 있다. 한없이 비좁고 기다란 어항의 입구에 한쪽 눈을 대고 있는 것 같다. 그 어항 안에서 움직이는 어둑한—때로 놀랍도록 선명한—영상들을 나의 기억이라고 불러야 할 테지만, 그것들이야말로 나의 역사, 내가 경

310

험한 전부임이 분명할 테지만, 어째서인지 곧 아무것도 확신할 수 없어진다.

2

그러니까, 내가 천구백몇년생이라거나, 어느 도시들에서 유년 시절과 성장기를 보냈다거나, 이런저런 사람들을 만나고 이런저런 일들을 겪으며 살아오고 있다는 사실이 마치 다른 사람의 기억처럼 서름서름하게 느껴질 때가 있다. 괴로웠다고 기억되는 일들은 물론, 부인할 수 없이 아름다웠다고 기억되는 순간들도 마치 저 나름의 생명을 가진 듯 한 걸음 떨어져서, 물끄러미 나를 건너다본다.

이를테면 내가 가난한 집의 아이였던 것(정원이 육십 명이던 반에서, 나까지 셋이 급식비를 내는 대신 도시락을 가지고 다녔던 기억이 난다). 하지만 그것에 대해 서글픔이나 원한을 느껴보지는 않았던 것. 오히려 잘 웃는 아이였던 것. 무슨 보석이 녹은 차갑고 반짝이는 물 같은 '시간'의 감각이 늘 두 손바닥에 고여 있었던 것.
마당에 동백나무 한 그루가 심겨 있던, 담 너머 채석장에서 종일 화강암을 깨는 맑고 높은 소리가 들리던 한옥에서 어린 시절의 여러 해를 보낸 것. 어느 여름날인가 온 식구가 제각기 양동이며 바가지며 호스를 들고 축제처럼 물청소를 했던 것. 얇게 시멘트가 발라진 작은 마당을, 머리끝에서 발끝까지 흠뻑 젖어서 소리치며 뛰어다녔던 것.

서울로 올라온 뒤 열세 살 즈음, 아버지가 광주에서 구해온 사진집과 비디오테이프를 보았던 것. 꼭 그 영향만은 아닐 테지만 그후 오랫동안—어쩌면 지금까지도—인간이라는 존재에 대한 근본적인 의문을 지울 수 없게 된 것. 그즈음 가방에 넣어가지고 다니며 읽기 시작한 책들. 연필로 줄을 긋거나 베껴 적었던 문장들. 활판으로 꾹꾹 눌려 찍힌 그 활자들이, 이따금 눈이나 살갗에도 꾹꾹 박히는 것 같았던 것.

스물여섯 살의 여름, 첫 책을 출판사에서 받아든 오후에 느낀, 말로 옮기기 힘든 복잡한 감정. 증정본으로 받은 '내 책' 다섯 권을 가방에 넣고, 꺼내보지도 못한 채 혼자서 한동안 일층 카페에 앉아 있었던 것. 그후 지금까지 보낸 시간. 쓰고, 쉬고, 쓰고, 때로 오래 쉬고, 다시 썼던 그 밖의 다른 말로는 요약하고 싶지 않거나, 달리 요약할 수 없는 시간.

3

그 그림의 키는 내 키보다 조금 컸고, 너비는 내가 두 팔을 벌린 정도였다. 사람의 몸집과 흡사한 그 회색 종이 화면에, 화가는 하나하나 점들을 뚫어 여러 줄의 수평선을 만들었다. 심이 굵은 연필이나 펜촉, 아니면 송곳이었을까? 첫 줄과 둘째 줄, 셋째 줄까

312

지는 정교하고 신중하게 하나하나의 점들을 작고 얕게 뚫었다. 아랫줄로 갈수록 점들은 커지고, 수평이던 선들은 차츰 비뚤어졌다. 나중에는 아예 길게 세로로 찢긴 흔적들이 이어졌다. 점을 뚫어가면 뚫어갈수록 뚫는 사람의 자의식이 강해진 것처럼. 걷잡을 수 없이 점점 너덜너덜해진 것처럼. 펜촉 또는 송곳을 더 세게 움켜쥐어야 했던 것처럼. 더 거칠게 긋고, 더 깊이 상처 입어야만 했던 것처럼.

여러 해 전에 분명히 보았던 그 미술관의 상설 전시품이었는데, 다시 마주선 그 그림 앞에서 걸음을 뗄 수 없었다.

4

펜촉 또는 송곳을 들고 등신대의 종이 화폭 앞에 선 사람을 생각한다.

그 사람이 형상에 대해 느끼는 고통은 무슨 고귀한 창작의 진통 같은 게 아니라, 정말로 피부가 찢어지는 것같이 괴로운 감각이었을 것이다. 그래서 정말로 그는 화면을 찢어놓았을 것이다.

그렇게 개인적인 방식으로 나는 그 그림을 이해했다.

문장들과 단어들, 구두점들의 날카로운 자국.

약간만 발을 잘못 디뎌도, 아니, 잘 디뎠다고 믿은 순간마저 기다리고 있는 구역질의 기미.

지워야 하는 문장들.

단호하게 송곳으로 뚫어, 깨끗이 찢어버려야 하는 단어들.

5

이젠 정말 글을 못 쓰려는가보다, 생각한 적이 있었다. 실제로 글을 안 쓰고 퍽 오랜 시간을 보내기도 했다. 그러던 늦여름, 리모 델링하기 전의 광화문 교보문고 소설 코너에 갔다. 누군가에게 선 물할 일이 있어서 책을 고르려던 것이었다. 수천 권의 소설들이 꽂힌 벽면 앞에 섰을 때 나는 왜 눈이 뜨거워졌던 걸까. 마침 매장 에 조용히 울리고 있었던 피아노곡 때문에? 수천 권의 소설들이 뿜어낸 어떤 에너지 때문에? 이루 말할 수 없이 낯익은 세계로 돌 아왔다는 감정 때문에? 대부분이라고 할 수 있을 인생을 그 세계 에서 보냈기 때문에?

그 모든 소설들을 쓴 수천의 사람들은, 수십 년 동안 등신대의 회색 종이 앞에 서서 한 줄씩 점을 뚫었을 것이다. 생존한 사람들 은 지금도 그 앞에 서 있을 것이다. 그 일에 고통을 느낄 때도 있 고, 충일감이 더 클 때도 있을 것이다. 한순간 깨끗한 생명이 차오 르며 기쁨을 느낄 것이다. 건너가야 할 생각의 고리들, 꿰뚫어지 지 않는 감정 때문에 서성거릴 것이다. 퀼트를 짜거나 건축물을 설계하듯 오 년, 십 년, 그보다 더 긴 시간을 소설 한 편에 골몰해

보내기도 할 것이다. 그렇게 그들의 시간이 지워지고 있을 것이다. 늙어가고 있을 것이다.

6

글을 쓸 때는 다른 일을 할 수 없다. 움직이지 못한다. 걷지도 먹지도 못한다. 가장 수동적인 자세로, 글쓰기 외의 모든 것을 괄호 속에 넣고 한 단어씩 써간다. 그 외의 다른 방법은 없다.

그게 다행이라고 느껴질 때가 있다. 다른 방법이 없어서 다행이다. 움직일 수 없어서 다행이다. 나의 것이라고 이름 붙인 삶의 모든 것을 괄호 속에 넣을 수 있어서 다행이다.

소설을 쓰다 말고 잠깐 골목을 걸을 때, 어항 밖으로 감고 있던 한 눈을 뜬 것처럼 아슴아슴 눈동자가 시릴 때가 있다. 그런 순간에, 나는 그 어항 속에서 움직이던 어둑한(때로 찬란한) 기억들의 주인이 아니다. 침묵하는 거울 속을 들여다볼 때마다 그곳에서 나를 마주보던, 낯익고도 낯선 얼굴의 주인이 아니다.

감시자도, 감시당하는 자도 아니다. 천구백몇년생도, 어떤 도시들에서 태어나고 성장한 사람도 아니다. 수십 년 동안 어떤 사람들과 어떤 사물들, 어떤 풍경들을 만나고 사랑해온 사람도 아니다. 몇 권의 초라한 '내 책'을 가진 사람도 아니다.

그렇게 수없이 나는 삶으로부터 구원/버림받는다. 그 구원/버림의 힘으로 계속 등신대의 종이에 점을 뚫는다. 그 행위가 두렵거나 고통스럽다고, 스스로에게조차 함부로 말하지 못한다.

7

막 소설 한 편이 끝나려고 할 때, 괄호 속에 들어가 있던 모든 것이 둑을 넘듯 조용히 몸속으로 다시 흘러들어올 때, 언제나 나는 더 머뭇거리고 싶어진다. 더 쓰고 싶어진다. 더 숨을 불어넣고 싶어진다.

지금 내 머릿속에 마지막으로 떠오른 이미지는, 펜촉 또는 송곳을 들고 자신이 뚫다 만 종이 앞에 서 있는 사람들의 어렴풋한 옆얼굴이다. 그들이 내쉬는 더운 숨이 구멍들을 통과해 가장 단순한 언어가 된다. 그들은 어떤 소리를 내지도 움직이지도 않는데, 간결한 부호 같은 언어들이 그 구멍들에서 새어나온다(들립니까. 나는 지금 온 힘으로 말하고 있습니다. 당신은 내 말을 듣고 있습니까). 실핏줄들을 타고 흐르는 따뜻한 피 같은, 우리가 가진 생명의 가장 연한 부분, 또는 어떤 목소리의 이미지.

(2011)

아름다운 것에 대하여

—최인호 선생님 영전에

어디서부터 시작해야 할까. 오래 생각하다 그 녹찻잔이 떠올랐다.

그 일인용 청자 녹찻잔은 S출판사에서 손님 접대용으로 쓰던 것이었다. 대학을 갓 졸업한 신입사원이었던 스물네 살의 나는 교정 교열과 필자 관리 외에도 아침 청소, 복사, 우체국과 은행 심부름 등의 일들을 맡고 있었는데, 회사를 찾아온 손님에게 커피 드시겠습니까? 묻고 커피를 타는 일도 업무에 포함되어 있었다. 커피만 빼고 다 좋습니다, 라고 대답하는 손님이 있으면 허리 높이의 찬장에서 그 녹찻잔을 꺼냈다. 잔에 더운물을 채우고 찻잎 대신 녹차 티백을 담갔다가, 색이 우러나면 건져낸 뒤 쟁반에 내갔다.

그 봄날 오후, 밖에서 함께 점심을 들고 온 필자 선생님들은 사무실 중앙의 소파에 모여앉아 활달한 농담을 주고받기 시작했다.

나는 언제나처럼 그들의 기호를 물은 뒤 몇 잔의 커피를 머그잔에, 녹차는 녹찻잔에 내갔다. 담소가 끝나갈 무렵 누군가 나에게 이것 좀 치워라, 라고 말했다. 언제나처럼 빈 잔들을 쟁반에 옮겨 나오던 길에 나는 잠깐 쟁반을 놓쳤다. 이상한 일이었다. 무엇에 발이 걸린 것도 아니고, 어지러웠던 것도 아니었다. 어어, 손에서 힘이 풀리네, 생각하는 동시에 녹찻잔이 가장 먼저 떨어져 요란하게 산산조각났다.

나는 쪼그려앉아서 잔의 파편들을 쟁반에 주워담기 시작했다. 출입문 오른편의 그 자리는 마침 조명이 없는데다 낮에도 빛이 들지 않아 눈에 띄지 않는 곳이었다. 어째서인지 손이 빨리 움직여지지 않았다. 희끗한 상감이 새겨진 큰 조각을 들여다보면서, 아름답던 게 깨어졌구나, 생각했던 기억이 난다. 그 어두운 곳에 쪼그려앉아 내가 얼마나 오랜 시간을 보냈는지 누구에게도 들키지 않은 줄 알았는데, 그날 오후 늦게 최인호 선생님이 내 책상에 와서 불쑥 물었다.

많이 힘드니?

그 눈길에 헤아릴 수 없는 따스한 연민이 들어 있어서, 내가 힘든가, 그제야 문득 생각했던 기억이 난다. 그래서 손에서 힘이 풀렸었나. 그 파편들을 빨리 주울 수 없었나. 뭐라 대답할 말이 없을 때 늘 그렇게 했듯, 나는 선생님의 얼굴을 올려다보며 조금 웃었던 것 같다.

*

헬로!

최인호 선생님은 언제나 그렇게 외치며 사무실로 들어왔다. 활
짝 문을 열어젖히면서, 또렷하고 큰 발성으로 *헬로!* 무슨 빛이나
바람 같은 걸 몰고 오듯 힘차게 걸으며, 앉거나 서 있는 모든 직원
들에게 활짝 손을 들어올리며 인사했다. *경옥씨 헤어스타일이 바
뀌었어요? 멋진데! 야, 오랜만이야, 최차장!* 자신만만한 청년처
럼, 또는 개구쟁이처럼. 거리낄 것 없는 인생이라는 특권을 선물
받은 사람처럼.

그 거리낌없음의 세계에서 모두가 평등했다. 국회의장 출신의
출판사 오너부터 막내 신입사원인 나까지, 그에게는 정확히 똑같
은 존중의 대상이었다. 상대의 나이가 많건 적건, 지위가 높건 낮
건 상관없이 소파 등받이에 상체를 느슨히 기대고, 다리를 꼬고,
한 팔을 길게 등받이에 펼쳐놓고 멋들어지게 시가를 피운다.

선생님을 처음 만난 1993년 2월, 『길 없는 길』의 마지막 교정을
보러 온 그는 그렇듯 거리낌없는 명랑성을 담아 큰 소리로 말씀하
셨다. 춘향이가 들어왔네! 긴 머리를 한 갈래로 땋고 앉아 교정을
보고 있던 수습사원의 첫인상이 재미있었던지, 내가 퇴사할 때까
지 선생님은 기분좋을 때마다 나를 그렇게 불렀다. 우리 춘향이.
다른 사람이 그렇게 놀리곤 했다면 어쩌면 기분이 나빴을까? 당신

이 지은 별명에 진심으로 감탄하고 만족스러워하는 선생님의 표정이 재미있어 나도 모르게 웃음이 났다.

이듬해 1월, 내 소설이 신춘문예에 당선되었다는 말을 전해들은 선생님은 반가워하며 신문을 가져와보라고 하셨다. 마침 비어 있던 주간실에서 다 읽은 뒤 불러서 소감을 들려주셨다. *참 어두운 이야기다. 그런데 후반부에선 이 어두운 가족이 바다로 소풍을 가는구나. 그게 나는 참 좋더라.*

시간이 더 흘러 마지막으로 그 출판사에 출근했던 토요일, 선생님은 직원들이 모두 퇴근한 뒤까지 나를 앞에 앉혀놓고, 점심도 거르시고 두 시간 가까이 이런저런 이야기를 들려주셨다. 이제는 몇 가지 조언들만 기억 속에 남아 있다. *소설을 맨 앞에 둬야 한다. 그러려면 착하게 살려고만 하면 안 돼. 선의의 이기주의자가 될 수 있어야 한다.*

*

그 특별한 필체를 기억한다. 이를 악문 흔적처럼 원고지에 꾹꾹 눌러쓴, 한글에서 파생된 새로운 문자 같은 글자들. 아무도 알아볼 수 없는 그 원고를 편집하려면 선생님이 직접 불러줘야 했다. 내 앞에 의자를 놓고 앉은 그가 한 문장을 부르면, 나는 키보드를 두드려 그걸 입력한다. 키보드 소리가 멈추는 걸 듣고서 선생님이 다음 문장을 부른다.

선생님이 돌아가신 뒤, 그의 책상을 찍은 사진이 신문에 실린 것을 보았다. 원고지 묶음, 준비중이던 장편소설의 자료들, 돋보기안경. 작가의 죽음이 무엇을 의미하는지 그때 무섭게 깨달았다. 새 소설의 자료 준비를 끝냈지만, 이제 쓸 일만 남았지만 쓸 수 없다. 머릿속에선 이미 시작되었을 그 책이 영원히 완성되지 않는다.

*

투병중에 선생님이 쓴 소설 『낯익은 타인들의 도시』를 읽던 밤의 전율을 기억한다. 독실한 가톨릭 신자인 그가 때로는 거의 신을 등지는 날것의 의문을 던지며, 삶과 죽음 사이의 벼랑으로 힘껏 몸을 밀어내, 처절한 정직성으로 움켜쥔 소설. 평생 동안 맨 앞에 두었던 소설이 그를 끌고 나아간 순간들의 기록.

김연수씨를 통해 연락을 드리고 여백출판사로 찾아간 겨울, 방사선치료 때문에 성대가 상해 작고 칼칼해진 목소리로 선생님은 나를 맞아주셨다. *우리 강이가 왔어?* 이제는 춘향이라고 부르지 않았지만, 여전히 재미있어하는 듯 활짝 웃고 계셨다.

그날 선생님은 가까운 바다로 우리를 데려가셨다. 조개구이를 사주시고, 언덕에 있는 찻집에서 커피도 사주시고, 바람 찬 방파제를 잠깐 함께 걸으셨다. 돌아오는 길엔 함명춘 선배에게 오늘 눈이 왔어야 하는데, 중얼거리셨다. 일행들이 화장실에 가서 둘만 남았을 때 선생님은 말씀하셨다. *인생은 아름다운 거야. 강아. 그렇게 생각하지 않니? 나는 그렇게 생각한다. 나는 네가 그걸 알았으면 좋겠어. 인생은 아름다운 거다. 난 정말 그렇게 생각한다.* 내가 그걸 영영 알지 못할까봐, 그게 가장 큰 걱정인 것처럼 그렇게 반복하셨다.

*

나는 신을 믿어본 적이 없으므로, 명동성당에서 집전된 선생님의 장례미사에서 모두가 부활을 합창할 때 이방인처럼 구석에 얼어붙어 있었다.

같은 이유로, 선생님이 마지막에 주님이 오셨다고 딸에게 말씀하신 것을 나는 오직 문학의 일부로 이해한다. 가장 극심한 고통이, 죽음이 다가오는 순간 그렇게 바꿔 부를 수 있었던 용기에 대해 생각한다. 그 낙차의 서늘함에 대해 생각한다.

그리고 그 녹찻잔을 생각한다. 깨어졌어도 아름다운 조각들을 들여다보며 한참 쪼그려앉아 있었던, 어두운 줄도 모르고 어두웠던 그 시절에, 내 책상으로 최인호 선생님이 가볍게 걸어왔던 것을. 담담한 진실을 담은 눈으로 내 눈을 건너다봤던 것을. 나는 인

322

생이 아름답다고 생각한다. 그렇지 않니? 네가 그걸 알았으면 좋
겠어.

잊지 않을 것이다.

(2013)

여름의 소년들에게

1

오랫동안 사실과 다르게 기억하고 있던 것들을 뒤늦게 깨닫고 놀라는 때가 아마 누구에게나 있을 것이다. 나에게는 린드그렌의 책 『사자왕 형제의 모험』을 읽은 시기가 그런 이상한 혼돈을 주었다. 이 책을 1980년에 읽었다고 최근까지 굳게 믿어왔는데, 이 강연 원고를 쓰기 위해 개정판창비, 2015을 사면서 알게 되었다. 이 책이 한국에서 처음 번역되어 출간된 것이 1983년이었다는 것을. 나의 기억이 틀렸다는 게 믿기지 않아 번역자의 후기까지 읽고 나서야 내 착각을 인정하게 되었다. 후기에 따르면 번역자 김경희는 1982년 유학생 신분으로 스톡홀름에 머물던 중 당시 일흔네 살이던 아스트리드 린드그렌의 아파트를 찾아갔다. 좋아하던 작가를 처음 만나 어떤 말을 해야 할지 몰라 쩔쩔매는 번역자를 린드그렌은 밝고 따뜻하게 맞아주었다. 김경희는 이렇게 그 순간을 묘사한다.

나를 린드그렌 할머니는 마치 친손녀처럼 안아주었습니다. 겁에 질려 뛰어든 칼을 푸근히 감싸안던 마티아스 할아버지처럼. 그리고 린드그렌 할머니는 맑고 다정한 눈으로 내 얼굴을 들여다보며 말했습니다. "꽤나 멀고도 낯선 나라에서 온 이 유학생에게 웬일인지 아주 가깝고도 낯익은 느낌이 드네요. 그 나라에도 내 이야기를 듣고 싶어하는 어린이들이 있거든 나 대신 얼마든지 들려줘요."

두 사람이 긴 대화를 나눈 뒤 김경희가 시내 공원 모퉁이의 그 아파트를 나온 것은 저녁 일곱시였다. 그들의 이 만남은 1982년 1월에 이루어졌고 이듬해 7월 20일 이 책이 한국에서 출간되었다. 그러니까 내가 이 책을 읽었던 것은 바로 그 여름이었다. 1980년이 아니라 1983년의 여름. 만 아홉 살이 아니라 열두 살의 여름. 비록 연도에는 혼동이 있었지만, 그 계절의 감각만은 또렷한 기억으로 남아 있다. 무더운 오후에 이 책을 처음으로 손에 쥐었다. 수유리 언덕배기 집의 조그만 내 방에서, 서늘한 방바닥에 배를 대고 엎드려 이 책을 읽기 시작했다. 자세가 불편하게 느껴지면 일어나 앉았다가, 땀이 흐를 만큼 더워지면 다시 차가운 바닥에 엎드려가며, 마지막 장에 다다를 때까지 멈추지 못하고 읽어갔다.

그러니 나에게 남은 의문은 이것들이었다. 왜 나는 그해가 1980년이었다고 철석같이 믿어왔을까? 1980년과 1983년의 여름들 사이에 어떤 공통점이 있는가? 그것이 『사자왕 형제의 모험』과 어떻게 연결되어 있을까? 왜 그토록 고통스러운 열정으로 나는 이 책에 빠져들었을까?

나는 1970년 11월에 광주에서 태어났다. 1980년 1월에 가족과 함께 서울로 올라왔는데, 국어 교사이자 젊은 소설가였던 아버지가 수도에서 글만 쓰면서 새로운 삶을 살겠다고 결심하며 직장을 그만둔 것이 계기였다. 나무와 흙으로 지어 검푸른 기와를 올리고 문과 창문에는 유리 대신 하얀 종이가 발라진 정든 한옥을 떠나, 서울 외곽의 수유리 언덕에 있는 양옥집으로 옮겨갔다. 가족 모두가 새로운 삶에 차츰 적응해가던 5월 17일에 계엄령이 선포되었다. 그 전해인 1979년 10월, 십팔 년 동안의 군부 독재를 이끌었던 대통령 박정희가 암살되고, 민주주의를 열망하던 시민들이 거리로 뛰쳐나온 지 7개월 만의 일이었다. '서울의 봄'이라고 불린 그 시기를 틈타 또 한번의 쿠데타를 일으킨 이른바 '신군부' 세력이 마침내 권력의 전면에 등장한 것이다. 불과 4개월 전, 사소하고 다소 즉흥적인 이유로 나의 가족이 떠나온 도시, 내가 태어나 유년을 보낸 바로 그곳, 그때까지 그저 작고 평범한 교육 도시였을 뿐인 그곳에서 계엄에 불복종하는 항쟁이 일어난 것은 그다음날 인 5월 18일이었다. 그로부터 다시 이틀 뒤 오후 한시, 수많은 시 위 군중들이 모인 도청 앞 광장에서 군대는 집단 발포를 했고, 이 후 생존을 위해 시민들이 무장하며 '광주 공동체'가 태어났다. 짧 고 평화로웠던 시민 자치가 이루어지던 도청으로, 탱크와 기관총 으로 무장한 군인들이 되돌아온 것은 5월 27일 새벽이었다.

신군부가 언론을 장악하고 있었기 때문에, 광주를 제외한 다른 지역의 사람들은 대부분 그 일을 폭동이자 내란으로 이해했다. 그 러나 나의 가족은 광주에 친지와 친척, 친구 들을 두고 왔기 때문 에 그 일의 의미를 처음부터 정확하게 알고 있었다. 학살이자 항 쟁이었던 그 열흘의 시간. 평범한 사람들이 총상자들을 살리기 위 해 끝없이 줄을 서서 헌혈을 하고, 시장에서 음식을 나누고, 무고 하게 살해된 자들을 위한 장례를 날마다 함께 치르며 버텼던 절대 공동체. 어른들은 우리 남매에게 말했다. "밖에 나가서 절대로 그 런 말을 하면 안 된다. 광주에 대해 아무것도 말해서는 안 돼." 그 렇게 그 일은 나에게 영영 숨겨야 할지도 모를 무거운 비밀이 되 었다. 그러나 그 생각이 자꾸 떠오르는 것을 떨칠 수는 없었다. 그 해 여름이 지나갈 무렵 내가 문득 생각했던 것을 기억한다. 이제 곧 이 무더운 여름이 끝나고 우리는 가을 속으로 들어가는데, 이 여름으로조차 끝내 넘어오지 못했던 사람들이 있다는 사실을. 그

것은 어떤 정치적 각성이라기보다, 죽음이라는 것에 대해 처음으로 진지하게 생각하게 된 순간이기도 했다.

그후 이 년이 흐른 1982년, 아버지가 광주에서 사진집 한 권을 가져왔다. 증언을 위해 유족들과 생존자들이 비밀리에 만들어 유통시켰던 책이었다. 이때의 기억을 나는 『소년이 온다』의 에필로그에 이렇게 썼다.

　그 사진집을 아버지가 집으로 가져온 것은 이 년 뒤 여름이었다. 누군가를 조문하러 그 도시에 내려갔다가 터미널에서 구했다고 했다. (……) 어른들끼리 사진집을 돌려본 뒤 무거운 침묵이 흘렀다. 아버지는 그 책을 아이들이 보지 못하도록 안방의 책장 안쪽에, 책등이 안 보이게 뒤집어 꽂아놓았다.
　내가 몰래 그 책을 펼친 것은, 어른들이 언제나처럼 부엌에 모여앉아 아홉시 뉴스를 보고 있던 밤이었다. 마지막 장까지 책장을 넘겨, 총검으로 깊게 내리그어 으깨어진 여자애의 얼굴을 마주한 순간을 기억한다. 거기 있는지도 미처 모르고 있었던 내 안의 연한 부분이 소리 없이 깨어졌다.

그리고 다시 일 년이 지난 서울의 여름, 이상한 열정으로 『사자왕 형제의 모험』을 읽고 있는 열두 살의 내가 있다.

그건 평범한 동화책이 아니다. 아이들을 위한 책으로서는 놀랍게도 처음부터 죽음에 대해 이야기한다. 부엌의 침대에서 벗어나지 못하는 아픈 소년 칼에게, 그를 사랑하는 형 요나탄이 말한다. 네가 죽으면 하얀 새가 되어 나에게 돌아올 거야. 나는 너를 금방 알아볼 수 있을 거야. 그러나 얼마 뒤 집에 불이 나고, 칼을 업고 뛰어내린 요나탄이 먼저 세상을 떠난다. 과연 하얀 새가 되어 창가로 날아온 요나탄이 들려준 말대로, 뒤이어 병으로 숨을 거둔 칼은 낭기열라라는 아름다운 세계에서 건강한 몸으로 다시 눈을 뜬다. 그러나 그곳은 아름답기만 한 세계가 아니다. 들장미 골짜기의 텡일이라는 무자비한 독재자가 괴물 카틀라의 힘을 등에 업은 채 사람들을 지배하고 핍박한다. 이웃한 벚나무 골짜기에서 뜻있는 사람들이 모여 그에게 맞서는데, 요나탄은 '사자왕'이라는 그곳에서의 별명대로 용감하고 순정하게 자신의 몫을 다해 싸우는 중이다.

이 책에서 가장 먼저 나를 사로잡은 것은, 그 싸움의 과정에서 연약하고 겁 많은 칼이 서서히 이 작품의 진정한 주인공, '사자왕 칼'이 되어가는 모습이었다. 일인칭 화자인 칼이 너무나 솔직하게 자신의 마음을 털어놓았으므로, 처음부터 나는 거의 무방비 상태로 그를 이해했다. 형에 대한 그의 절대적인 사랑과 믿음, 자연의 아름다움에 대한 감탄, 그리고 두려움과 떨림까지.

거기에 더해, 칼이 관찰하는 독재자 텡일의 모습, 그가 조종하는 살인의 화신 카틀라, 그에 맞서 연약한 사람들이 연대하는 과정이 어째서인지 낯설게 느껴지지 않았다. 우여곡절 끝에 이들이 결국 승리하기는 하지만, 그 싸움의 과정에서 무고한 사람들이 희생되고 만다. 살아남은 사람들은 모두 눈물을 흘리며 슬퍼한다. 그러나 오직 한 사람, 반군의 지도자 오르바르만은 울지 않는다. 그 대목을 읽으며 내가 느꼈던 불길한 예감을 기억한다. 그 어두운 예감과 폭력의 기억으로 그늘진—그러나 동시에 믿을 수 없을 만큼 아름다운—세계, 낭기열라에서 소년들이 다시 죽음의 형식으로 함께 떠나가는 마지막 장면을 읽다가, 어느새 해가 져서 캄캄해진 내 방의 서늘한 벽에 기대앉아 오래 울었던 것을 기억한다. 알 수 없었다. 어떻게 그들은 그토록 서로를 믿고 사랑하는가? 그들의 사랑을 둘러싼 세상은 왜 그토록 아름다우며 동시에 잔인한가?

그후 삼십여 년이 흘러, 오슬로로의 여행을 앞두고 이 책을 다시 완독한 지금에야 비로소 내가 왜 연도를 착각해왔는지 깨달았다. 나의 내면에서 이 책이 80년 광주와 연결되어 있었다는 사실을. 1980년 아홉 살의 내가 문득 생각했던, 그 여름을 이미 건너지 못했으므로 그 가을로도 영영 함께 들어갈 수 없게 된 그 도시의 소년들의 넋이, 그로부터 삼 년 뒤 읽은 이 책에서 두 번의 죽음과 재생을 겪는 소년들에게로 연결되어 내 몸속 어딘가에 새겨졌다는 것을. 마치 운명의 실에 묶인 듯, 현실과 허구, 시간과 공간의 불투명한 벽을 단번에 관통해서.

2

2012년 겨울부터 『소년이 온다』를 쓰기 위한 자료를 읽으면서 나는 내면의 투쟁을 치르고 있었다. 인간의 잔혹함을 증거하는 자료들과, 다른 한편에서 인간의 존엄을 증거하는 자료들 사이에서 나는 분열을 겪고 있었다. 언젠가부터 나에게 광주는 더이상 하나의 도시를 가리키는 고유명사가 아니라, 인간의 폭력과 존엄이 극단적으로 공존한 시간을 가리키는 보통명사가 되어 있었다. 신대륙의 학살, 아우슈비츠, 보스니아, 관동과 난징의 학살을 가로지르는 인간의 잔혹함과, 그럼에도 불구하고 필사적으로 그 폭력 앞에서 무엇인가를 하려고 했던 연약한 몸짓들에 대해 내가 대체 무슨 말을 할 수 있을지 알 수 없었다. 이 소설을 쓰는 일을 거의 포기하려 했던 어느 날, 5월 27일 새벽 군인들이 돌아와 모두를 죽일 것임을 알면서 광주의 도청에 남았던 한 시민군, 섬세한 성격의 야학 교사였던 스물여섯 살 청년의 마지막 일기를 읽었다. 기도의 형식을 한 그 일기의 앞부분은 이렇게 시작하고 있었다. "하느님, 왜 저에게는 양심이 있어 이토록 저를 찌르고 아프게 하는 것입니까? 저는 살고 싶습니다." 그 순간 내가 쓰려는 소설이 어디로 가야 하는지 깨닫게 되었다. 어떻게든 폭력에서 존엄으로, 그 절벽들 사이로 난 허공의 길을 기어서 나아가는 일만이 남아 있다는 것을.

그러기 위해 먼저 이 소설의 맨 앞과 맨 뒤에 촛불을 밝히기로 했다. 할 수 있는 최선의 애도를 하고 싶었다. 촛불의 불꽃의 중심을 통과하여, 삼십여 년을 건너 우리에게 오는 넋들의 걸음걸이를 생각했다. 그 불가능한 재생을 단 한 순간이라도 가능케 하고 싶었다. 열다섯 살에 그곳에서 죽어 여름으로 건너오지 못한 소년 동호가, 어둠 속에서 희미한 빛으로 떠오르게 하고 싶었다.

그렇지만, 다만 애도하고 온 힘을 다해 존엄에까지 가자고 결심은 했지만, 『소년이 온다』를 써가는 동안 나는 여전히 인간의 참혹과 존엄 사이에서 스스로 흔들리곤 했다. 4장 '쇠와 피' 같은 경우에는 내가 흔들리며 회의했던 흔적들이 고스란히 담겨 있다. 더이상 나아갈 수 없다고 느껴질 때마다, 달리 방법이 없어서 소년에게 매달렸다. 그가 나를 밝은 쪽으로 이끌고 가기를 바랐고, 실제로 그에게 끌려가듯 가까스로 앞으로 나아가는 경험을 했다. 그러므로 만일 지금 누군가 나에게 인간이 무엇이냐고 묻는다면, 어떤 폭력보다 먼저, 인간의 참혹보다 먼저, 6장에서 어린 동호가 엄마의 손을 잡고 밝은 쪽으로 나아가는 순간에 대해서 이야기해야 할 것 같다고 느낀다.

그 마음으로 에필로그에 이 대목을 썼다.

특별히 잔인한 군인들이 있었던 것처럼, 특별히 소극적인 군인들이 있었다.

피 흘리는 사람을 업어다 병원 앞에 내려놓고 황급히 달아난

공수부대원이 있었다. 집단발포 명령이 떨어졌을 때, 사람을 맞히지 않기 위해 총신을 올려 쏜 병사들이 있었다. 도청 앞의 시신들 앞에서 대열을 정비해 군가를 합창할 때, 끝까지 입을 다물고 있어 외신 카메라에 포착된 병사가 있었다.

어딘가 흡사한 태도가 도청에 남은 시민군들에게도 있었다. 대부분의 사람들이 총을 받기만 했을 뿐 쏘지 못했다. 패배할 것을 알면서 왜 남았느냐는 질문에, 살아남은 증언자들은 모두 비슷하게 대답했다. 모르겠습니다. 그냥 그래야 할 것 같았습니다.

그들이 희생이라고 생각했던 것은 내 오해였다. 그들은 희생자가 되기를 원하지 않았기 때문에 거기 남았다. 그 도시의 열흘을 생각하면, 죽음에 가까운 린치를 당하던 사람이 힘을 다해 눈을 뜨는 순간이 떠오른다. 입안에 가득찬 피와 이빨 조각들을 뱉으며, 떠지지 않는 눈꺼풀을 밀어올려 상대를 마주보는 순간. 자신의 얼굴과 목소리를, 전생의 것 같은 존엄을 기억해내는 순간. 그 순간을 짓부수며 학살이 온다, 고문이 온다, 강제진압이 온다. 밀어붙인다, 짓이긴다, 쓸어버린다. 하지만 지금, 눈을 뜨고 있는 한, 응시하고 있는 한 끝끝내 우리는……

*

이제 당신이 나를 이끌고 가기를 바랍니다. 당신이 나를 밝은 쪽으로, 빛이 비치는 쪽으로, 꽃이 핀 쪽으로 끌고 가기를 바랍니다.

목이 길고 옷이 얇은 소년이 무덤 사이 눈 덮인 길을 걷고 있다. 소년이 앞서 나아가는 대로 나는 따라 걷는다. 도심과 달리 이곳엔 아직 눈이 녹지 않았다. 얼어 있던 눈 더미가 하늘색 체육복 바지 밑단을 적시며 소년의 발목에 스민다. 그는 차가워하며 문득 고개를 돌린다. 나를 향해 눈으로 웃는다.

3

고백하자면, 『사자왕 형제의 모험』과 그 소년들을 거의 잊은 채 오랜 시간을 살아왔다. 어린 시절에 가장 좋아했던 책들 중 한 권이라는 사실 외에는 실상 많은 것이 희미했다. 그러니 당연히, 『소년이 온다』를 쓰는 동안 이 오래된 책을 기억하는 일은 없었다. 그러나 이제 삼십여 년이 흐른 뒤 다시 읽게 된 이 책의 마지막 페이지에서, 불꽃에 손바닥을 덴 것처럼 놀라며 깨달았다. 열두 살의 내가 어두워져가는 방의 벽에 기대앉아 이 책을 쥐고, 무엇이 내 눈과 목구멍을 뜨겁게 하는지도 명확히 알지 못한 채 스스로에게 던졌던 질문들의 의미를. 그 질문들이 여전히 내 안에서 생생히 살아 어른어른 흔들리고 있다는 사실을. 어떻게 그들은 그토록 사랑하는가? 그들을 둘러싼 세상은 왜 그토록 아름다우며 동시에 폭력적인가?

그 열두 살의 나에게, 이제야 더듬더듬 나는 말할 수 있을 것 같다. 바로 사랑하기 때문에 우리가 절망하는 거라고. 존엄을 믿고 있기 때문에 고통을 느끼는 것이라고. 그러니까, 우리의 고통이야 말로 열쇠이며 단단한 씨앗이라고.

한국어로 번역된 린드그렌의 평전을 이어 읽다가, 생전의 작가가 세계 곳곳에서 벌어지는 전쟁과 테러의 뉴스들에 유난히 민감했으며 진심으로 고통스러워했다는 대목을 발견하고 나는 조용히 짐작했다. 인간에 대한 사랑에서 비롯되었을 그녀의 고통이 이 책 『사자왕 형제의 모험』에 배음으로 깔려 있다는 것을. 열두 살의 내가 비밀로서 품고 있었던 어렴풋한 사랑과 고통이, 먼 시간과 공간을 건너 그녀의 사랑과 고통에 잠시 맞닿았을지도 모른다고. 그렇게 거의 불가능한 방식으로 때로 우리가 만남을 경험하는지도 모른다고. 그 경험이 지워지지 않는 흔적으로 우리들의 심장과 목구멍에, 눈물이 고였던 눈에 뜨겁게 새겨지기도 하는 것이리라고.

허락된다면, 린드그렌의 이 아름다운 책의 한 대목을 읽으며 나의 이야기를 마치고 싶다.

우리는 시냇가 푸른 잔디밭에 누워 있었습니다. 텡일이라든가 그 밖의 끔찍한 것들이 있다는 사실을 차마 믿을 수 없을 정도로 아름다운 아침나절이었습니다. 햇살은 맑고 따스했습니다. 어찌나 조용한지 들리는 거라고는 약간씩 거품을 일으키며 다리 아래로 흘러가는 물소리뿐이었습니다. 우리는 푸른 하늘 군데군데 흩어진 흰 구름을 바라보며 행복한 기분으로 콧노래를 부르고 있었습니다.

이렇게 근심 걱정 없이 즐거운 기분이었는데 요나탄 형이 텡일 이야기를 꺼낸 것입니다.

(……)

"스코르판, 잠시 동안 너 혼자 기사의 농장에 남아 있어야겠어. 나는 들장미 골짜기에 다녀와야 하니까."

요나탄 형이 어째서 그런 말을 하는지 모를 일이었습니다. 나 혼자는 단 일 분도 기사의 농장에서 살 수 없다는 걸 형은 정말 모르는 걸까요? 만일 형이 텡일의 소굴로 가면 나도 따라가겠다고 말했습니다.

요나탄 형이 아주 야릇한 눈길로 나를 바라보더니 한참 만에 말문을 열었습니다.

"스코르판, 너는 하나밖에 없는 내 동생이야. 나는 모든 불행이나 위험으로부터 너를 안전하게 보호해주고 싶어. 하지만 이번엔 너를 돌볼 수가 없거든. 다른 일을 위해 있는 힘을 다 쏟아야 하니까. 그런데 어떻게 너를 데려가니? 이건 정말 위험하기

짝이 없는 일이야."

나는 아무 말도 듣고 싶지 않았습니다. 슬프고 화가 나서 가슴이 터질 것만 같았습니다.

"그래서 나 혼자 농장에 남아 있으라는 거야? 형은 이제 영영 돌아오지 못할지도 모르면서, 나보고 마냥 기다리기나 하란 말이지?"

나는 미친듯이 소리질렀습니다.

(……)

"바보 같은 소리 그만해. 나는 꼭 돌아올 거야."

형은 그렇게 말을 맺었습니다.

(……)

더는 화가 나지 않았지만 슬퍼서 견딜 수가 없었습니다. 물론 요나탄 형도 내 마음을 훤히 알고 있었습니다. 언제나 친절한 형은 새로 구운 버터 빵에다 꿀을 발라주었습니다. 또 신기한 옛이야기도 해주었는데 내 귀에는 제대로 들리지 않았습니다. 텡일이라는 악당만 자꾸 생각났습니다. 모든 괴물과 악당 중에서도 텡일이 가장 끔찍하고 잔인한 것 같았습니다. 나는 무엇 때문에 요나탄 형이 그처럼 위험한 일을 해야 하느냐고 물었습니다. 기사의 농장 벽난로 앞에 앉아 편안히 살면 안 될 까닭이 뭐란 말입니까? 그러나 형은 아무리 위험해도 반드시 해내야 하는 일이 있다고 말했습니다.

"어째서 그래?"

내가 다그쳤습니다.

"사람답게 살고 싶어서지. 그렇지 않으면 쓰레기와 다를 게 없으니까."

(······)

어느덧 밤이 깊었습니다. 벽난로의 불길도 잦아들었습니다.

다음날 새벽, 나는 문간에 서서 요나탄 형이 말을 타고 안개 속으로 떠나가는 모습을 지켜보았습니다. 벚나무 골짜기는 온통 새벽안개에 휩싸여 있었습니다.

형이 점점 멀어져, 안개 속으로 사라졌습니다.

(2017)

백 년 동안의 기도
—미래 도서관 프로젝트*에 참여하며

'미래 도서관'의 작가가 되어달라는 제의를 받은 직후, 저는 백 년 뒤의 세계를 상상했습니다. 내가 죽어 사라진 지 오래고, 아무리 수명을 길게 잡는다 해도 내 아이 역시 더이상 존재하지 않으며, 내가 사랑하는 그 누구도, 지금 이 순간 지구상에서 함께 살아 숨쉬는 어떤 인간도 더이상 살아 있지 않은 세계를. 그것은 무섭도록 쓸쓸한 상상이었습니다. 하지만 그 막막함을 가로질러 나는 계속 상상했습니다. 이 순간에도 시간은 어김없이 흐르고 있으니, 필연적인 현실로서 당도하고 말 백 년 뒤의 세계를. 백 년 동안 자라나 울창해졌을 오슬로 근교 숲의 나무들을. 봄의 가지들과 잎들을, 거기 내리비칠 정오의 햇빛을. 어김없이 찾아올 저녁들과 차갑고 고요한 밤들을.

그때 알았습니다. 이 프로젝트가 어떤 힘을 가지고 있는지를. 이 프로젝트를 위해 글을 쓰려면 시간을 사유해야 한다는 것을. 무엇보다 먼저 나의 삶과 죽음을 받아들여야 하고, 필멸하는 인간의 짧디짧은 수명에 대해 생각해야 하고, 내가 지금까지 누구를 위해 글을 써왔는가를 돌아보아야 한다는 것을. '언어'라는 나의 불충분하고 때로 불가능한 도구가, 결국은 그것을 읽을 누군가를 향해 열려 있는 통로라는 사실을 새삼스럽게 자각해야 한다는 것을.

그리하여 마침내 첫 문장을 쓰는 순간, 나는 백 년 뒤의 세계를 믿어야 할 것입니다. 내가 쓴 것을 읽을 사람들이 거기 아직 살아남아 있으리라는 불확실한 가능성을. 인간의 역사는 아직 사라져버린 환영이 되지 않았고 이 지구는 아직 거대한 무덤이나 폐허가 되지 않았으리라는, 근거가 불충분한 희망을 믿어야만 합니다. 이 프로젝트를 꾸려가는 사람들, 그리고 현재와 미래의 작가들이 앞으로의 백 년 동안 죽어가고 새로 태어나며 마치 불씨를 나르듯이 일을 계속해낼 것이라는 흔들리는 전제를 믿어야 합니다. 종이책의 운명이 백 년 뒤의 세계까지 살아남아 다다를 것이라는 위태로운 가능성까지도.

모든 불확실성에도 불구하고 우리가 빛을 향해 한 발을 내디뎌야만 하는 순간을 기도라고 부를 수 있다면, 아마 이 프로젝트는 백 년 동안의 긴 기도에 가까운 어떤 것이라고 이 순간 나는 느끼고 있습니다.

(2019)

* 스코틀랜드의 미술가 케이티 패터슨의 기획으로, 2014년 오슬로 근교 숲에 심은 천 그루의 어린 나무를 백 년 뒤 베어 작가 백 명의 책을 한정판으로 출간하는 프로젝트. 매년 한 명씩 선정되는 작가의 원고는 제목을 제외한 장르, 분량, 내용이 비밀에 부쳐지며 2114년까지 오슬로 시립도서관에 봉인, 보관된다.

출간 후에

1

소설이 출간되었다.

더이상 새벽에 일어나 초를 켜지 않아도 된다.

외딴집이 정전됐을 때 촛불이 얼마나 밝은지 보려고 보일러 센서 등을 가리고 냉장고 코드를 뽑지 않아도 된다. 거인 같은 그림자가 천장에 일렁이는 걸 보려고 초를 들고 서성이지 않아도 된다. 촛불의 빛이 지나갈 때마다 낮은 목소리처럼 일어섰다가 어두워지는 책등의 제목들을 읽지 않아도 된다.

살갗에서 눈이 녹는 감각을 기억하려고 손이 뻣뻣해질 때까지 눈을 쥐었다 펴기를 반복하지 않아도 된다. 눈이 내리기 시작할 때마다 가장 가까운 산을 향해 택시로 달려가지 않아도 된다. 산 아래 다다랐을 때 눈이 그친 것에 실망하지 않아도 된다. 등산객들을 위한 식당에서 반쯤 나물밥을 먹다가 창밖으로 다시 눈이 내리는 걸 보고 일어서지 않아도 된다. 등산로를 벗어나 숲속으로, 더 깊은 숲속으로 들어가지 않아도 된다.

더이상 자료를 읽지 않아도 된다. 검색창에 '학살'이란 단어를 넣지 않아도 된다. 구덩이 안쪽을 느끼려고 책상 아래 모로 누워 있지 않아도 된다. 매일 지나치는 도로변 동산의 나무들 사이로 햇빛이 떨어지고 녹음 아래 그늘이 유난히 캄캄할 때, 거기 시체들이 썩어가는 모습을 떠올리지 않아도 된다.

울지 않아도 된다.

더이상 눈물로 세수하지 않아도 된다.

바람 부는 자정에 천변 길을 걷지 않아도 된다.

산 사람들보다 죽은 사람들을 더 가깝게 느끼지 않아도 된다.

더이상 이 소설을 포기하지 않아도 된다.

언젠가 이 소설에서 풀려날 날을 기다리지 않아도 된다. 자유를 얻으면 하고 싶은 일들과 해야 할 일들의 리스트를 늘려가지 않아도 된다.

2

가벼워진다.

더 가벼워진다.

뼈와 가죽 안에 아무것도 남지 않은 것처럼.

동트기 전 어둠 속에서 생각한다. 이제 멀어진 사람 같은 나의 소설을. 우리는 서로를 껴안고 있었는데, 결사적으로 서로가 서로를 버텨주었는데, 나만 여기 남았구나.

그런데 '나'는 원래 누구였던가?

예전에 나였던 사람은 이미 이 소설로 인해 변형되었으므로 이제 그 사람으로 돌아갈 수는 없다. 그러니 바꿔 물어야 한다.

지금의 나는 누구인가? 이렇게 텅 빈, 헐벗어 있는 이 사람은?

3

소설을 쓰던 때보다 오히려 책을 덜 읽는다. 걷기도 스트레칭도 근력 운동도 덜 한다. 오후 내내 누워 음악을 듣는다. 세탁기 돌아가는 소리를 처음부터 끝까지 듣기도 한다.

리스트에 적혀 있던 일들을 이미 다 했다.
만나고 싶던 사람들을 만났다. 읽고 싶던 것들을 읽었다. 보고 싶던 영화들도 보았다.
언젠가 가보고 싶었던 선유도공원의 폐허 같은 구조물들과 초록 숲 사이를 걷다 돌아오기도 했다.

4

한 가지 생각─결심─이 떠오른다.

다시 쓰면 된다. 소설을.
그것만이 다시 연결될 방법이니까.

그런데 무엇과 연결되는 걸까 나는, 쓰기를 통해? 오직 쓰기만이 연결해주는 그걸 위해 나는 이렇게 헐벗은 채 준비되어 있는 걸까? 울퉁불퉁한 자아에 걸려 전류가 멈추지 않도록?

5

어쨌든 루틴이 돌아온다.

매일 시집과 소설을 한 권씩 읽는다. 문장들의 밀도로 다시 충전되려고.

스트레칭과 근력 운동과 걷기를 하루에 두 시간씩 한다. 다시 책상 앞에 오래 앉아 있을 수 있게.

그러나 여러 주 동안 고작 한 페이지를 쓰고 난 뒤 깨닫는다. 지금 다음 소설을 쓰는 건 애초에 무리였다. 눈 이야기의 삼부작으로 묶으려 했던 두 편의 중편소설이 오랫동안 따로 떨어져 있는 게 마음에 걸려, 세번째 중편을 새로 써서 얼른 단행본으로 묶겠다고 마음먹었던 거였다. 하지만 너무 춥지 않나. 나는 더이상 얼고 싶지 않다.

6

그렇게 포기하고 있을 즈음 출판사에서 연락이 온다. 『작별하지 않는다』를 쓰면서 들었던 음악들을 소개하는 영상을 만들어보자고 한다. 리스트를 먼저 보내야 한다고 해서 여남은 곡을 추려가다가, 2019년 1월에 잠시 반복해 들었던 노래를 기억해낸다. 이런 가사를 가진 곡이다.

나는 일어날 거야.
해처럼 떠오를 거야.
통증을 무릅쓰고
그걸 천 번 반복할 거야.

이 노래를 처음 들은 날, 달력 종이 뒷면에 1부터 1000까지 숫자를 적어 벽에 붙였었다. 하루에 하나씩 지우자고 생각했다. 하루씩 살고 쓰자고, 그걸 천 번만 반복하자고. 너무 오래 잠을 못 자서 그런 생각을 했다. 남은 삶에는 평화도 희망도 없고 나빠질 일만 남았다는 결론에 다다라 있어서. 이상한 일은 소설을 써갈수록 점점 살게 되었다는 것이다. 잠드는 시간이 조금씩 늘었고, 차츰 악몽을 덜 꾸게 되었다. 피와 시체와 유골로 가득한 소설을 쓰면서 어떻게 그럴 수 있었을까? 2020년 가을에 초고를 완성하면서, 마지막 장면에서 경하가 성냥 불꽃을 켰을 때 알았다. 이것이 사랑에 대한 소설이라는 걸. 깨어진 유리를 녹여 다시 온전한 덩어리로 만드는 불길인 걸.

7

『작별하지 않는다』의 첫 페이지를 쓴 날로부터 완성하기까지 거의 칠 년이 걸렸으니, 그사이 꽤 많은 양의 메모를 했다. 얇은 노트로 열 권이 넘는, 스스로 묻고 답하고 길을 찾으려 더듬어간 기록들이다. 각기 다른 인물, 다른 내러티브로 원고지 오십 매, 백 매, 길게는 이백 매까지 써본 버전들도 남아 있다(최초의 제목은 '새가 돌아온 밤'이었다). 2018년 겨울에 들고 다녔던 얇은 노트를 열어보니 이런 메모가 적혀 있다.

기도.
치고 들어오는 세계.
이것이 세계인가?
아이들이 죽어가고 여자들이 강간당하는,
이것이 우리에게 주어진 세계인가?

그러나 살아 있으므로 아름다운 것들.
지독하게
무정하게 아름다운 것들.

유령.
종려나무.
팔을 흔드는 검은 나무.

악몽 같은 현실에서 구원을 원하는 인간의 이야기.

공포와 폭력.

기도의 이야기.

바람.

해류.

전 세계가 이어지는

바다의 순환.

우리가 연결되어 있다.

연결되어 있다.

부디.

눈이 내렸다.

작별하지 않는다.

역사 속에서의 인간.

우주 속에서의 인간.

내 몸의 감각.

육체. 연약한. 필멸하는.

'나'는 그 집에 가게 된다.
모두 '나'를 떠난 뒤에.
거의 폐인이 되어.

어디까지 차가울 것인가,
따뜻할 것인가,
뜨거울 것인가의 문제.

학살에 대하여 쓴 '나'가, 학살에서 살아남은 부모를 둔 친구의
집에서, 죽음—명부—에서 돌아온 새와 하루를 보낸다.

어떤 임계에서, 산 자가 마치 혼처럼 되어서, 극심한 고통의 마
지막 가장자리에서, 몸을 빠져나와 마침내, 너머의 것을 보게 되
는 순간.

삶의 유한성.
존재의 시간성.
극한의 무의미.
시간의 불꽃.

눈의 침묵에 대해 생각해야 한다.

눈이 소리를 빨아들이며
내 목소리, 새의 소리도 빨아들일지 모른다는 생각.

바람이 그치고 마침내 오직 눈만이.
어떤 소리도 내지 않으며 모든 음향을 흡음하는 눈만이.

이곳은 그녀의 집.
톱을 깔고 자는 어머니와
밤이면 섬망에 시달리며 산으로 올라가는 아버지의 집.

행렬.
그 모든 행렬들.
아메리칸인디언들. 아우슈비츠.

모든 학살들.
얼굴이 없는 사람들.
뭉개어진 사람들.

내가 그 밤 서울에서 본,
머리가 길고 걸음이 느린,
총을 든 사람들의 행렬.

눈은 얼마나 많은 공기의 틈을 가지고 있는가?

결정結晶들.

죽은 사람의 얼굴에서 녹지 않는 눈.
죽는다는 건 차가워진다는 것.

대사: 숲속을 걷다가 갑자기 깨달았어. 내가 귀신들과 평생을
살아왔다는 걸. 그럴 필요가 없었는데. 정말 그럴 필요가 없었어.
네 제안을 거절할 수 있었어. 하지만 거절하기 싫었어. 생각했어.
아흔아홉 개의, 무한의 혼들을 깎자고. 그리고 맹세로서 작별하자
고. 아니, 반대로 하자고. 결코 작별하지 말자고. 맹세로서.

8

2020년 9월과 10월에 집중적으로 이 소설의 2부를 쓰면서, 집
이 떠나가게 음악을 틀어놓을 때가 있었다. 김광석이 기타 하나,
하모니카 한 대와 함께 콘서트에서 부른 〈나의 노래〉를 많이 들었
다. 가사 속 한 문장이 언제나 마음을 흔들었다.

흔들리고 넘어져도 이 세상 속에는
마지막 한 방울의 물이 있는 한
나는 마시고 노래하리

음악을 들으며, 내가 김연아라고 생각하면서 스파이럴 동작을
흉내내기도 했다. 온몸을 써서 춤도 췄다. 빙글빙글 돌고 있으면
눈물이 나기도 했다. 엉엉 소리 내어 울기도 했다.

그리고 다시 책상 앞에 앉는다.
쓴다…… 쓴다.
울면서 쓴다.

흐름을 끊기 싫어 부엌에 선 채로 요기를 했다.
화장실에 뛰어갔다 돌아오기도 했다.

그렇게 다시 태어나고 있었다.
온 힘으로 되살아나고 있었다.

9

그보다 앞서 『소년이 온다』를 썼던 일 년 육 개월을 기억하려

하면 가장 먼저 떠오르는 건 압도적인 고통이다. 그걸 일종의 '들림'이었다고 말한다면 손쉬운 일일 거다. 내가 작가로서 영매의 시간을 건너갔다고 근사하게 말한다면. 하지만 그건 사실이 아니다. 그때 나는 '들리'지 않았다. 어떤 트랜스 상태에도 들어가지 않았다. 매 순간 분명하게 정신을 차리고 있었다. 고통이 나를 부수고 또 부수는 걸 견디면서. 작업실에서, 지하철에서, 횡단보도에서, 부엌에서, 이불 속에서 이를 물고 울고 있는 내가 미친 사람처럼 보였겠지만, 사실은 조금도 미치지 않았다.

그 고통이 대체 무엇이었던가를, 『소년이 온다』를 쓰고 나서 곰곰이 생각해야 했다. 그 소설을 읽은 사람들도 함께 느꼈다고 말하는 바로 그 고통을. 그 생생한 고통은 대체 무엇을 증거하는 걸까? 설마, 그건 사랑인가? 지극한 사랑에서 고통이 나오고, 그 고통은 사랑을 증거하는 걸까? 그렇다면 그 사랑에 대한 다음 소설을 쓰고 싶었다.

10

『작별하지 않는다』를 쓰던 과정도 마찬가지였다. 소설이 환상성과 현실의 경계에 걸쳐져 있는 것과 별개로 매 순간 분명하게 나는 정신을 차리고 있었다. 행여 그런 식의 오해를 받을까봐 입밖에 꺼내본 적 없는 어떤 생각을, 얼마 전 격월간 문예지의 인터 뷰에서 털어놓았다. 인터뷰어였던 동료 소설가에 대한 믿음 때문 이었을 거다.

『작별하지 않는다』는 소설이 되기 이전에 노트에 어떻게 기록 되어 있었나요?

죽음에서 삶으로 가는 소설. 절반 죽어 있던 사람들이 생명을 얻는 소설. 바다 아래에서 촛불을 켜는 소설. 어떻게 보면 좀 이 상한 이야기처럼 들릴 수 있는데…… 항공기 조종사가 우울증 을 앓다가 아주 많은 사람들과 함께 추락해서 자살한 사건이 있 었잖아요. 살아 있던 사람들을 아주 많이 살해하며 죽었어요. 그 런데 절반 죽은 또다른 사람이, 그 항공기 사건과는 정반대로, 삶으로 건너오면서 죽어 있던 많은 사람들과 함께 살아날 수도 있지 않을까요? 물론 살아 있는 사람들은 죽을 수 있지만, 죽은 사람들이 되살아나는 건 현실에서 불가능한 방향이죠. 하지만 어떤 한 순간에는 가능하지 않을까요? 반쯤 죽어 있던 사람이 혼들과 함께, 단 한 순간 삶으로 함께 건너올 수 있지 않을까요?

11

『작별하지 않는다』를 쓰던 과정에서 내가 구해졌다면, 그건 (목적이 아니라) 부수적인 결과였을 뿐이었다.

글쓰기가 나를 밀고 생명 쪽으로 갔을 뿐이다.

날마다 정심의 마음으로 눈을 뜨던 아침들이.
고통과 사랑이 같은 밀도로 끓던 그의 하루하루가.

날개처럼, 불꽃처럼 펼쳐지던 순간들의 맥박이.
촛불을 넘겨주고 다시 넘겨받기를 반복하던 인선과 경하의 손들이.

12

그렇게 덤으로 내가 생명을 넘겨받았다면, 이제 그 생명의 힘으로 나아가야 하는 것 아닐까?
생명을 말하는 것들을, 생명을 가진 동안 써야 하는 것 아닐까?

허락된다면 다음 소설은 이 마음에서 출발하고 싶다.

(2022)

작가의 말

아직 추웠을 때 첫 교정지를 받았던 책이 여름의 문턱에서 나오게 되었다.

장편소설 한 편.
단편소설 두 편.
시 다섯 편.
산문 여덟 편.

이렇게 골라 모으기까지 여러 차례 목차를 바꾸었다. 그 과정에서 하게 된 결심들 중 몇 개를 약속처럼 여기 적어본다. 어머니에 대해 제대로 된 한 권의 책을 따로 쓰겠다. 십 년 전에 앞머리를 써두었던, 「파란 돌」의 꿈에 대한 독립적인 책도 더 늦기 전에 쓸 거다.

예전의 나는 나와 같은 사람이기보다 닮은 사람(들)이다. 교정지를 읽는 동안 그 사람(들)과 묵묵히 함께 있는 것 같았다. 사주에 역마가 들어서인지 무던히도 여러 곳을 옮겨다니며 살아왔는데, 오직 쓰기만을 떠나지 않았고 어쩌면 그게 내 유일한 집이었다는 생각도 하게 되었다.

강윤정 편집자님과 도움 주신 모든 분들께, 이 책을 만나주실 분들께 깊이 감사드린다.

2022년 늦은 봄
한 강

디 에센셜
한강
ⓒ한강 2022

2판 1쇄 2023년 6월 1일
2판 10쇄 2024년 12월 20일

지은이 한강
책임편집 강윤정 | 편집 이희연 염현숙
디자인 김이정 유현아 | 저작권 박지영 형소진 최은진 오서영
마케팅 정민호 서지화 한민아 이민경 왕지경 정유진 정경주 김수인 김혜원 김예진
브랜딩 함유지 함근아 박민재 김희숙 이송이 김하연 박다솔 조다현 배진성
제작 강신은 김동욱 이순호 | 제작처 상지사

펴낸곳 (주)문학동네 | 펴낸이 김소영
출판등록 1993년 10월 22일 제2003-000045호
주소 10881 경기도 파주시 회동길 210
전자우편 editor@munhak.com | 대표전화 031) 955-8888 | 팩스 031) 955-8855
문의전화 031) 955-2696(마케팅) 031) 955-2678(편집)
문학동네카페 http://cafe.naver.com/mhdn
인스타그램 @munhakdongne | 트위터 @munhakdongne
북클럽문학동네 http://bookclubmunhak.com

ISBN 978-89-546-9346-2 03810
* 이 책의 판권은 지은이와 문학동네에 있습니다.
  이 책 내용의 전부 또는 일부를 재사용하려면 반드시 양측의 서면 동의를 받아야 합니다.

잘못된 책은 구입하신 서점에서 교환해드립니다.
기타 교환 문의: 031) 955-2661, 3580

www.munhak.com